个人的故事，
时代的缩影

——众说《丰年之路》

徐洪军　主编

郑州大学出版社

图书在版编目（CIP）数据

个人的故事，时代的缩影：众说《丰年之路》/徐洪军主编. — 郑州：郑州大学出版社，2022.7（2024.6重印）
ISBN 978-7-5645-8537-2

Ⅰ．①个… Ⅱ．①徐… Ⅲ．①传记文学评论 – 中国 – 当代 – 学术会议 – 文集 Ⅳ．①I207.5 – 53

中国版本图书馆 CIP 数据核字（2022）第 018475号

个人的故事，时代的缩影——众说《丰年之路》
GEREN DE GUSHI，SHIDAI DE SUOYING
——ZHONGSHUO《FENGNIAN ZHI LU》

策　　划	李勇军		封面设计	孙文恒
责任编辑	刘晓晓		版式设计	孙文恒
责任校对	孙精精		责任监制	李瑞卿

出版发行	郑州大学出版社（http://www.zzup.cn）
地　　址	郑州市大学路40号（450052）
出 版 人	孙保营
发行电话	0371-66966070
经　　销	全国新华书店
印　　刷	永清县晔盛亚胶印有限公司
开　　本	880 mm×1 230 mm　1／32
印　　张	12.5
字　　数	252千字
版　　次	2022年7月第1版
印　　次	2024年6月第2次印刷

书　　号	ISBN 978-7-5645-8537-2	定　　价	78.00元

本书如有印装质量问题，请与本社联系调换。

序

宋丰年与改革开放以来的中国道路

徐洪军

河南省郑州市金水区的宋砦村，是中国农村改革开放的一个成功范例。"宋砦之谜""宋砦现象""宋砦模式"是一个引起了广泛关注的社会话题。引领宋砦人民走上幸福之路的宋丰年是一个从亿万普通民众中间涌现出来的改革英雄。探讨宋丰年的人生之路、宋砦村的成功之路，对于理解中国人民、理解中国农村有着十分典型的意义。

1948年，宋丰年出生在郑州市北、邙山之侧的宋砦村。在淳朴民风中成长起来的宋丰年，少年时代就知道为父母分忧。青年时期走南闯北，为一家人的衣食饱暖风餐露宿。风雨如晦的岁月尚未结束，就顶着巨大的社会压力实行包产包地到户。终于迎来了改革开放的春风，宋丰年如鱼得水，带领宋砦村村民发展集体经济、建设社会主义新农村。正是有了改革开放，有了广大村民的大力支持，有了宋丰年舍我其谁的勇敢担当，宋砦村才最终成为"中原明星村""全国文明村"和"全国十佳小康村"。宋砦村已经不仅仅是一个普普通通的中国农村，它成了 40 多年来中国社会发展的一个缩影。宋丰年也已经不仅仅是一个普普通通的中国农民，他成了 40 多年来中国农民追求幸福生活的成功典型。书写宋砦，就是书写改革开放之后的中国发展。书写宋丰年，就是书写 40 多年来的中国大众。在此意义上，我们认为，曾臻女士眼光敏锐，她选择宋丰年作为书写对象，创作出 23 万字的传记文学作品《丰年之路》。这是一部能够与她所要塑造的传主形象相互辉映的优秀著作，是她本人，也是中国传记文学创作的一大收获。

《丰年之路》分为上、下两部，完整描绘了传主宋丰年的人生之路和他带领宋砦人民建设美好家园的成功之路。在这部传记中，作家为我们塑造了一个立体丰满、传奇感人、敢作敢为、为民请命的英雄形象。敢作敢为应该是很多干大事的人所共有的一个特征，只有敢作敢为才能成就大业。宋丰年的敢作敢为不仅表现为他超前的意识，同时还表现为他能够顺应历史潮流，甚至走在历史的前列。在此意义上，宋丰年也是一个改革家。看完这部传记，我们发现宋丰年还是一个侠客，而且是侠之大者。他不仅敢作敢为，而且具有侠肝义胆。为了发展集体经济，他多次以自己的油漆厂做抵押贷款，后来甚至把自己的企业捐给了村集体。这些行为如果没有一种仁义精神是很难理解的。宋丰年具有常人难以想象的坚强意志。因为一辈子走南闯北、风餐露宿，宋丰年身患风湿性关节炎、心脏病等多种疾病。即便如此，40多年来，为了宋砦的发展，他一直在用生命拼搏。与一般的农民企业家、农村带头人不一样的是，宋丰年十分重视人才，重视文化建设。看一下他在当队长、当书记、办企业的过程中，为了延揽人才做出了多少非凡的举动，我们也就明白他为什么能够取得如此巨大的成就了。越到后来，宋丰年越是重视村民的文化教育，因为他知道，将来宋砦的村民都会融入郑州，成为郑州市民，如果村民的文化教育跟不上去，宋砦的村民很可能会被现代化的发展给严重边缘化。

除了对宋丰年人物形象的成功塑造，这部传记另一个让人印象深刻的地方是它那种浓厚的反思品格。这种反思的品格使得这部传记避免了流为成功人士歌功颂德的三流作品而具有了一定的学术含量。传记文学一个很突出的毛病往往是对传主进行刻意拔高，最终导致传主人物形象塑造失真。《丰年之路》较好地避免了这一问题。这部传记作品之所以能够做到这一点，除了它那可贵的反思品格，还与作家那种求真的精神有关。宋丰年身上当然有很多可贵的品格值得塑造，但是，人无完人，金无足赤，要塑造一个立体丰满、真实鲜活的传主形象，除了要写出他成功的方面，同时也应该对他的缺点进行真实地反映。可以说这部传记很好地做到了这一点。"为人作传，旨在为社会立德。"通读《丰年之路》，我认为曾臻女士实现了自己的理想。

　　大概是基于对宋丰年人格魅力和宋砦村成功之路的弘扬，同时也是基于对曾臻女士《丰年之路》的充分肯定，2021 年 5 月 15 日，《丰年之路》新书发布暨研讨会在郑州弘润华夏大酒店举行。此次活动由河南省社会科学院主办，由河南文艺出版社、河南省社会科学院文学研究所、河南省文学学会、弘润华夏文学艺术中心承办。会议分为新书开幕式和研讨会两部分，墨白主持了新书开幕式，高兴、孙先科、李伟昉和卫绍生主持了研讨会。田中禾、宋丰年、陈众议、谷建全、程士庆、宗仁发、缪克构、朱燕玲、李倩倩、马达、孙保营、乔学杰、冯杰、张鲜明、曾臻等 90 余位专家学者参加了此次活动。此次研讨会以《丰年之路》为切入点，探讨改革开放以来中国社会农业、农村、农民与现代化进程的问题，探讨以文学的形式再现改革开放以来中国人的精神状态与生存状态的问题。经过一天时间的认真研讨，会议取得了圆满成功。

　　《个人的故事，时代的缩影——众说〈丰年之路〉》正是此次研讨会提交文章的集结。文集由 70 篇文章组成，集中展示了不同领域专家学者对宋丰年、对中国社会、对《丰年之路》的理解与阐释。著名作家田中禾认为："这本书既不是为一个基层书记，也不是为一个成功的企业家树碑立传，《丰年之路》真正的价值在于，为我们中国当代发展历史提供一个鲜活的个人的标本。我们通过这个有血有肉的丰年的故事，能够看到我们这个国家和民族，如何走过了艰难的岁月，走向改革和振兴。"

学者们对这部传记评价主要集中在以下几个方面。首先是对宋丰年本人的评价。学者们普遍认为，在宋丰年身上十分鲜明地体现了一种英雄主义的色彩。著名学者、中国社会科学院学部委员陈众议指出："《丰年之路》充满了英雄主义气息。主人公丰年是这个时世的英雄。"在解释宋丰年的精神世界时，中国社会科学院外国文学研究所《外国文学动态研究》主编苏玲认为："在宋丰年的精神世界，有两股重要的力量在支撑提升着他。一是由侠肝义胆的朴素的英雄主义演变而来的为他人为大众谋求福祉的理想信念，二是始终坚持的中国优秀传统文化价值观。"在此意义上，郑州大学教授魏华莹认为，在宋丰年身上呈现出一种"时代英雄的温暖与力量"；河南大学教授李伟昉总结指出，宋丰年的人生道路就是一条"英雄之路"。

其次，大部分学者认为，宋丰年本人以及这部传记都显示出十分鲜明的时代意义。郑州大学副教授刘宏志提出："《丰年之路》是一部报告文学，也是讲述典型的中国故事、阐发中国精神、展现中国风貌的一部作品。"河南大学教授刘进才认为，这部传记不仅写出了"宋丰年个体生命的成长来路"，"也彰显了新中国一个时代发展的潮起潮落"。由此，《花城》杂志主编朱燕玲认为，《丰年之路》是"一个时代的缩影"；《作家》杂志主编宗仁发将《丰年之路》视为"一部时代启示录"。

最后，不少学者还对《丰年之路》这部著作提出了中肯的评价。著名学者、郑州师范学院院长孙先科把《丰年之路》"看作一个前文本"，"具有很强的可读性"，同时又觉得它"还具有很强的可写性"。辽宁省作家协会副主席林雪对这部传记评价很高，认为"作家继承了现代文学'乡土文学'的中国情怀，完成了塑造当代乡土农人精神高度和向度的飞越"。河南省社会科学院文学研究所助理研究员靳瑞霞从报告文学的三个维度评价这部作品说，认为《丰年之路》作为一部报告文学作品，在真实性、文学性与思想性方面，都达到了一定水准。

综合起来看，学者们在研讨会上达成了基本的共识：作为带领宋砦人民建设幸福家园的领头人，宋丰年是一个具有浓厚的英雄主义色彩的卡里斯马型人物。宋丰年的人生之路和宋砦村的成功之路是改革开放四十多年来中国社会腾飞发展的时代缩影。曾臻创作的这部传记是一部与传主形象相互辉映的优秀传记。

目录

辑三

辑四

辑一

《丰年之路》，乡村振兴之路

谷建全

　　河南地处中原，是中华民族和中华文明的主要发祥地。河南省郑州市金水区的宋砦村是中国农村改革开放的一个成功范例，在发展过程中取得了一串串丰硕的成果。所有这些都跟宋丰年这个宋砦村的带头人密不可分，宋丰年也因此获得了"全国劳动模范""全国五一劳动奖章""全国人大代表"等荣誉。时势造英雄，时代成就了宋丰年，宋丰年也成就了宋砦村。可以这样说，宋丰年书记的传奇经历不仅是一个广阔的社会话题，也是一个值得深入探讨的"关于人的存在"的文学话题。有感于此，河南文艺出版社于 2020 年 10 月出版了作家曾臻老师创作的这部纪实文学作品《丰年之路》。以此为契机，我们一起来探讨改革开放以来中国社会农业、农村、农民与现代化进程的问题，探讨如何以文学的形式再现改革开放以来中国

人的精神状态与生存状态的问题，十分重要，也正当其时，对于我们党和国家正在实施的乡村振兴战略，具有积极的理论价值和现实意义。

河南省社会科学院是我省哲学社会科学最高研究机构，正在致力于新型高端智库建设。我们的任务是：既要围绕省委、省政府的中心工作开展研究，发挥决策咨询作用；也要服务于地方政府，为地方发展提供智力支持。多年来，我院一直把中原文化作为重点学科进行扶持和发展，除了文学研究所、历史与考古研究所、哲学与宗教研究所这些固定机构，还设立有中原文化研究中心、河洛文化研究中心、河南省姓氏祖地与名人里籍研究认定中心以及中原文化研究杂志社等学术平台。最近几年正在全力推进的"河南专门史大型学术文化工程丛书"和"河南历代文化名人系列丛书"两大文化工程，2020年被省委宣传部纳入重点支持专项经费。

在中国共产党迎来百年华诞之际，省社科院和中原出版传媒集团共同作为全省宣传战线的重要成员，有责任、有义务讲好中原地区先进人物的动人故事，讲好社会主义先进文化的故事，在党史学习教育上走在前列、当好示范。省社科院愿意更好地发挥我们的理论研究优势和中原新型高端智库的职责职能，与全省同道一起，推出更多有分量、有深度、有价值的研究成果，把党的发展历史学习好、领悟好，把党的红色基因传承好、发扬好，把党的成功经验总结好、宣传好，以优异成绩庆祝建党一百周年。

　　谷建全，河南省社会科学院原院长，现任河南省政协人口资源环境委员会副主任（正厅级），二级研究员，经济学博士，博士生导师。

《丰年之路》：英雄主义的赞歌

陈众议

关于英雄，我们可以有自己的界定。岳飞是英雄，雷锋是英雄，钱学森是英雄，袁隆平是英雄，宋丰年也是英雄。

《现代汉语词典》（第7版）中"英雄"的释义是"不怕苦难，不顾自己，为人民利益而英勇斗争，令人钦敬的人"。

目下维基百科等大众媒体对"英雄"的释义是：英雄主义的主体，其所反映的是顺应历史潮流和伸张社会正义，敢于超越习见、克服困难，主动承担比常人更大的责任，敢于向不合理的社会机理、势力以及自然进行不屈斗争的人物。

法国著名作家罗曼·罗兰在《贝多芬传》初版序中则有这样一段话："我们周围的空气多沉重。老大的欧罗巴在重浊与腐败的气氛中昏迷不醒。鄙俗的物质主义镇压着思想，阻挠着政府与个人的行动。社会在乖巧卑下的自私自利中窒息以死。人类喘不过气来——打开窗子吧！让自

由的空气重新进来！呼吸一下英雄们的气息。"罗曼·罗兰要用英雄主义来矫正时代的偏颇，《丰年之路》亦然。

是的，《丰年之路》充满了英雄主义气息。主人公丰年是这个时世的英雄。

一、艰难困苦

丰年无疑是对古训"艰难困苦，玉汝于成"的当代诠释。从小，他饿过肚子，挨过打，同时也曾自卫还击，并且偷过生产队里的瓜果，扒过火车，还西出阳关，做过我们这一代人做过和没有做过的事情，吃过我们这一代人吃过和没有吃过的苦，但他大多是为了义气、为了同学和小伙伴们两肋插刀，大多是为了家庭和宋砦的生计和未来。

这些，为他后来办厂、种葡萄、引进"大脑"、带领大家脱贫致富奠定了基调。

其中值得记取的亮点之多，可谓不胜枚举。令我大为感动的是主人公"一不怕苦，二不怕死"的精神。早在小岗村包产到户之前，他已然带着宋砦人在心里歃血为盟，开始了"双包"实验；早在国家实行"双轨制"之前，他已经义无反顾地带领宋砦人开始了村办企业、社办企业的探索。

在这个数千年来各种政治势力逐鹿的中原大地，丰年像耀眼的明星冉冉升起。但代价是无数欲哭无泪、无数大头官司、无数无眠之夜、无数积劳成疾的伤痛和无数只有他自己知道的无奈。《丰年之路》讲述了他如何放下身段求贤若渴，如何奋不顾身冒险举债，如何废寝忘食谋求发展……

二、共同富裕

邓小平同志说过，如果改革导致两极分化，改革就算失败了。然而，正是由于丰年这样的时代英雄、改革先锋一直将人民的利益置于事业的中心，将一方百姓的安居乐业和幸福富足置于心中之心，才有了共同富裕的希望，也才有了长治久安的基础。因此，宋砦的经验和道路理应成为中国城镇化建设的典范。

子曰："大道之行也，天下为公。选贤与能，讲信修睦。故人不独亲其亲，不独子其子，使老有所终，壮有所用，幼有所长，矜寡孤独废疾者，皆有所养。男有分，女有归。货，恶其弃于地也，不必藏于己。力，恶其不出于身也，不必为己。是故谋闭而不兴，盗窃乱贼而不作。故外户而不闭，是谓大同。"

共同富裕真真正正自洽大同思想。用著名翻译家许渊冲先生的话说，communism 应该译作大同主义，因为共产只是方法和过程，而大同才是目的。无论从辞源还是从目的论的角度看，许老前辈的话是有道理的。

然而，共同富裕、大同社会，说时易，做时难。如何在小我与大我、小家与大家之间做出合理的"绥化"和平衡取决于领头人的境界和胸怀。丰年做到了，这是多么了不起的英雄壮举。想想有多少曾经的改革先锋一个个折戟沉沙，还不是因为唯我无他？

习近平总书记一直强调，"实现共同富裕是社会主义的本质要求"。宋丰年无疑是这种要求的践行者，也是古来大同理念的传承者。

三、传记之花

"道可道，非常道；名可名，非常名。"但同时我们也有"大道至简"的基本体认。

文学之道并非羚羊挂角，无迹可寻。童年的神话，少年的史诗，青年的律诗，成年的小说是一种规律，自上而下、由大到小、由外而内、从宽至窄等，也不失为一种概括。然而，传记文学作为一种贯穿古今的体裁越来越受到重视和欢迎，它就像坛陈年老酒历久弥新、馨香悠远。从《史记·列传》到《丰年之路》，我国的传记文学源远流长，其所记载的人物何啻万千。但是，他们倘能使人动容、牵挂，大抵有一个共同的特征：英雄主义。

作为结语，我感谢曾臻的《丰年之路》，它是那么无我有他，同时又是那么声情并茂，那么取舍有度。当然，我更要感谢它的主人公宋丰年，他为我们这个时代树立了丰碑！

高山仰止，景行行止，虽不能至，心向往之。祝我们的主人公青春常在，祝我们的书写者笔法长健！

陈众议，中国社会科学院学部委员、外国文学研究所研究员，西班牙皇家学院外籍院士，曾任中国社会科学院外国文学研究所所长、中国外国文学学会会长。

不同视角下的《丰年之路》

卫绍生

读曾臻的新作《丰年之路》，人们会有各自不同的视角，而透过不同视角观察和阅读这部作品，则会有不同的感受和所得。但是，有几个视角应该是透视这部作品深层意蕴的观察点和切入点，那就是历史的视角、文化的视角、人性的视角和美学的视角。这也是文学研究的几个基本维度。

历史的视角。作品以纪实文学的笔法叙写了主人公自出生到当下的人生历程，为读者展现了较为深邃的历史纵深，表现了不同历史时期的时代变迁和社会变革，时而和风细雨，时而风云激荡，时而波谲云诡，时而云卷云舒。作者写来看似漫不经心，无意着墨，但在不经意间把读者推向历史纵深，让读者触摸到 70 年来历史发展的脉搏，感受到历史前进的脚步。如作者笔下那特殊的时期，"行政机关瘫痪，工人离开了机器，农民停下了锄头，到处都在

成立造反派组织""公社、大队高音喇叭一天到晚哇哇叫着，批判资产阶级反动路线，批判封、资、修，传达最高指示"，而此时的宋砦"在红色浪潮里颠簸起来，成立造反组织，换队长，今儿这个'罢秧'了，明儿那个当上了……"。作品在不断推向历史纵深的时候，巧妙地把个人命运与历史演进、社会变革、经济发展紧密联系在一起，生动演绎了历史演进与时代变革对个人命运的影响，用一个个鲜活的故事，多层面表现了主人公对历史演进与时代变革的喜悦、激动、惊悚与惶恐，以及更多的顺势而为和搏浪弄潮。主人公的形象随着历史镜头的渐次推进越来越清晰，人物性格越来越丰满，让读者看到了具有鲜明个性特征的"这一个"。

文化的视角。作品的思想内容是否丰富，主要看作品在叙述事件和塑造人物时是否具有更为丰富的思想内涵，是否融入了更为丰富的文化意蕴。《丰年之路》显然注意到了这些方面，适时适处较为自然地把相关的文化元素融入人物和事件之中，以丰富作品的文化含量，增强作品的文化意蕴。如作品写宋庆喜喜得贵子之后，请白须老者为新生儿取名，把民俗、自然、文学等方面的内容融合在一起，令读者对"丰年"之名的文化内涵有了更多的了解：

两人正说着，"呼——"一股狂风破门而入，裹进一地雪花，灯苗儿险些被吹灭。"好大的雪呀，要揣出个好年景哩！"耿万卿说着起身去关门，他朝外望了望，漫天鹅毛鹤羽般的飞雪呀！他忽然双掌一击，转身笑道："有了！有了！天降瑞雪，丰年在望，就叫丰年吧！"

瑞雪兆丰年。由自然之景象，而自然得名。取名之事至此本来可以完结，但作者笔锋一转，写到了《诗经·周颂·丰年》，化用《周颂·丰年》之篇，在粮食大丰收之外，让读者了解"丰年"还有丰收之后向列祖列宗上报表颂，祭祀时唱颂歌等文化意义，进一步丰富了"丰年"的文化意蕴。

人性的视角。文学是人学。文学作品既要讴歌人性的真善美，针砭假恶丑，又要表现人性的复杂性和多样性，在多样的环境中突出人性的光辉，塑造立体而丰富的人物形象。所以，人性的视角也是解读《丰年之路》的一个重要视角。这部以宋丰年为主人公的纪实文学作品，注重表现和揭示人性的真善美，表现亲情、友情、乡情、爱情等人物的情感世界，时时能够触动人们心底那一片柔软，处处闪现着人性的光辉。读一读那个革命斗争年代里，宋丰年和大妹宋丰梅拉着架子车去几十公里外的广武、霸王城等地收红薯的故事，才可能更深刻地理解什么是亲情，什么是兄妹情，什么叫兄妹情深。见妹妹在架子车上冻得瑟瑟发抖，哥哥心疼妹妹，去村边的麦场里掐了一抱麦秸，放在架子车上围个窝，让妹妹坐进麦秸窝里；路上怕妹妹睡着了掉下车来，逗妹妹开心，一会儿说前面有只羊，一会儿又说还有一只，一会儿又说放羊人把自己放到桥上望风景去了。在路边的饭铺，兄妹俩为了让对方多吃一点，互相谦让，都抢着说自己吃饱了。主人公和同伴扒火车去信阳赶"鬼集"的故事，不仅打上了鲜明的时代烙印，而且展示着人性的复杂性。当生存成为一种强烈欲望时，什么劳累、苦难、危险等，统统不在话下。主人公在漯河站站台给警务人员一根香烟的描写，是表现人性的神来之笔。主人公和同伴在风雪凛冽的冬夜扒上南下的列车，到了漯河就已经坚持不住了，只好在列车减速的时候下了火车，走进荒郊野外的道班房。在站台边的小排房里，"一群衣衫褴褛蓬头垢面的人正围着一堆木柴火快活地取暖"，俩人正准备凑过去，"就见一个穿制服的警务人员呵斥着：'快走，快走！再赖在这儿，给你们送到遣送站去！一会儿就把这水泥地给烧崩了！'这群人被驱散了。宋丰年从袄子兜中掏出一盒邙山牌香烟，抽了一根递给那个警务人员，那人看了看宋丰年，接过烟扭头走了"。驱赶小排房里烤火的闲杂人员，是警务人员的职责。他虽然不忍心，但还是要履职尽责。主人公给警务人员一根香烟，而警务人员"接过烟扭头走了"。作品在这里是在写现实场景，也在写人情世故，但它揭示出人性深处的善良，表现出对弱者的同情和关爱，虽然这样的关爱读来不免令人唏嘘感慨。

　　美学的视角。《丰年之路》是文学作品，因此，评价这部作品最终要回归到艺术的或者说美学的视角，从书写方式、叙事技巧、环境描写、人物塑造、语言艺术等方面进行全面考察。《丰年之路》是纪传体文学作品，重点是写人物，因此，评价这部作品应围绕人物形象塑造这个核心，看一看作品如何表现人物复杂的内心世界，塑造人物丰富的性格特征，揭示人物多样的精神追求，表现了怎样的人文精神。二月河先生在《序》中说："宋丰年天性善良、侠肝义胆，深爱生养他的这片土地和父老乡亲。他善仁、善信、善治、善能，他所做的一切，若水之善，发之自然。"作者曾臻在《自序》中说："宋丰年先生命运诡谲多艰，他笃守初心，不苟且于浊世，抱道不曲，秉持感恩与奉献之仁德，依着心路修一条属于自己的人生之路。"作品着重揭示人物天性之美和精神之美，在涉及"小我""小家"和"宋砦"时，着重表现人物的人性之美：在大是大非面前，着重揭示人物的精神之美。如写到宋丰年召集几个兄弟，说："咱兄弟五个往那儿一站齐刷刷的，快够上一个班了。这几年中越边境形势紧张，咱弟兄五个，没有一个人服过兵役，总觉着于家于国都有点儿说不过去。"最小的弟弟一听这话，当即表示要报名参军，报效祖国，要给这个家争口气。弟兄五个统一了思想，才到父母那里召开家庭会议。父亲非常通情达理地说："我这五个儿哩，保卫国家，冲锋陷阵，咋也得上去一个！"

宋丰年还用唐代著名诗人王昌龄《出塞》中的名句"但使龙城飞将在，不教胡马度阴山"鼓励最小的弟弟。弟弟终于如愿报名参军，并在部队立功受奖。宋丰岭参军的故事并没有多少曲折和风波，但这个故事处处流露出宋家父子的大仁、大义和大爱，表现出人格之美和精神之美。

阅读《丰年之路》当然还可以有其他视角，譬如社会视角、经济视角等，都能切入书中的不同内容，对作品做出不同的阐释，从而发现作品的不同价值。这里仅仅提出一些思路，供研究界同人参考。

愿《丰年之路》的研究能够取得更为丰硕的成果！

卫绍生，河南省社会科学院二级研究员，河南省文史馆馆员。曾任河南省社会科学院文学研究所所长、中原文化研究所所长。

从"我"到"我们"

——在苦难中蜕变出圆满人生

苏玲

读《丰年之路》，是一次文学的阅读，也是一次对人生的阅读。说实话，近些年读的中国文学作品并不多，而《丰年之路》恰恰弥补了我对中国当代非虚构文学的认识与了解。作家笔下宋丰年那跌宕起伏，甚至可以说令人荡气回肠的传奇人生，则让我们从一个人的人生进入一个时代的中国乡村，进入一个时代的中国。宋丰年——宋砦——中原——中国，一个人的蜕变，浓缩了一个乡村的蜕变，折射了一个国家的蜕变。

宋丰年的人生极具典型性，他的生命伴随着新中国的成长，在理想中高歌，在革命中奉献，在困苦中磨砺。但是，与大多数普通中国农民所不同的是，宋丰年的生命中除了饥饿贫穷和艰辛劳作，还背负了政治的十字架，

在很长一段时间里怀揣着对赎罪的强烈渴望，就是靠意志磨炼出的血肉之躯也几经磨难，九死一生。可以说，宋丰年的生命中似乎集中了一个人所能遭遇到的所有不幸。而他的生命，却仿佛是这种种苦难孕育出的绚丽之花。

苦难并不一定会指向重生。《丰年之路》为我们清晰地描画出了宋丰年在苦难中艰难跋涉、绝处逢生、圆满蜕变的一道道轨迹。作家没有将笔触仅仅停留在记录宋丰年的一次次成功上，而是着力于描绘宋丰年在经受每一次生活和人生考验时所表现出来的坚强意志、远见卓识、智慧敏锐，甚至是狡黠幽默，充分展示了宋丰年异于常人的天赋和被生活磨砺出的人格魅力。追溯宋丰年个性成长的历史，我们能发现淳朴的民风、传统的家教、从不停歇的对知识的追求，都是造就他求真、向善、务实这些性格特征的重要因素。他以质朴和近乎本能的洞察力透识人性，在阅尽世间万象和经历过社会的种种变迁后，把顺应民心、切合人性作为行动的出发点，所以才有了他的一次次创业成功，而各种艰难困苦则成为他顽强和丰盈的生命力的证明。

在宋丰年的精神世界，有两股重要的力量在支撑提升着他。一是由侠肝义胆的朴素的英雄主义演变而来的为他人为大众谋求福祉的理想信念，二是始终坚持的中国优秀传统文化价值观。这两个方面自始至终构成了他精神追求的主旋律。所以，这才有了从解决与温饱相关的"白馍问题"到解决精神文化饥渴问题、教育问题和法制宣传问题，才有了《宋砦村民自治章程》和"村民自我修束二十字基本道德准则"，才有了将对学生升学发放奖励金写入《章程》的举措，更有了让老人享有更宽敞的住房和获得生活费这样的福利规定。在一个劳有所得、老有所养的和谐美好的现代乡村，曾经的乡村概念已完全过时了。

关于宋砦村的发展和改革在中国乡村发展史上的学术意义和现实意义，书中所引用的中国社会科学院首届荣誉学部委员、区域经济学家陈栋生的话可以概括："宋砦勇立时代潮头，'守土守业'，主动融入工业化、城镇化，长久获取初始土地资源资本化后的诸多衍生收益与增值收益……宋砦巨变破解'三农'难题，特别是为或早或迟卷入城镇化的农村提供了诸多启迪。"而从社会意义上看，宋砦村的成功远不止是经济发展上的成功，更是一条中国全面走向现代文明、农民融入城市文明的成功之路，宋砦村的经验也定会对中国农村的发展有着长远的影响。

《丰年之路》里有一个细节，少年宋丰年也曾经痴迷于阅读苏联文学经典《钢铁是怎样炼成的》，这是一本影响了几代中国青年的书。动荡岁月中成长起来的"钢铁"战士保尔在经历了血与火的淬炼之后，由"小我"成长为"大我"。在《丰年之路》中，我们见到的何尝不是一个心中装着大家，有着"君子之德和家国情怀"的"大我"呢？"丰年之路"

应该成为中国乡村发展的"希望之路"。

苏玲，中国社会科学院外国文学研究所《外国文学动态研究》主编、《世界文学》编辑部主任，编审。

《丰年之路》的真实性、文学性与思想性
——从报告文学的三个维度谈起

靳瑞霞

　　不得不说，二月河老师真是慧眼识人——能透过人物纷繁复杂的经历抓取其内在具有的深刻又本真的品质。他不仅识得宋丰年这样一个在时代洪流中披肝沥胆踏浪而行的典型人物——农民的先锋、时代的典型，而且举荐了一个极恰切的文字雕刻者——曾臻老师。对宋丰年这样一个"自由创造而不逾矩"的"命运跌宕坎坷的人物"，找什么样的人以什么样的文字才既能描绘出他所独具的那些驳杂丰富的人生线条，又能塑造出他身上所包蕴的农民的质朴与狡黠、企业家的胆识与智慧以及投身时代、为富而仁的儒者的家国情怀呢？二月河老师在《序》中提到了曾臻老师的两个特点：文笔好，做人真实。真真是切中肯綮。对报告文学这一独特的文学体裁来讲，这两点是根本。它所涉及的人与事必

须是真实的，情是真挚的；同时它又要求具有相当的文学性。毫无疑问，《丰年之路》做到了。在真实性与文学性之外，报告文学的主题事件或主题人物其实还自带了一个重要的维度——思想性。一个主题事件或一个典型人物如果没有引人深思，对作者或读者没有启发，必然是不值得为之产生一篇报告文学作品的。而宋丰年这一人物毫无疑问具备了极深的价值挖掘空间。《丰年之路》的创作者也对人物所蕴含的人性内涵、时代意义有精到的揭示与适度的阐发。

首先，关于真实。对报告文学来说，我认为"真实"既指确确实实发生过的存在过的人与事，也指使"真实"通过文本得以恰切体现，使之被读者认可的一些方法、技巧或手段。具体说来，一是体现在细节。细节是塑造人物性格的有力武器，细节也是文学创作中增加真实感的最基本的方法。《丰年之路》中细节可谓极其丰富，作者对访谈所得的材料进行了充分的消化和吸收。正是这些细节撑起了事，撑起了人，使人物立体、血肉丰满、筋骨强壮。书中讲宋丰年的善的品格是幼时从老一辈的爷爷奶奶和乡邻们中习得的，其中镶嵌了几个事情的细节描写。比如小丰年馋点心，一次次偷吃；老爷发现了并没有责骂或责罚他，反而悄悄以饱满的新点心包替换了被他吃空了的点心包，供他继续吃下去。还有奶奶总是善待讨饭者的细节，关于爷爷传承下来的老高祖们的生动故事，等等。小丰年从长辈、亲人、乡邻们的宽厚慈爱中获得了善的种子。这使他一辈子的与人为善有了情感上的逻辑来源。在表现宋丰年的仗义、慧黠、决断或格局时，作者同样生动呈现出了大量的具体事件和具体的细节描写，有效增强了文本的可读性与真实感。二是体现在语言风格。语言风格对文本来讲相当于人的衣装的作用，是为表现主题服务的。追求华丽的人必然会选择华丽的衣饰，行事低调的人一定会避免个性张扬的服装。文学创作与之类似。文本服从于人物性格及人物的成长和生活环境，采用朴实、本色的乡土语言风格，不华丽，不浮夸，不矫情，不做作，可谓紧紧贴着人物写，为人物的乡土本色做出了合体的语言剪裁。三是民俗的采用。乡情民俗同样是增加乡土历史文本叙事真实性的得力手段。时代的快速发展更迭，尤其是改革开放以来城市化进程的一步步加速，使旧时乡村流传数代的乡俗迅速湮灭消失了。历史文本中呈现出塑造人物性格推动命运进展的旧时乡俗，反倒容易唤起读者的情感共鸣，有益于真实性的获得。比如书中小丰年出生时"闯姓"的风俗。比如"文革"中为讨生活，宋丰年和伙伴扒火车到信阳赶的"鬼集"这一特殊的集市，衬托出人物的胆大、讲信义等性格和品质特征，艰辛中蕴藏着盎然生趣，人物的性格呈现又令人不得不信服。

其次，关于文学性。一是体现在语言上。文本所用语言本质上是乡土的，写乡土人说乡土事。但在乡土语言风格的整体运用中又时而细腻时而粗犷，既透着女作家的自然灵秀，又不失男主人公农家汉子出身的粗粝与豪气。灵秀处多表现在文本中的自然景色描写部分，如《雪舞丰年》的开篇文字，又如卖青杏段落中对季节空气的描写，再如童年的夏夜遐思，等等，既能塑造环境以景含情，又使部分文本呈现出既乡野又飘逸的气质。如爷爷带小丰年挖野菜的段落中，从草花到泥土甲虫，到各式野菜，再到各种鸟儿的鸣啭、觅食，到"嗖"的一声不见了踪影的"草上飞"，简直有《从百草园到三味书屋》的味道了。而在塑造人物性格、呈现人物命运的对话或叙述部分，又大多是与农村男性一致的粗粝、豪爽或果决的语言风格。其中方言俗语的大量采用，尤其是运用在人物对话中，活灵活现地展现出人物的农民本色。如讲述宋丰年将造反派头儿震慑住之后，众人是这样议论的："哈哈，咋不烧躁了？！""哈哈，这下威风扫地了！""扎他活该，整天横得跟油炸螃蟹一样！"毛扎扎的对话非常原生态，接地气，以文字做到了对特殊时间空间下的人物事迹的高度还原与再现。另外，在具体字词的选用方面，作者也非常用心，力求乡野化。举例来说，仅语气词的运用上就采用了"咦、哩、吧、噫、啰"等，读之感觉乡音入耳，人物形象扑面而来，仿佛立于眼前，为读者营造出一个极其逼真的乡野生活氛围，使之能迅速代入人物所在的其时其境，仿佛正与之同歌哭同欢笑、同呼吸共命运。二是作者以文字构造画面的能力很强。譬如《雪舞丰年》的开篇："朔风横扫过黄河凌面，呼啸着翻过邙山头，挟来漫天飞雪，顷刻间如绢似纱漫过旷野，雪色笼罩了远近大小村落。"简单两行字像架起了一部摄像机，将冬夜寒风呼啸下的多个村落采入取景框，送入读者视野。在讲述刚出生的小丰年被抱出去"闯姓"时，写道："清冷的旷野里，田畛阡陌，绿油油的麦苗儿已春息萌动。青青的晨霭里，远处小路上一位背着粪筐拿着粪叉拾粪的老汉，正低头顾盼慢悠悠走着。"两行半字，一幅早春清晨农夫拾粪图俨然出现在眼前。书中还有较多类似的文字描述，展现出作者极高的文学素养和良好的文字驾驭能力，也是文本具有文学性的极好体现。三是作者在文本中还善于运用小巧精绝的叙事嵌套结构。在讲述宋丰年人生经历这一大的顺序叙事框架中，作者在每一部分中都镶嵌了以体现人物特征的具体事例，这些具体事例并不是平铺直叙型的，而是经过了作者的巧妙构思以文学语言讲出来的，故事性强，可读性强，有的简直恰如一篇文质俱佳的小小说，让人过目难忘。其中较为典型的一个事例是讲年轻的宋丰年和伙伴们为了生计拉着架子车，去百十里外的荥阳崔庙山坳煤窑拉煤。拉煤的过程自然是极其艰辛的，返程时拉着满车的煤，上山极其吃劲，租了牛力，其间还有诡道；下山也不容易，为了压住车，增加摩擦力，浑身的骨架都要被颠散了。仿佛经历了九九八十一难，终于到家了，作者却用了六个字，将叙事再上一层，引入高潮："这煤竟不耐烧。"俨然一个小小说的结构了。一步一个脚印扎扎实实地带领着读者，蹒跚至最高处，欲览胜景，却乍然松手，跌落，打造出最高的心理落差。其后戛然而止，再无一字。坠空的千般激荡万般翻涌，读者自可感受。这样的叙事自然是文学的叙事，是《丰年之路》较高文学性的鲜明体现。

最后，关于文本的思想性。思想性代表着文本的深度。一个好的报告文学文本的深度既由文本中的人物与事件本身所蕴含的思想价值而来，也从作者精当的恰如其分的叙述或评议呈现出来。《丰年之路》主人公宋丰年生于 1948 年，亲身经历了新中国成立以来的社会主义中国的诸个历史阶段的各个历史事件，是历史的见证者；同时，他又是敏感于时代发展大潮之潮起潮落的踏浪者。他的经历中不乏坎坷与困厄对个人的暴击，但也更有个人牵系集体共同奔赴时代前沿的理想与情怀。这使文本内质具备天然的丰富性和历史感，是文本深刻思想性的根本来源，恰如一件好衣服所应具备的最基础的上好布料，接下来的剪裁功夫将取决于作者的表现力和写作手段。关于报告文学作家的素质方面，中国报告文学学会副会长李春雷曾这样谈："报告文学作家首先应当是一个世界观、知识结构相对比较成熟的知识分子。很多人说报告文学作家晚熟，因为经验的沉淀、知识结构的完整、世界观的成熟、人生经历的丰富都需要时间，达到这些状态后才能成熟地书写、精准地把握。"①据二月河的《序》介绍,《丰年之路》作者曾臻,以写作散文为主,于三十多岁时即展现出扎实的写作功力,再经过二十多年的世事濡染,恰是世界观、知识结构与人生经验均已有所抵达的时候。《丰年之路》以人物的塑造和事件的讲述为主,在丰盈的细节之外,作者不时点缀着思想的珍珠,既有画龙点睛的作用,也有结构全书或者收束章节的作用。如分布在上部正文开始之前的总提炼,"一个人体魄与心灵的成长,将逐渐结构出他未来的人生价值理念",非常精当,且自然引出并概括了人物半生经历的沉淀。上部讲人物的成长历程,下部讲人物成功的转型与发展历程。在章节中某一关键事件的最后,作者一般也会用几行文字来呈现或引发读者对其背后蕴含的价值观等的思索。人物的思想境界得到提升,人物及其事迹的价值和意义得到凸显。

概而言之,作者花了三年多的时间,以走访、田野调查、查阅文献资料、多次与相关人物座谈等形式,获得了大量真实而丰富的人物和事件的材料,倾其心力捋顺其间的情感线索、思想成长发展的逻辑等,在叙述历史中展示人物,在刻画人物的心灵或精神成长中也能凸显时代所烙的印痕。通读全书会发现,人物塑造得有血有肉,情感丰沛。一个坚毅不屈有情怀有追求的中原汉子,带领一座朴实的村落,在时代大潮中逐渐脱颖而出,稳步行走在时代的前沿。

每次读传记作品，掩卷之时会觉得文字其实挺可怕的。曾经以为那么长的几十年纷纷扰扰的时光，亲历过那么多的事，相识过那么多的人，就在这么薄薄的一本书中，竟然就几乎说尽了。然而与无情的时间相比，我们还是要感谢这些文字，感谢写下这些文字的人。他们掬住了时间之河的一捧浪花，定格为一条特殊的通道，让我们随时可以通过这浪花穿越回去，去听去看去触摸感受那些平凡又伟大、真挚而无悔的人生！感谢宋丰年先生将自身跌宕多姿的人生经历分享给我们，感谢曾臻老师以文学的表达，对中原乡村半个多世纪的风雨苍黄以生动的体现，让其人其事其情深深滋润我们的心灵。

注释：

① 《李春雷：理想的报告文学是思想性、文学性和时代性的圆融》，中国作家网2020年12月7日，http://www.chinawriter.com.cn/GB/n1/2020/1207/c433997-31958230.html，访问日期：2021年5月1日。

靳瑞霞，河南省社会科学院文学研究所助理研究员，主要研究方向：当代文学评论、文艺学。

成功学视角下的《丰年之路》研究

周颖

《丰年之路》，是宋丰年的成长之路，也是宋丰年的成功之路，更是宋丰年带领宋砦村民走向"丰年"的道路。

宋丰年是郑州北部宋砦村农民，在改革开放后他率先富了起来，而后领着村民脱贫致富，迈入小康社会，并引领村民向着美好生活不断探索，为中国农村改革开放提供了成功范例，为"三农"问题的破解找到了"宋砦模式"，为接续脱贫攻坚和乡村振兴提出了宋砦方案，宋丰年本人也因此收获了成功人生。《丰年之路》对于研究乡村人才振兴、乡村产业振兴等都有重要的现实意义。

成功学大师拿破仑·希尔明确指出：成功是一种心态，积极心态是迈向成功的不可或缺的要素。依据这一理论，从《丰年之路》中探寻宋丰年成功之路中的积极心态，大致可归纳为四大方面，即目标、情怀、意志和

创新。宋丰年的人生目标像太阳，指引着通向成功的航向；像火柴，点燃起无私奉献的情怀；像鞭子，鞭策出钢铁般坚忍的意志；像涡轮，旋转出永不停歇的创新。

一、崇高的人生目标

宋丰年幼时的人生目标是"让爷爷奶奶叔叔大爷姑姑们家里房梁上馍篮子里都变成白馍"，这一目标像种子一样，在他的心中生根、发芽、开花，指引、激励着他从一个成功走向另一个成功，最终成就了辉煌人生。为了让社员吃饱肚子，他领着大家学习种地知识，并将书本知识与实践经验结合，取得了史无前例的好收成。为了让所有乡亲都能"把破茅屋翻建成大瓦房"，他领着人们搞副业，拉脚儿、熬糖稀、磨豆腐、下粉条……社员的日子像芝麻开花节节高。为了让宋砦人过上有品位的生活，他带领宋砦人发展庭院经济，兴业惠乡邻，精耕葡萄园，组建亨达企业集团，兴建第一家园、第二家园，使宋砦成为中原改造第一村、"全国文明村"、"中国十佳小康村"，宋砦人过上了城市人的生活，走上了小康之路。为了避免失地的宋砦人吃完老本后重新沦入贫贱境地，宋丰年引进教育资源、建设弘润华夏大酒店为百姓提供抗风险依托……从窝头与白馍问题到宋砦人的教育、抗风险问题，父老乡亲对美好生活的追求就是宋丰年人生的奋斗目标。

人生在世都有目标，不同的人有不同的目标，不同的目标成就不一样的人生。宋丰年的人生目标，之所以能成就他的人生，一是他的人生目标是可以实现的，不是脱离实际的，他是一个能正视现实问题又能仰望星空的人。二是他的人生目标不是感性的、散乱的、随波逐流的，而是理性的、聚焦的，特立独行、不磷不缁的。三是他的人生目标不是低层次的、感官的满足，而是高层次的自我价值的实现，不是传统农民的"老婆娃子热炕头"，而是推己及人的"老吾老，以及人之老；幼吾幼，以及人之幼"的崇高。四是他的人生目标不是僵死的、教条式的一成不变，而是发展的、与时俱进的、不断升级的。他的人生目标像太阳一样，指引他不停歇地追求，在追求中造福村民、造福社会。宋丰年用他的付出换来了广大社会的普遍尊重，实现了自己的人生价值，获得了成功，并在不断提高的人生目标中，实现了人生价值的最大化，成就了更大的成功。

二、无私奉献的情怀

宋丰年从小就知道为父母分忧，10 岁拎着篮子卖青杏，14 岁为家挖红薯窖。成年后，为家人捡煤核、扒火车赶"鬼集"，风霜雨雪，走南闯北，不辞辛苦。为使父老乡亲快速摆脱贫困，他以自家的油漆厂做抵押，贷款解决村民的用电问题；后又以油漆厂为依托出资为村集体办厂、引进葡萄品种和技术，拖着浮肿的双腿领着村里人挤火车去辽宁营口葡萄基地取经，寻找致富之路；再后来还将自己苦心经营起来的价值逾百万的油漆厂无偿地捐献给了宋砦村集体。为提升村民文化素质，宋丰年出资买了上百套台湾漫画家蔡志忠的经典文化漫画集，一家一家送上门。为照顾村中老人，他自己出钱给60岁以上的老人发放生活福利补助。1988年，宋丰年当选为村主任，他和班子成员约法三章：一不拿群众的，二不吃群众的，三不让群众担风险，无偿地挑起了宋砦父老乡亲的生计重担。这就是宋丰年的情怀，恰如他在诗中写的："俯首勤耕不问岸，苦乐无悔拓荒原。心血换得芳草地，日日月月盼丰年。"

宋丰年的情怀不是平庸的、庸俗的，更不是恶劣的、卑鄙的，而是高尚的、深沉的、永恒的，他的情怀是他信念的体现，和他崇高的人生目标分不开。他说："这么多年来，我们始终坚持着这样一个信念：上顺天意，下合民意，只要能让父老乡亲吃得香、穿得暖、住得好，我们吃多大的苦、受多大的累、流再多的汗，都心甘情愿。"他进一步解释说："你要还把自己的东西当成自己的东西，一天到晚驮在背上，你咋领着头干大事呀，谁还信得过你呀？一个人不过是：一间房，一张床，一身衣裳，一张口，光身来光身走。一个人要光为自己干，干着干着哪儿还会有激情哩？"他说："我是宋砦村的儿女，我应该孝敬我的长辈，应该做老百姓的伞，当老百姓的牛！"

三、钢铁般坚忍的意志

艰难困苦，玉汝于成。宋丰年的成功就是从艰难困苦中磨炼出来的，他以钢铁般的坚强意志与疾病斗，与恶劣环境斗，与落后思想斗，最终取得了人生的成功。14岁时，为治疗急性风湿性关节炎，面对数寸长的火针扎进跟腱，他连皱一下眉都没有。为了不当老拐腿，他依靠一棵老槐树，压腿、倒挂身子，克服结缔组织中炎性粘连的撕裂和筋骨坼裂的疼痛，创造了任何一本医学书抑或民间偏方辑录上都没有的奇迹，以一个少年难以忍受的坚韧走出了生命的炼狱。为把自己锻造成无私无畏的无产阶级钢铁战士，面对二三十米深的渊谷、呼啸的寒风、18个填满炸药等待点燃的炮眼，宋丰年以大无畏的革命精神抢在前头。为感动供电局局长给宋砦批建变电站，他和刘贵翘教授一起，早上4点多就起床到局长家门口蹲候，连续一周，以"程门立雪"的方式打动了局长，为宋砦由农业向工商业的转型解决了电力问题。"反击右倾翻案风"时，宋丰年遭受污蔑、被批斗、被罢免队长，但在改革开放后再度当选为生产队长时，他说："只要叫我干，我就有能力干好！"

宋丰年的意志是有明确人生目标支撑的，让父老乡亲过上好日子是他不变的人生追求，这种崇高的人生目标及其巨大的社会价值决定了宋丰年的意志有着巨大的效应，它不同于一般人的意志，更不是街头耍横。宋丰年的意志是坚强的，其坚强程度由其面临的困难来度量。面对风险很大的"置换心脏瓣膜"手术，他是酒肉一起来，搅和着心中的豪气、忧惧与不安吞进肚里；面对深谷、炮眼，他抢先行动；面对委屈、污蔑，他无怨无悔，不计前嫌，一往无前。高水平的意志成就了宋丰年不平凡的人生。

四、永不停歇的创新

自由创造不逾规，这是宋丰年心中最朴素的特质，他的创新精神体现在生活、生产等多个方面。盖房子选址，他在一块谁都不要的岗地上盖起了全村第一所炫目的红瓦房。买木料，别人看着歪歪扭扭长着树瘤的老榆树没什么用处，他觉得歪着扭着更强韧，就讨便宜价买了。打院墙，更是别出心裁，他不请别人帮忙，自己弄上土埂，上面浇足水，沤上一夜，第二天，用锹把两边的土齐切下来，封到高处，再沤上水。如此向上封土、沤水，封土、沤水，一层一层叠加上去，直到所需高度。跟玩意儿似的，泥土就黏结成了墙。

发展生产。在实施统购统销、不允许自由买卖的情况下，宋丰年在没有被控制的领域里找出路，冒风雨从郑州带些针线到驻马店乡下走村串户，约了外村青年扒火车去信阳赶"鬼集"。在村民都在土里刨食时，他看到"到处在刷新"，创新地决定办油漆厂，最终成了全村第一个万元户。在无日不"斗私批修"的时候，时任生产队长的宋丰年，活学活用毛主席语录——"自己动手，丰衣足食"，提出"包地垄到劳力"，比小岗村的"大包干"整整早了四年。宋丰年每一步都走在政策前头。他带领宋砦人走"以二带三"的路子，拔掉粮蔬种葡萄，拔掉葡萄建工厂，发展新型工业园区，实现从粗放型经营向集约型经营的转变，对宋砦村进行城市化改造，普法倡德，全村参股共同理财……宋丰年打破传统的生产种植模式，领着宋砦人一步步从世世代代面朝黄土背朝天的农耕定式中走出来，走上了小康社会。

宋丰年的创新，既有人性温度，又有精神高度，还有理论深度和法律依循度。人性温度体现在他的天然良知里，也体现在他让父老乡亲过上好日子的不懈奋斗中，他的创新是基于人性思考的活力展现。精神高度体现在他的独立思考中，他不受任何程式束缚，践行问题导向，凡事别出心裁。理论深度体现在他对创新理论的具体实践中，宋丰年在"到处在刷新"的意外事件中，在"不允许自由买卖"的新的认知里，在贫穷但还"懒"的不协调中实现着创新，实证着现代管理学之父彼得·德鲁克的创新来源说。法律依循度体现在他对法律精神的遵循，他的创新是"法无禁止即可为"的超前实践。

周颖，河南省社会科学院文学研究所副研究员。

辑二

《丰年之路》就是中国梦

程士庆

　　在中国共产党成立 100 周年之际，《丰年之路》的出版恰逢其时，这个书名非常贴切，《丰年之路》不就是朴素的中国梦嘛，正如习近平总书记所说的，永远把人民对美好生活的向往作为奋斗目标。我觉得《丰年之路》巧妙地借用传主宋丰年的名字，很好地注解了什么是人民群众对美好生活的向往，就是要踏上丰年之路。

　　虽然昨天是半夜里到的，我今天早上还是出去转了一圈，发现周围地名都带个"砦"字，"砦"从字面上理解，就是守卫用的栅栏、营垒，当年有可能就是拱卫城市的这么一个所在，应该没有什么经济活动，甚至并非人类宜居所在，但现在在宋丰年书记的带领下，宋砦村已经成为一个融入城市发展的繁华之地。这一旧貌换新颜蕴含的天翻地覆已足以说明一切。

　　宋丰年有个特殊身份，就是宋砦村

党支部书记，这就意味着他要带领大家共同致富。《丰年之路》中最后写到一个细节让人动容：宋丰年召开家庭会议，商量要把自己家族一路打拼创办的弘润华夏大酒店拿出来面向村民进行股份制改造，如今宋砦村每家资产过千万元，人均年收入 8 万元，成为中国农村通过改革开放共同致富的典型。

我是浙江人，原来也长期在浙江工作。2015 年去广东工作以后，河南人在广东的同乡会搞活动，也来叫上我，说我是浙江来的，也算河南人的老乡。我说为什么浙江人算你们河南人的老乡？对方回说你们浙江人，尤其是杭州人都是我们河南人的后代，当年北宋成南宋时迁移过去的，我听了觉得挺有道理。所以我来到这里感到很亲切。

我父亲现在 80 多岁，是搞化纤的。他当年支援河南搞新乡化纤厂建设，对河南比较了解。昨天我在机场等飞机的时候跟他通电话，我说要半夜到，他说晚上新郑机场、郑州火车站都很少车的，你要注意安全。我说您老放心吧，现在肯定不一样了。果然，一下飞机便坐上车，第一感觉是高架路特别多，半夜里也是车流不息，很繁华的大都市。

在《丰年之路》里面我也看到，在改革开放之初，宋丰年书记让自己的骨干组队到浙江去看了义乌，看了温州，然后把浙江改革的经验运用到宋砦村的发展上。某种意义上，可不可以这样说，通过宋砦村的实践，能够使河南不让江南。河南就是黄河，江南就是长江，两条母亲河比翼齐飞，使得中华民族的发祥地中原与当代中国经济发达的长三角同频共振，象征着中国沿海和内陆的携手共进。

这次来参加《丰年之路》的活动，是受著名作家田中禾老师的邀请，我知道田中禾老师跟宋丰年书记是老朋友，也是宋砦村的文化顾问，这本身就佐证了宋砦对文化的重视。

我早上起来到这个村办大酒店里转了一下，看到还有个规模相当的图书馆，连河南省少儿图书馆也在这里建了分馆，酒店房间也摆放了不少很有品位的图书，我觉得比社会上一些高档酒店都更有文化。

所以，作为出版人，我也提个小小的建议，如果《丰年之路》这本书有机会修订的话，是不是可以增加一个章节，集中反映宋丰年书记与文化人的交往，对文化事业的关心和支持，以及对这方面的投入等内容，这样《丰年之路》会更加丰富，不仅是物质上的丰年之路，在宋丰年书记的带领下，宋砦村的精神文明建设也走上丰年之路。

因时间关系，还要把更多的时间留给各位专程赶来的专家，我就发言至此，再次致敬宋丰年书记！也向兄弟社河南文艺出版社表示祝贺！

程士庆，浙江文学院院长兼浙江文学馆馆长，花城出版社原总编辑，曾任中国少年儿童报刊工作者协会副会长。

五个淡定的纽扣儿扣人心弦
——宋丰年印象

高凯

瑞雪兆丰年
说的是一个古老的信念

在宋砦村
丰年是一个年景
也是一个人

一个小村庄自从遇上了一个好人
就遇上了一个个好年景

一个人的名字让一个人大雪纷飞
让一群人年年有余

斯人从善

善念善能善举
善始善终

身上唯一的一个品牌
可能就是胸前那枚闪光的红徽章

不是谢幕胜似谢幕
为其喝彩的是一部传奇的《丰年之路》

一身中山装穿出了一个男人的风度
满街休闲装和西服黯然伤神

四个端庄的衣兜更像身体的四块补丁
五个淡定的纽扣儿
扣人心弦

2021 年 5 月 15 日于宋砦村

高凯，甘肃省文学院院长，甘肃省作家协会副主席，享受国务院政府特殊津贴专家。

相帮文化小传统与当代个体人生史

何同彬

我发言的题目是《相帮文化小传统与当代个体人生史》。借用两个概念，一个是历史学的概念，一个是人类学、社会学的概念。

我在看《丰年之路》的时候，首先想到了它的题材和文体的问题。如果十多年前讨论这样一本书，会很简单地把它归类为报告文学、传记文学、纪实文学，这是很简单的划分。也就是大概在十年前，新兴起一个概念——非虚构。2020年的时候，跟侯平教授做上海和南京工作概念，她提出一个概念——非虚构中国。前几天跟她约稿，我想把非虚构的问题继续深化，结果侯平说要自己写一篇文章——《非虚构是个框，什么都可以往里面装》，这个带有一定的玩笑性质。为什么大家不愿意把很多作品称为报告文学，就是因为报告文学的写作，在某一阶段出现很多问

题，以至于大家不愿意。非虚构现在也失控了，变成一个大帽子，什么样的作品都可以放到非虚构里来。

我们回到探讨《丰年之路》。对于一部作品，被称为报告文学还是非虚构，其实不是很重要，就是一个概念。关键是你这个作品、这个文本有没有写好，有没有向着一个好的向度去努力。从这个角度来看《丰年之路》这本书，我觉得作者曾臻女士应该是从三个层次，试图对文体的写作做一些突围，做一些尝试和努力。其实宋丰年老师他这样一个人物，本身非常具有复杂性。我们江苏有一个历史人物，张謇，也是这两年特别热的一个人物。也包括很多文学作品里面，像孙少平，包括贾平凹的作品里面大量农村改革家的形象。其实和宋丰年老师这样的形象有关的很多，要在这样一个谱系当中，重新书写这样一个人物，其实难度是很大的。所以我说曾臻女士书写有所谓的三个向度，一个是传统和历史的向度。因为一个转型时代的成功的个体，我们看《丰年之路》这本书，作者曾臻从一开始就把宋丰年这样一个主体，跟他所在的这样一个土地，与乡土背后之间的传统关系给展现出来了，作者是充分意识到了这种关系。所以宋丰年之所以能够成为宋丰年，作者是从传统和历史的融合这样一个向度，以及作者在向度书写当中对历史环节的呈现，使得这个作品难度在增加。因为这个，作者在描述宋丰年成长背景的时候，对于历史传统的呈现，比如现代史、共和国史，包括地方志，这里面有地名和地理的变迁，还有风俗史，以及很多民俗学的东西，都被她有意识地融入文本。所以我为什么在这里提炼出一个相帮文化的小传统，就是因为对于宋丰年先生的成长来说，他不仅是一个杰出优秀的共产党员的代表，用传统概念对应的话，同时他也是一个地方精英。无论他作为一个个体，还是所在地方的群体，在精神来源的建构当中，传统和历史起到了很大作用。这也是一个个体在大变革和大时代当中，个体跟时代之间的避风港，起到黏合剂的作用，这是这个作品很宽阔的历史学和社会学基本的视野。包括作者在呈现这些重要的历史阶段的时候，其实在尽量客观和尊重历史以及表达一定历史理性的方面也做了很多努力，尤其是对一些敏感历史时期的判断，让我觉得非常好。

第二个概念就是个人，宋丰年先生他个人的完整性和立体性。在这里借用的其实是人类学学者王铭铭提出的一个人生史的概念，在中国人类学研究当中把宋丰年作为个体的成长史，与历史变革和强大的传统变革之间打通。最后借用人生史的概念，因为人生史的概念，它会把一个个体放到个体跟社会、世界，也就是传统家国天下的整合性当中考量个体。这样一来，使得这个概念本身所涉及的资源非常丰富，包括人类学。如果换到当下来说，这样一批人，他的成长当中有超社会和超地方的引领。作为拥有不同人生境界的人，这样的一些人，他们对世界的创造性有更大的特殊性，而且他们身上代表和联系的社会性内容，比一般人更广阔深邃。这也是《丰年之路》要挖掘和呈现宋丰年这样一个人的人生史的特殊意义。

另外在这样的人生史背后，还涉及口述史的背景。因为作者在写作品的时候，肯定是跟宋丰年老师，跟他的朋友们做了大量的口述史的准备。这对于文本的生成起到很大作用。

这个作品最后还是落实到一个文学文本。《丰年之路》之所以那么动人，在于其本身的文学性，这里面大量的细节，刚才罗列的丰富的历史和传统背景，最后投射到这样一个作品当中，它是用细节方式呈现的。它的文学性和细节赋予这样一个文本很强的现实性和生活性，这是它的文学性的体现。当然这里面还有大量的风俗、人情、伦理的描写，这里就不展开论述了。另外一个体现就是，宋丰年这样一个被描写的个体，他作为一个人，他的复杂性，作者也是动用小说家的意识，没有把他塑造成一个高大全的人。这里面透露出很多他的一些，比如他的情感，比如他作为一个改革家，在改革创业的过程当中所不得不使用的一些手段，都做了一些非常具有复杂性的呈现，我觉得这也是一种文学性的体现。

最后我们说，其实对于宋丰年这样一个人物，写这样一部传记是完全不够的。而且我觉得《丰年之路》只不过是在对于这样一种人物，进行描写和研究的更丰富文献当中，具有引路性和开拓性的文本。这个文本它虽然在呈现宋丰年一生的完整性上做了很大的努力，但是我个人觉得，其实这样一个人物他在大时代当中的复杂性，没有被文学用更复杂的方式呈现出来，这和本身采用的书写方式有关。我觉得以后有其他的作家，应该用其他的方式。比如大家都很熟悉的，特别厉害的传记电影中类似的艺术手法，完全可以用在宋丰年老师这样于波澜壮阔的大背景当中成长起来的个体身上。所以我觉得《丰年之路》只是一个开始，我也期待关于宋丰年这样一个人物，还有其他更多的作家来为他进行文学性的呈现。

何同彬，青年评论家，曾任《钟山》杂志副主编，现任《扬子江文学评论》副主编。中国现代文学馆特邀研究员，中国作家协会青年工作委员会委员，江苏紫金文化英才。

永远的"盗火贼"

黑丰

关于《丰年之路》，我的感受是：这是一本良心之作、思考之作、泣血之作。不是说文字层面有多么泣血，当然这本书语言也不错（文字也优美），而是说这里面写的宋丰年先生，是一个有血点、有泪点、有高点的人，所以我说它是泣血之作。其次，我要说的是，这是一本有个性、有深度、有思想、有批判的人的书，语言简练，内容扎实、丰赡。作家曾臻女士是下了功夫的。

谈一下主人公宋丰年先生。我个人感觉，他是一种奇观、一个奇迹。昨天我看到他虽然是蹒跚地在那里走，就急着想去跟他握手，跟他合影。因为我深深地被他的事迹感动。在他走路的步幅中我看到在他身上、他的体内，还有没被某种宏大叙事完全蒸发的功力，有没被完全消散殆尽的波涛，仍然充满了蓬勃感召力的激情。所以我

认为这是一个具有深刻人文精神和某种宗教情怀的人，一个大觉悟者，一个敢想、敢说、敢做、敢当，敢于为他人豁出去，敢于为他人"我不下地狱谁下地狱"的人，孤独、忧患、悲苦、悲悯、顽强、叛逆、坚挺、豪爽、豁达，能成大事。一生盗"火"，一生趋光，追求生存之光。

看完《丰年之路》之后，我突然有了一个想法，他使我一下想到一个人。想到谁？我想到了古希腊神话里面的普罗米修斯，这是一个敢于上天盗天火的人。他从太阳神阿波罗那里盗走火种送给人类，给他人以光明，而自己却因此长期忍受宙斯的惩罚，忍受一条永恒的铁链，忍受永恒的不眠之夜，忍受一颗永恒的（金刚石）铁钉，忍受每天的日晒和鹰啄（啄肝）。

宋丰年先生就是一个当代版的普罗米修斯。儿时用钓鱼式的办法盗取艳红礼签封包里的眉豆角；从第一次兜售青果，到在一个漆黑的夜里前往黑市贩卖粮食；去盗取瓜果、盗甘蔗、盗肉联厂的猪粪；到广东去做生意；从油漆厂到葡萄园，到制罐厂；从六根黄瓜请专家，到创办亨达企业集团等，无一不体现了他具有的普罗米修斯式的大悲悯、大智大勇大能和非凡的胆魄。看得我想哭。

但有一个问题却一直像秃鹫般在我颅内盘桓，那就是我们中国人为什么活得这么艰难，生活这么苦，几千年如此，几千年如一日，为什么？是中国人需要这么苦、需要这么勤劳、需要这种长期的炼狱般的生活，非如此不足以获取盘中餐吗？

《丰年之路》这本书引发我深思的东西太多。

回到宋丰年。宋先生一生公平、公义。就连他打架与人扎刀子，也是公平、公义的。这个人是一个可以在刀上平等的人。比如，他扎了肉联厂那个造反派头儿一刀，然后，他把刀柄递给对方，希望对方也扎自己一刀。即我捅了你，你也可以捅我，体现了一种公平。所以这是一个具有公义、公平、公心的人，上苍悦纳他。他也一定会成功，因为他处处公义、公平，一心为民，所以民众也喜悦他、爱他、拥戴他。民意也是一种天意。天意从某种程度上来说也一定会体现为某种民意，所以他必得天助、必成功。中国传统文化中有"独善其身"之说，其实是没用的、不可能的，从某种角度来看，这是一种自私的表现。想想一个人，怎么能够"独善"？人一定要得天助，同时必然要与"他人"（众生）结合，联合在一起才能成功。成功，不是一个人"独善"的结果。成功是聚光、聚众能的结晶。所以宋丰年先生是成功的，因为他聚光、心中有民意。

下一个话题，要求"探讨改革开放以来中国社会农业、农村、农民与现代化进程的问题"，以及"以文学的形式再现改革开放以来中国人的精神状态与生存状态的问题"。

要探讨农业、农村、农民与现代化的进程，中国人的精神和生存状态。说来说去，就一个："人"的问题。如果关于人的问题，只要绳索太多，铁镣太多，框框太多，教条太多，人的"精神与生存"状态就不会好到哪里去；只要人的生产力得不到解放，只要土地的生产力得不到最根本的解决，妄谈农业现代化、人的"精神和生存"状态等问题，一概白搭。

我们中国人不是辛苦得不够，勤劳得不够，奋发得不够，自力更生得不够，智慧得不够。中国人什么都够。中国人只有一个东西不够，那就是人的思想自由度还不够。只要这个东西达标，人有了充分的思想自由度，中国人是什么人间奇迹都可以创造出来的。从《丰年之路》这本书，从宋丰年先生的身上即可看出，中国人不比其他地球人差。

这就是《丰年之路》这本书给我的启示。

黑丰，诗人，后现代作家，《北京文学》月刊社资深编辑，中南财经政法大学法律与文学研究所研究员，长江大学客座教授。

《丰年之路》，三重命运的叠合

李倩倩

　　最初拿到这本《丰年之路》的时候，我原以为是一本普通的农村改革家传记。我们都知道，人物传记的写作是很容易流于表面或者浮于颂扬的。但读完后，让我觉得比较感动的是，这本人物传记并不是侧重于宋丰年先生的人生成长和荣誉成果，而更多的是以个人命运切入时代的脚步，在社会进程的曲折与发展中进行反思。

　　一本书有一本书的时代命运，在这本书里，呈现了三重命运的叠合。第一重是宋丰年先生他自己的经历和口述。他用亲历者的身份去回望历史，用个人感受和记忆见证时代，在人生故事的回顾中，又融入了自己对社会发展和个体命运的理解与思考。宋丰年先生生活的时代正是我们父母辈生活的时代，他的成功，是一个人的成功，也是一个村庄的成功（宋砦村的成功），这种成功因素更多

地在于他有着超脱时代局限和现实束缚的思维意识，敢于突破，敢为天下先，就像前面黑丰老师提到的，类似普罗米修斯这样的一个精神人物。在那个强调集体意识的时代，宋丰年先生却能看到个体的需求，而且是物质和精神的双重需求，甚至可以为了一个村庄的生存需求去冒险去闯荡，这都是非常难能可贵的。第二重，是作者曾臻女士的书写。书中融入了她对宋丰年先生的个人塑造，宋丰年的一生充满传奇色彩，她用丰盈的故事细节，切入了社会历史的微观层面，让人物的传奇性更加有血有肉，更有筋骨。她将对时代的概括隐匿于人物的境遇之中，书写人与社会的关系，也追寻"人"的意义。第三重，是书的命运。单个的个体，是人类社会的组成细胞；宋砦村，可以说是中国农村的组成细胞，而这一本书，从出版的角度来看，它是当代文化与历史的组成细胞。或许在不久的将来，我们会发现，这三重命运的凝聚和重叠能提供给我们的思考，会远比现在所想象的更多。

每个时代有每个时代的困境，每代人也有每代人的艰难跋涉，《丰年之路》让我们看到的是前人传递下来的突破和果敢的精神，我也相信这种精神会一代代传递下去。

李倩倩，《花城》杂志执行主编，作品散见于《光明日报》《南方文学》《诗歌月刊》。

丰年的力量

梁晓明

我来自杭州，在来的时候，那边朋友说，你去郑州，要多体会一下民情。然后我就跟宗仁发大哥一起坐着车，那个司机刚好是一个大姐，我就顺口问了她。没想到刚一说，她就开始几乎是滔滔不绝地赞美这个城市的变化——路中间的绿荫，怎么怎么更好了，甚至说郑州现在更绿了，郑州现在真正成了一个绿城。

我为什么要讲这些，因为当把这些反馈回去之后，为什么这些杭州人会惦记一个去到他乡的人，有一种乡民乡党的情绪。虽然已经是现代，但是这种传统依然存在，并且非常浓郁。所以这里就联想到刚才坐在对面的刘进才先生的文章，那篇文章的题目我觉得非常好，叫《一个人与一个时代》，里面有两句话特别好。是这样讲的：吃百姓之饭，穿百姓之衣，莫道百姓可欺，自己也是百姓；得一

官不荣，失一官不辱，勿说一官无用，地方全靠一官。他这个话里面有什么意义？就像刚才天津的张主编说的，他里面有句话很有含义，他说地还是那块地，地方还是那个地方，人还是那些人，但是领头人不一样之后，情况就全然不同。所以这就突出一个领头羊、带头人的概念。所以由此使我想到，我们这块地方，我们宋丰年先生这样一个领头羊、领头雁、带头人，把这样一个地方带起来，并且成为一个标杆。我就觉得，这一点的体会我就非常深。一个人跟一个地方之间的关系，甚至于小到一个家庭，大到一个民族、一个国家，其中一个领头人的重要性。所以我觉得这本书，某种意义上更大的含义在这个地方。

最后说到这本书本身，就像刚才张予佳说的，这本书，是活生生在眼前的叙述，所以这个过程特别重要。前面不知道谁说的，这本书写得非常生动，有血有肉有批判，把一个人写得很丰富，我们知道写这样的书容易写得空洞，容易写得高大上，容易写得让人不愿意读，不好看。我记得我们以前看的曹操，曹操小时候跟袁绍经常干坏事，然后两个人干了坏事逃出来之后，在沟里爬不上来，曹操还不帮袁绍的忙。类似的情节其实这本书里面我看过，也是早年，也有不少关于宋丰年先生的小时候、年轻时的细节，我觉得这个特别好。

梁晓明，生于 1963 年，出版诗集《开篇》《用小号把冬天全身吹亮》等。《2017 年中国诗歌排行榜》"2017 年度十大诗人"。

《丰年之路》的话语贡献

林雪

二月河先生写的序言对这部作品的主题做了一个大略介绍，序言叙述的时间变换是一种空间的位移，读的时候感觉好像一架无人机在半空飞行，也像有一种冥冥之音在将古老大地和几代人的命运娓娓道来。这种解说的语气多少带一点疏离感，它是宏观的，但是作家如何无限地接近这个故事，我对这个过程感到非常好奇，有一种想要破解悬念的好奇。这一切如何开始，内在的结构和线索矛盾的推理如何展开，这是作家的秘密，同时也是我们读者想要知道的。主人公曾经沧海，他有多平静，多么从容和淡泊，内在故事就有多震撼。我感觉作者是一个编故事的高手，她写的《丰年之路》是一部成功的传记文学作品。作者以一位当代成熟作家的思想力、写作力，以非虚构样式为手法，以河南宋砦村为半径，以宋丰年为主人公，以乡土乡村、纪

实为底色，融汇了主人公历经当代中国农村新民主主义社会，种种历史阶段，一直到改革开放后四十年之间的奋斗历程。这种艰苦卓绝到极致的命运抗争，向贫困宣战，向温饱和幸福极致地奔跑，表现出广阔时代真实复杂的生活和丰富多彩的人性。

这里我简单谈谈《丰年之路》的三个贡献。

第一，乡土话语贡献。作家继承了现代文学"乡土文学"的中国情怀，完成了塑造当代乡土农人精神高度和向度的飞越。

话语是特定社会语境中人与人之间从事沟通的具体言语行为，是文本，是人们说出来或写出来的语言，是丰富和复杂的具体社会形态的文学形式，是指与社会权力关系相互缠绕的具体言语方式。在现代文学史上，中国作家第一次以密集的话语研究乡村展现乡村，源于五四运动。20世纪90年代以来，随着中国市场经济的迅速发展和城市化进程的加快，乡村人口锐减，作为生产力的劳动力衰退，人们和土地的关系从紧密到松散，原生活样本褪色，人物和土地的经典关系越来越模糊消散，乡土似乎失去了可以把控的主体关系能力，曾经繁荣一时的乡土文学创作陷入了低潮，故事不够，怀旧、乡愁来凑。新世纪文学和乡村、农民已然形成了进不去、看不透、走不远、写不够的隔膜，钱理群先生在2009年的一篇文章中呼吁要重建文学和乡土的血肉联系。

理想很丰满，现实很骨感，二十年间确实少有具备文学史意义的洪钟大吕之作。

　　作家通过《丰年之路》在宋砦这块热土上写活了一位宋丰年。他的生命是血性的、筋骨的、灵魂的、理想的、伦理的、反制的、信念的、挫折的。失败交织着转折和拐点，挣扎充盈着信心和希望。文学和乡土互相成就，被挖掘出了原型的精神制高点，与作家内心的精神高度重叠互映，抓住时代的双重机遇，以宋砦为文化母体，精神象征、血脉源头成全了宋丰年，宋丰年反哺、蜕变、升华，再造了一个新宋砦。

　　《丰年之路》以文学话语介入乡土，直击漫长贫困给中国广大农村数亿农民带来的长达半个世纪苦难而又时时用希望召唤的现实，重新回归乡土话语。话语、言说的形式就是文学折射出的权力和政治，如果说话语是一个国家政府硬实力和软实力的叠加的话，介入话语、以话语发声则是作家的重要选择。然而，如何在原生态的乡村话语基础上刷新、打造乡村话语的现代版，作家还要具备话语更新的能力和知识储备，完成话语生产的流程，清楚话语分配策略，用厚重的作品冲击现有文学话语市场消费的机制，使含有乡土、贫困、再生、财富、新人等关键词的话语形成 21 世纪时代和社会的文学价值主流。

　　第二，贫困话语贡献。借用社会学概念，《丰年之路》写了一部抗击命运、摆脱贫困、寻求幸福的故事。书写贫困并不意味着成功地构建出贫困话语，文学形象塑造的内在过程包含了几乎所有关于摆脱贫困的动机体系、行为体系、知识体系，包括对贫困机制的深入定义和剖析。源自贫困线所带来的生存艰难，贫困线负向"权威性"与认知"局限性"之间的张力是作家挖掘人性的富矿。贫困和反贫困带来的心理、行为的紧张、急迫、弯曲、冲突、障碍和力量，也为作家塑造真正知觉开悟、行动能力、精神能量、反思、蜕变、升华意义上提供着更多更大的可能。

第三，科学和知识话语的贡献。宋丰年和宋砦村人在人生拐点都深受知识和科学匮乏的困扰，渴望拥有知识后的滋润和自如。乡村先生饱学士绅类开蒙，小学、初中老师"每节课都是唯一"的知识敬畏，生命境界自发的尊敬，后来请进教授、招募人才，建立一整套经济、管理、生产、财务、法律、策划、营销、教育、培训体系……作家话语也完整反映了量变到质变的过程。童年和少年的宋丰年为地薄、收成不足，全家人吃不饱、吃不到白馍而困扰，青年时代扒火车、运煤、步行一百多公里路赶集，危险至极，以命相搏的壮举也没有让家人吃白馍的状态稳定，白馍仍忽远忽近，如梦似幻，朝不保夕。

2001年，社会学家提出了"知识贫困"概念，提请人们除了关注收入贫困，以及以寿命、知识水平和生活体面程度为基本要素的人类贫困之外，还必须关注这一种伴随21

世纪而来的新型贫困。因为知识贫困将成为中国在 21 世纪面临的最严峻挑战之一。而《丰年之路》中，宋丰年及一班人以先见之明，超前行动，逐项地，一个一个地建立了相对应策略，在脱贫致富的过程中，也把对科学知识体系的普及提前了 30 年。

　　林雪，1988 年参加《诗刊》社青春诗会，2006 年获《诗刊》"新世纪十佳青年女诗人"奖，第四届鲁迅文学奖获得者。

《丰年之路》，宋丰年的命运史

缪克构

  我一直期待到宋丰年所生活的这块宝地来看一看，这跟我出生的环境有关系。我是温州人，虽然我大学毕业后长期在上海从事媒体工作，但是我从小生活的环境是东南沿海温州的一个镇，叫龙港。龙港在三十多年的发展过程中，从中国第一座农民城，变成中国第一座镇改市的城市。我从小生活在这样一个环境，大学和工作又在上海这样一座大都市，所以对这几十年来中国改革开放的历程有切身感受。但这些地方都在南方，我很想到中原大地来看一看，作为改革开放先锋的宋丰年的村庄是什么样的，它走过了怎样的历程。我很认真地拜读了《丰年之路》这本书。昨天因为上海雷暴，航班延误了四个小时，我在机场又把书读了一遍，感受更加深了。

  我们讲温州人的精神，往往用"四千精神"来概括，就是历经千辛万

苦，说尽千言万语，走遍千山万水，想尽千方百计。其实我觉得在宋丰年身上还可以加一个"千"——历经千锤百炼。看到宋丰年几次跳到冰窟窿里去，我不禁落泪。为了开创事业，为什么宋丰年他能够这样做？一般人不太能理解，为什么要这么辛苦地付出，这么忘我地投入。我在书里找到了答案。《丰年之路》的作者在前面部分花了相当的篇幅描述他的出身，包括找了一个农民拜干爹，包括在偷吃糕点被发现的时候，老辈人内心的疼爱。为什么花了那么多的笔墨来写这些东西？其实我读到最后想明白了，作者就是在描述宋丰年深爱这片土地的缘由。他始终非常忘我地带领村民们一起发家致富，把自己的油漆厂捐掉，把自己的酒店拿出来做股份制，把道路拓宽，包括整治村庄、修路造房、引进企业，其实自己在里面得到的东西不多，完全是一个无我、忘我的状态。正是因为小时候吃百家饭，受到这样一种关爱。所以《丰年之路》是非常真实的。

《丰年之路》将纪实性、文学性两者结合得非常好。我在这部纪实文学中看到很多像作家陈忠实的笔调，看到田中禾老师著作里的东西。从纪实性方面讲，这本书很真实，甚至敢于把笔触伸到一些最柔软的地方，让人完全相信宋丰年先生会在这个土地上产生，也相信他会义不容辞带领这块土地上的人们一起往前走。另外，《丰年之路》的文学性也特别强，看上去一点也不觉得枯燥，里面描述的主人公，也包括几个女性的形象非常丰满。里面讲到的人与人之间的情感，包括男人和女人之间的情感都非常美好，使得宋丰年这个人物形象更加丰满。

这样的纪实文学作品，把非常真实的、可感的人物呈现在我们面前，不仅能了解宋丰年先生人生的经历，也能够了解在河南大地、中原大地上一个村庄的发展史，从更大的范围来说，其实是一部折射了中华人民共和国成立七十多年来城乡发展的简史，所以《丰年之路》我觉得还可以细读。我也特别赞成程士庆先生讲的，这本书用很多笔墨塑造了主人公宋丰年在闯荡过程中的一些经历，其实在人文这块还可以再拓宽。宋丰年先生的人生之路，有人文背景在支撑，你看他这么喜欢读书，关注文学事业，包括现在还有文学中心。把这些东西融入进去，可以让作品更加丰满，让人深信中原大地数千年文明积淀的地方，一定会诞生这样一个英雄人物。

缪克构，诗人，作家。中国作家协会会员，上海市作家协会诗歌专业委员会主任，文汇报社副总编辑。

半个民族的心灵史
——从一次救赎到另一次救赎

南鸥

长篇人物传记《丰年之路》，是作家曾臻根据宋丰年的传奇人生而创作的，《丰年之路》出版以来，引起学界的广泛关注，成为具有丰富时代内涵与人文精神的一个社会性话题。大家一致认为，透过宋丰年的背影，我们看到了共和国发展的历程，特别是改革开放以来我国转型巨变的辉煌历程。也就是说，《丰年之路》从史实、从人本、从文本这三个角度，为我们讲述了有着静穆的史实、跌宕起伏的命运和具有艺术感知力的鲜活故事，从史实、从人本、从文本这三个方面共同构成了对一段历史的三重见证与文学审视。

高兴主编谈到《丰年之路》有着非常丰富的解读视角，各位专家也从各个方面给予了很高的评价，现在我想从纯粹的个人角度，对《丰年之路》

从史实与人本这两个向度来与大家交流这种双重见证的意义与力量。

我是被"救赎"这个富有宗教意义的动词震撼才真正进入《丰年之路》的。

宋丰年祖上几代人都是老实巴交的农民，他的父亲宋福保原来是宋砦一位光荣的拖拉机手，令全家人倍感骄傲，可是一夜之间，他的父亲突然被戴上投机倒把的帽子，与"黑五类"一样昼夜受到批判和折磨。在当时的年代，戴上这样的帽子是非常可怕的，就像一座大山压在全家人的心坎上，永远不得翻身。

父亲对母亲说，村支书找到他说，上级给他们村里下达了一个政治任务，发了顶帽子，要找一位投机倒把分子戴，谁戴了，村里每天就多给他记两个工分，而父亲人这么好，就算戴上帽子，也没有人会欺负，而且每天多得两个工分。父亲想每人每日都拼死拼活地干活，才有八个工分，而现在戴个帽子，每天多得两个工分，戴就戴吧，父亲就应承下来了。

母亲异常激动地问父亲，难道不知道村里是怎么斗人的？难道不知道这顶帽子会给整个家庭带来多大的伤害？

父亲说，他当然想过，但是想到自己就是个拖拉机手，就是开个拖拉机，往城里拉菜送粮时，顺便到黑市上卖点东西，换点吃的，有时候替这家捎一点，替那家带一点，帮他们换点活钱。现在上面说这算是投机倒把，那自己做了这些事情，他不戴谁戴呢？

一位老实巴交的农民，一位光荣的拖拉机手怎么会突然就被戴上这样的帽子呢？又怎么会以这种不可思议的方式戴帽呢？现在看来是十分的荒谬，但是这就是当时的事实。

尽管母亲是一位地地道道的足不出户的农村妇女，但是在那个年代，所谓的"黑五类"天天被批被斗，受尽屈辱，母亲是看在眼里，记在心里的。尽管她不知道什么缘由，更说不清楚什么道理，但是她知道戴上所谓的帽子之后整个家庭就完蛋了，从此不见天日。所以母亲听父亲说他戴帽了，当场就吓得半死，后来就变得精神恍惚起来……

1965年，宋丰年初中毕业，作为返乡知青回到宋砦。但是由于父亲被戴上了坏分子帽子的身份，他不能参军、不能招工，就连搞副业也不准参加，但是最脏的活儿、最累的活儿却少不了他。原来方方面面都很优秀、心性骄傲的宋丰年，突然感到自己被打入了十八层地狱，瞬间跌落万丈深渊。

对于突然戴在父亲头上的这顶坏分子帽子，宋丰年尽管也不知道背后的深刻原因，但是他从自己的身上切身感受到了对他的家庭和他个人的巨大的伤害。他无法接受这样的事实，但这也是他不能挣脱的命运。

接下来，公社要到几十公里之外的地方修水渠，宋丰年作为"黑五类"的子弟自然被派去参加艰苦的劳动，以便达到对他们改造的目的。而他身披"黑五类"子弟的黑衣，有令他悲伤的自卑，更有着骨头里燃烧的强烈的自尊，按照他自己简单的理解，他拼命为公社工作，尽管不能够摘掉父亲头上的帽子，但是也许能够让他被父亲"染黑"的"黑五类"子弟的身份稍稍干净一点点，能够让一大家人被压得窒息的压力减轻一点点。他打定了主意，他要拼命，他要以拼命的方式，来把父亲"染"到自己身上的"黑色"一点点擦掉，擦得全身发紫、发红，以此表明自己有一颗忠于党忠于人民的赤子之心。于是他拼命了，最脏的、最累的、最重的活儿他抢着干，别人休息了他还在拼命，直到累得吐血，直到被送进医院，直到他的拼命换来了"特级战斗英雄"的荣誉。宋丰年企图通过这样的方式，来救赎父亲所谓的"罪过"，来解救一大家人与自己的命运。

记得我 2006 年在《"中间代"——独具理性禀赋的精神群雕》一文中谈到历史对个体生命的伤害，我感叹道："世界上没有任何一个民族的心灵，像我们民族一样被意识形态如此强烈地渗透与浸染……"

显然，这个情节是令人悲怆的，而他这种救赎的方式透出个体命运为那个年代所劫持，所伤害，这是一个民族心灵的悲歌，是一个民族的心灵史所裸露出来的巨大的伤口。

第二次救赎是指改革开放之后，为了全村人民尽快摆脱贫困，他凭着自己的担当与情怀，凭着自己的智慧与才干，带着全村人民与时俱进，勇于开拓。为了改善村里的电力设施，他不惜用自己的企业抵押贷款 9000 元，让黑灯瞎火的宋砦从此昼夜灯火通明。为了创办村里的企业，他再次用自己的企业抵押贷款，创办了化工厂。特别是 1988 年他当选宋砦村村主任之后，他更是把整个生命与自己的企业全部投放进去，几次南下广东、北上东北，宋丰年在疯狂的玩命式的努力之下，在这个转型巨变的时代大潮中，实现了宋砦的跨越式发展，让宋砦这个城中村在短时间内完成了历史性的蜕变与涅槃，成为闻名遐迩的村庄，为村民带来了实实在在的福利，品尝到历史发展的成果，享受到改革开放的历史性红利。而这些近乎典当自己与家庭的身家性命的悲壮举措，其实就是宋丰年人生的第二次救赎，显然，这样的救赎，既有着对父亲"黑五类"帽子与自己"黑五类"子弟这个身份强力清洗的色彩，更有着宋丰年骨子里一直储藏的大爱、情怀、担当的精神品格。

从一次救赎，到另一次救赎，宋丰年的两次救赎一样的令人震撼，都彰显了一种敢于向命运说不的强烈的生命意志。如果说第一次救赎是对那个时代说不，那第二次救赎就是对贫困说不；如果说第一次救赎是以伤害自己身体的方式演唱那个时代的命运悲歌，那么第二次救赎就是他以先知先觉的身姿与勇于担当的气概，率先站在历史的潮头，融身改革开放的大潮，演唱一个民族从站起来到富起来，再到强起来的命运的大歌。从这个意义上说，宋丰年的两次救赎，构成了半个民族的心灵史。

宋丰年的命运与两次救赎，还让我想到我的《顶着天空的蚂蚁》这首诗。蚂蚁那么卑微，一阵风，就可以把它吹得远远的，一块泥土，就可以将它掩埋，它就像私生子一样，被人间蔑视，当作不存在，被任意践踏，被任意凌辱，但它却是大地的老祖宗，它却昼夜顶着天空——这既是蚂蚁朴素的情怀，又是蚂蚁英雄的壮举与超凡的担当。然而，蚂蚁的生存状态，就是人的生存状态；蚂蚁的命运，就是人的命运……

宋丰年的一生极富传奇色彩，诡异艰难、跌宕起伏。从他第一次救赎所表现出来的承受与抗争的生命意志，从他敢为人先、勇于担当、锐意改革的精神气质，从他数次被党和国家领导人接见的荣誉，从他给宋砦带来的翻天覆地的变化，从他在当时对大中原引领示范的意义来看，他甚至可以说就是一个时代的英雄。我想甚至可以说，他加冕了历史，历史也加冕了他……

我们知道，宋砦地处中原大地，而这个中原可是大中国的中原。在改革开放初期，尽管宋丰年舞动的是河南郑州的宋砦，其实他引领的是整个中原大地；他独自站在历史的潮头，其实他牵引的是整条黄河的滚涌之势。他的肋骨好像镶在河南郑州的宋砦，其实，他的整个身体就嵌在中华大地的苍茫之中……

此刻，从历史对个体生命的伤害与激活这个角度，我还想到了两本书，一本是美国哲学家胡克的《历史中的英雄》，一本是英国历史学家汤因比的《历史研究》。

从上述的分析来看，无论是之前那个时代，还是1978年之后转型巨变的时代，都说明我国历史进程的步履艰难、悲壮、宏阔，都说明伴随历史进程步履的是国人心灵所受到的前所未有的洗礼。从这个意义上说，社会的每一次进步，国人心灵的每一次蜕变，每一次涅槃，都是民族心灵史悲壮的嬗变。

南鸥，本名王军，中国作家协会会员，贵州省作家协会主席团成员，贵州省诗歌学会会长，贵州省新诗研究中心主任。

我读《丰年之路》

荣荣

真是孤陋寡闻，我对曾臻这位作家不熟悉，以前没有读过她的作品。今天有幸参加她的传记文学作品研讨会，这下连人带作品一并都认识了。认识了就不会忘，这个不会忘，私下以为还有她名字的因素，我因为做编辑工作，接触的作品和作家太多了，记忆力又不好，所以张三和李四总会忘。但曾臻应该不会忘，因为她的名字取得好，好在难念准，两个字发差不多的音，但前面的姓是不卷舌后鼻音，后面的名是卷舌前鼻音，这对我这样连四与十、王与黄都不分的江南人，念起来很有挑战。

由作者的名字我想到她的传记，写传的人与传主从来都是两码事，但当一个作家进入传主的世界，以融入式的文学笔触，将传主搬到书上，立在书上，尤其是作家以平视平等的视角，走近传主，这样的传记作品，作

家更容易沉浸于传主的世界，与传主同感同喜同悲，这也是传记作品的一种写法或一种境界，所以，至少在写的时候，曾臻与传主宋丰年先生似乎又成了差不多一码事，"差不多"的意思就像"曾"与"臻"这两个字连在一起念时，发音差不多一样。

平视平等，融入式的写作，更能让传主形象准确，还原人物原型到位，并确保传主始终在"人"的范畴之中。我的意思是仰视着写，是造神，俯瞰着写，容易自说自话，这两种都会失真。一个人在芸芸众生中被拎出来单独写传，总有他特殊之处。宋丰年很了不起，他值得这样单独的笔墨，但他还是一个人，是一个凡人，有凡人的喜怒哀乐、挣扎和纠结，所以，我觉得曾臻这本书写作时进入的方式就是对的。进入的方式对了，就成功了一半。她在采访时，感动她的，令她感慨的，她就能够真实地传递给读者。所以，在书中为宋丰年这个人物造像，准确与还原，曾臻做到了。她通过呈现主人公，也顺带为我们这个时代造像，所以这本书是人物史也是时代史。这也是这本书最大的可取之处。

为做到这一点，曾臻肯定做了大努力。她的采访细致深入，而且叙述比较节制，有一种口述笔录式的真实。二月河在书的《序》里说曾臻写作功底好，基础扎实，我读了这本传记后，我信。她文笔里有一种天然的敏感，能抓住许多出彩或有深意的细节，并将这些细节写得细致，比如写主人公偷零食、偷瓜、做小买卖，还有生病治病等，读来令人感同身受，读到紧要处还令人揪心。作者在写作时，节奏与铺排也都控制得比较好，该展开的展开，该一笔带过的就简略，比如他的病、他母亲的病，比如被作者一笔带过的、主人公成功后不可避免遭遇的红颜知己，这样的详写略写，把握的分寸好了，整部作品的可看性和格局就出来了。我记得曾臻还特意突出了他妻子的温柔贤惠和无私奉献，对于宋丰年的人生的重要意义和必不可少，这样的处理非常好，这就是正能量，这就是很大的善，很大的人性，毕竟在宋丰年这样一个大写的人的世界里头，情感的纯洁度，也决定了他正面、向上、积极的人生走向。

看传记我们看什么？首先是看传主是怎样的一个人。前面说得准确传神，就是起到这个目的。要知道一个人怎么样，我们很想知道的是他的"来路"，这来路就是他如何成长，他的精神世界如何形成，他为什么会成为今天的宋丰年而不是别的什么人，这些我们都能在书里找到答案。我记得书中说到他小时候为了解决饥饿带领小伙伴到处去找吃的，甚至有一些小儿无赖般的不择手段，读来感觉特别真实，也很有意思。这种行为，恰恰是他以后人生不走寻常路的伏笔，为他走到今天，走得那么与众不同给出了答案。比如同样是进行新农村建设，同样是面临城中村改造，同样是为失地农民寻找出路，许多人都在动脑筋，找方向，许多地方有大成功，也有小成功，或者不成功，但宋丰年却为我们提供了一个独特的样板。性格决定命运，这话是对的，他从小性子里那种天然的灵活野性和对周围人的善意，这些都是他成长的"来路"，这些都能说明他为什么会成为能灵活处事和敢为人先、敢做第一个吃螃蟹的人，并且有担当，愿"吃亏"，还一直以大爱回报生养他的土地和父老乡亲。

看传记当然还想从中得到一些启示、感动等，这种正面的先进人物的传记，自然是传递精神。正面文学的一个很大的作用，在我看来，就是传承人类的精神。而精神，那是人类必须坚守和传承的真的善的美的品质。我在这里很容易就能罗列宋丰年这个人物带给我们的值得弘扬的精神，比如他的侠义精神、奉献精神、吃苦耐劳精神、敢为天下先精神、创造精神，二月河在《序》里讲宋丰年先生"善仁，善信，善治，善能"，这些都是他身上的能量点。这些精神，也是宋丰年能依着心路修一条属于自己的人生之路的大前提。

所以，这是一本值得读、值得掂量的传记。

当然，艺术无止境，这本传记自然还有令我觉得不是很满意的地方，也许编辑做久了，我更喜欢精致讲究的文字，也更喜欢戏剧小说化一点，所以，如果作者能在行文上更讲究些，铺排上有更多的变化，作品自然会更可读。有些苦难或情到深处的细节，也不妨多添些笔墨用以煽情。

轻易滑过去了，有点可惜。宋丰年这位人物的内心是一座富矿，也可以更多更深地挖掘。书的结尾材料化了，也可以再做些艺术处理。

荣荣，本名褚佩荣，现为《文学港》杂志主编，浙江省作家协会副主席。

《丰年之路》的审美透视

孙思

　　《丰年之路》是一部自传性的再现艺术。它不是对生活机械的模仿或直接反映生活表层，而是通过对生活的加工、改造、提炼，并通过想象和挖掘，将主观渗透于客观，来反映生活的本质，从而再现那些年的生活。主人公宋丰年的命运，是这部作品的精神梗概，他是乡村的一个变革者、行动者，他也是一个夜行者，一个骑在风的肩膀上飞奔的人，他在无声的硝烟中淬火，期许着生命境遇的反转。他以自我的塑形，默默抵抗着现实、时代的浸染，让宋丰年之路，以正常状态下的"不可能性"变为非正常状态下的"可能性"。

　　我们的城市环境，总是给予我们各种各样意想不到的视觉和听觉感受，如何在生活的本来面目中，去发现美，这就需要作家想象的移植和延展，发掘出体验之外的新感官，用颠覆时间和记忆来催生出另一类陌生化感受。

《丰年之路》便给我们带来了这样的辨识度。它把宋丰年送到我们面前，圈住我们的目光，激发出我们对生活曾经熟悉而又渐渐远去的一种特殊的质感。于是，阅读过程中，宋丰年身上的某种精神气质，在不知不觉中牵引着我们，回到那个年代中去，也是回到自己身边去，看到彼此，发现彼此。

而宋砦不只是地名，也是决定作品基本格局的要素。是她让宋丰年成了自始至终活在潮涨潮落的时代关口、成为心里有世界的人。

作品从宋丰年的出生写起，这个吃百家饭的孩子，将生命的全部能量和热忱，投注在了生他养他的这片土地上。他在时代与命运面前不屈不挠，20世纪70年代当生产队长，到21世纪，历经坎坷和各种艰辛与磨难，直到完成宋砦由蛹化蝶的艰难蜕变。让宋砦换了人间，百姓换了命运。他努力拼搏的30多年，其精神何尝不是一种长征精神，其长度，何止两万五千里。

这令我想起了当年华西村的吴仁宝，他们一样为了全村人的幸福生活，创造了一个又一个神话，一个又一个农民的天堂。

作品用第三人称视角，来缩短作者与事件、读者与作者之间的距离。这个视角是流动的，看似有界限，实际上又没有界限。这个视角立在时间之外，用同样流动的文字来替它叙说、描写、感觉和感受。这文字立在纸上，虽呈绝对的沉默，但这样的沉默是有声音的，这声音不是让我们用来听的，是让我们用来感觉的，我们在看它们的时候，它们也在看我们，看我们懂不懂它们。纸上的每一个字，看似是随意的，信手拈来的，但它其实是作者在心中经过无数次过滤，无数次的选择、思考、沉淀后，敏锐地从浩瀚的数以万字里拎出来的，它看似平常，却包含着作者的独具匠心，作者的情深义重。

作品运用了灵活多变和富有个性化的语言，成功地刻画出宋丰年这个不甘、奋勉、执着地创造着宋砦人的富足与文明的人物，所赋予他的厚重和坚毅品格，表现出了那个年代所特有的典型环境中的典型性格。

首先，作品是用宋丰年的语言来写宋丰年的。"1982年初秋的一天，宋丰年把兄弟几个叫到了自己家里。每见到几个弟弟，宋丰年心里总会油然生出快慰。他的目光从丰田、丰林、丰园、丰岭四个弟弟的脸上一一看过去，然后，缓声说道：'今儿叫你们来，是有个事老在心里搁着，放不下，给你们说说，咱先商量商量，要中的话，再去给咱大说。'"以上不多的几句话，就把一个家庭的长子持重、沉稳的性格凸显出来，其中目光的描写，让我们更为接近宋丰年这个人物的真实面貌。而如果此处用知识分子的语言来写，或在小说的某些地方用农民的语言写知识分子，不但不协调，还会"夹生"，更不可能如此鲜明而丰满地刻画出宋丰年这个人物形象。

其次，作品的描写有韧性和通感。"后来，为了避免摔伤，他在下面垫了些虚土。就这样，坚韧地将自己倒挂在树上，一挂再挂，每挂一次，就像经历一次酷刑，结缔组织中的炎性粘连被一次次撕裂、弥合、再撕裂……开始只能挂一小会儿，慢慢能挂上十几分钟，练到后来，一挂就是一个多小时，他自我戏谑为'倒挂金钟'。"最后，宋丰年以一个少年难以忍受的刚韧走出了生命的炼狱。

这是描写少年宋丰年腿受伤后，顽强执着锻炼的一个场景。这里作者越是以无知无觉无关联状态的视野来描述这些，越是令人触目惊心，而让我们触目惊心的原因是少年的灵魂仿佛被从肉体里切割开，一层坚硬的意识拉近了他潜意识里的永不枯竭的顽强。

我们的祖辈几乎都是农民，即便现在生活在城市里，我们的内心也仍负担着太多真正的乡村生活。所以这个少年在我们眼里是那样的熟悉，就像从前的我们遇到了现在的我们。所以即便这里的情节为虚构，也是真实世界的肋骨。

语言是作品的本体，不是外部的，不只是形式、技巧。探索一个作者的气质、思想、生活态度，必须由语言入手。如果事情的发生地是在地方，语言也必须有地方的文化性，只有这样，作品的语言才能映照出地方特点和作者的全部文化修养。

　　语言形象，现场感强，是《丰年之路》的另一特点。"一声婴儿嘹亮的啼哭从西间冲出，撼动了三间草屋，划破宋砦村的夜空，和进风雪的呼啸里。"文字干净冷冽，透出金属质地的光泽，以想象的细节完成了可信的丰富，并带着向往和目的，以直线的延伸赋予画面以动感，将整个语境引向无尽的可能之中。瞬间想象形成的浪漫主义镜头，恰恰是重中之重，亦是点睛之笔。

　　这个由声音和外部景观结合起来的场景，隐喻了宋丰年的未来：一个成大器之人首先要经历坎坷、磨难和挣扎，唯如此，才能将生命的潜能发挥到极致。所以这里对宋丰年出生的重墨描写，是处于语言之外的某种人类互相认同的仪式呈现的。

　　《丰年之路》这部作品，作者的笔锋深深揳入宋丰年这个人物的个体生命里，揳入他和他所处的时代。作者在现实和想象两个空间里完成对人物的塑造与对生命价值的求索，于是宋丰年便有了生命，有了清晰的呼吸。他身上蕴藏着的恒久的光辉，能扫除岁月沉沙，让我们感受并去接近他人性中的温暖。内中涉及的很多场景和细节，虽不能事无巨细地去描写，但都是选择其精干的，既写出表面现实的，又能表现内在的东西。同时因为饱含了作者深厚的感情，所以显得非常真实。其中很多共性的感应，是我们在小说里找到能和生活经验里可以与之合并的"同类项"。

每个人都有成为小说家的机会，就如同谁都有机会成为英雄和偷窃者一样，人的生命中存在着人世间所能展示的全部才能和愚蠢，任何人的成功和失败都潜伏在他生命的深处，只是成长的过程中丧失了某一部分。这种丧失往往在不知不觉中，也可能在努力之后的疲惫里。只有专注于特定领域内的痴者才有更多的机会在这个领域里获得成功。曾臻是这个领域的痴者，所以她能写出一部洋洋洒洒的 23 万字的作品。

人生本来是一种较广义的艺术。每个人的生命史就是他自己的作品。这种作品可以是艺术的，也可以不是艺术的。宋丰年的人生是艺术的，因为他实现了自己的价值。

2021 年 1 月 7 日于沪

2021 年 5 月 13 日修改于沪

孙思，中国诗歌学会理事，上海市作家协会理事，《上海诗人》副主编。

现代意识与传统文化
——《丰年之路》研讨会发言

杨文臣

　　读完《丰年之路》，非常震撼。在河南生活了十年，宋丰年书记的大名听说过，原以为宋砦的发展和其他无数的城郊村庄一样，得益于城市的扩张，没想到发生在这片土地上的故事居然如此荡气回肠。从 1974 年担任生产队长开始，宋丰年先生就把自己的奋斗和宋砦人的福祉焊接在了一起，经过几十年的努力终于取得今天的局面，可谓筚路蓝缕、气壮山河！

　　白手起家、雄才大略、披荆斩棘而毕成大功的创业者不少，但没有多少人能面对自己苦心经营的事业被推倒而安之若素，更不要说亲手推倒然后从头再来。宋丰年书记就可以，先是搞经济作物，建起遍地的葡萄园；然后铲掉，发展工业，林立的厂房拔地而起；之后又重新布局，砍掉不环保的企业，发展商贸和休闲产业。难以想象，要

有怎样强大的生命意志，怎样充盈的生命能量，才能承受如此巨大的精神折磨，才能担纲如此繁重的建造和重建！

强大的生命力、意志力、创造力，深远的战略眼光，敢于冒险，永不止步，能具备这些品质的个体已属凤毛麟角。除了这些，宋丰年书记还有一点让我无比感佩：作为一个土生土长的农民，他身上居然一点也没有那种"小农意识"和"地盘意识"。很多像宋书记一样俯首甘为孺子牛的当家人，领导村民发家致富后，都会有修建牌楼之类的动作。我一直挺欣赏这种做法的：往低处说，表达先富起来的骄傲和自豪；往高处说，唤起人们的归属感、身份感和凝聚力。无论怎么看，都无可非议。当有人做出这样的提议时，宋书记居然拒绝了，说："什么都不要，不要那种小家子气，自设藩篱。要彻底打破小农意识，全方位开放，路路通社会，引进来，输出去。不打开眼界，永远走不到时代前头！"读到这一段时，我感慨万千，陷入了长久的思考。

宋丰年书记奋斗的初衷和目标始终是为宋砦人谋福利，他一次次的布局都是为了能让宋砦人拥有一份永久的基业，不至于在城市化之后因为能力不足而重新沦落到贫贱境地。不过，他并没有区分宋砦人和外来人。他一开始就很清楚，宋砦是宋砦人的宋砦，但不只是宋砦人的宋砦。宋砦要发展，离不开人才。人才来到宋砦，就是宋砦人。他像兄弟一样对待来宋砦的投资者，像家长一样对待来宋砦的大学生。

正是因为他的这种胸怀，宋砦才群贤毕至，并且群贤为宋砦的发展尽心尽力。几十年后的今天，就是前不久，我们的城市管理者们才有了这种意识，彻底放开了人才落户限制。两相对比，不言而喻。

融入城市之后，原来意义上的宋砦消失了。多年之前，村民拥有这片土地的绝对所有权，可以禁止外人进入；而现在，每个人都可以来这片土地上买房居住、投资经商。没有牌楼，对一个过客来说，可能意识不到行走其上的这片土地叫作宋砦。宋砦人会不会有一些感伤？文学中这种感伤可是铺天盖地，唤作"乡愁"。我想，他们应该没有。不仅是因为他们在主动融入城市的过程中变成了有恒产的千万富翁，还因为宋丰年书记在带领村民发展经济的过程中也一直在开展文化建设，情感交流的渠道和空间还在，浓浓的乡情还在。最重要的是，在几十年的奋斗中，宋书记把一种阔大的气魄和格局带给了民众，人们得以从过去那个自成一统的村庄中、从由血亲和宗族关系构建的情感网络中走出来，把生命存在和生命情感安放在大都市中——这就是现代意识。

相对稳定的存在了两三千年的中国农村的社会结构和情感结构，正随着不断加快的现代化进程而土崩瓦解，由此产生的身份焦虑、情感危机一直是文学密切关注的主题。我们其实很清楚，从长时段的历史来看，没有什么永恒不变的东西，身份、情感、社会结构、人与土地的联结、存在的形式和状态……一切都处在流变之中。但我们当下的社会转型实在是过于剧烈，意识到转型的不可避免，并不能帮助我们应对由此带来的精神动荡。所以，我们关注、书写、悲悯，但似乎爱莫能助。

宋丰年书记一直站在时代的前沿，带领宋砦人顺利地融入了现代都市，但他为人处世遵循的却是传统文化的理念。他讲仁义礼智信；给酒店取名弘润华夏，"弘乃弘扬国粹，润乃润泽华夏"；女儿出国留学，他送的临行礼物是一套诸子百家……如此种种，不胜枚举。那么，在传统文化之中，或许就隐藏着通向现代和未来的"林中路"，只是我们没有看到，而宋丰年书记却从上面走过。儒家讲宗族，讲"血亲之爱"，也讲"亲亲而仁民，仁民而爱物"。由亲及众，由家及国，乃至天下宇宙。宋丰年书记为宋砦人而奋斗，也为每个来到宋砦的人而奋斗；他建设的是宋砦人的宋砦，也是天下人的宋砦。家国之间，并无界隔，所以，没有牌楼，没有感伤。

曾臻的《丰年之路》是一部优秀的传记作品，真诚、朴实、鲜活，深情款款。关于"丰年之路"，关于宋丰年书记的创业之路、人生之路、心灵之路，我们应该从文学、哲学、人类学、文化学等各个角度继续加以探讨。宋丰年先生留给历史的身影，不应只是一个财富创造者，还应该是一个文化人物。

杨文臣，山东兖州人，文学博士，嘉兴学院副教授，研究方向为文学理论与批评。

成功的路径
——略谈传记文学《丰年之路》

张映勤

　　《丰年之路》是一部以河南郑州城郊宋砦村党支部书记、村委会主任宋丰年为主人公的传记文学。作品以时间为序，真实记录了宋丰年坎坷壮丽的人生之路。全书分上、下两部分，上部记录了青少年宋丰年的成长史；下部书写了主人公的奋斗史、成功史。宋丰年生于 1948 年，几乎与共和国同龄，他人生轨迹的每一步都透射着时代的烙印。

一、以人写史，反映时代进程

　　《丰年之路》展现的是宋砦的沧桑巨变，全村走上共同富裕之路，得益于天时、地利、人和三个因素。人和是宋砦村有书记、主任宋丰年这样有胆有识、无私奉献、敢为天下先的带头人和强有力的班子成员；地利是宋

砦独特的区位优势、特殊的地理条件，临近省会大都市，招
商引资、铺路拉电、搞活乡镇经济、融入城市化进程等方面
都得地利之便；但更重要的是天时，就像宋丰年常说的："没
有改革开放，没有好的政策，就是大干苦干加巧干，干死干
活也不中。"是党的富民政策、农村改革，让他们找到了施
展才华的舞台，没有改革开放的大环境，他们还像四十年前
一样在土里刨食，沿袭着中国农民千百年来的生活生产方
式。"宋砦模式""宋砦奇迹"说到底，根源于时代环境的历
史机遇。

传记文学是写人的，人物所处的历史环境、历史背景
决定着他的人生走向。宋丰年的经历几乎就是我们触手可
及的共和国历史，作者没有正面描写每一个历史阶段、历
史事件，这不是一本传记所承载的内容，但是透过人物的
所思所感、所作所为，让我们切身感受到他所处的具体环
境和时代氛围。

历史往往是由一个个鲜活的人物组成，由一个个生动
的细节组成，这些碎片化的个体人生是历史进程中最小的单
位。反映历史进步与时代发展，不一定需要宏大叙事，凡人
小事、细枝末节看似微不足道，但正是这些涓涓细流汇成了
奔腾不息的长河，人物的每一个印迹都是中国农村重大转型
的缩影。作品从小处着眼，聚焦于宋丰年的个人经历，却让
我们看到了"百年未有之大变局"下的时代足音。作者写人

物，写事件，主人公走出的每一步都是顺应时代的正确之路。作品让我们看到的，不仅是宋丰年个人的成功之路、宋砦村集体的致富之路，更是共和国农村的改革之路。正像作者在书中所写的："在这片国土上，任何人的命运都是与政治息息相关。"读《丰年之路》让我想起曾经辉煌一时的大邱庄、华西村，想起了许多摆脱土地束缚，改变传统农耕方式，靠经营，靠人才，靠胆识，靠智慧，改变命运的新一代农民。

小中见大，通过人物表现历史，是我读《丰年之路》之后第一个深刻印象。一个人的成长，离不开历史，离不开时代。宋丰年是一个普通的城郊农民，四十年前中国农民的命运之艰难，人所共知。地还是那些地，人还是那些人，为什么一个不大的村子发生了翻天覆地的变化，一个个吃不饱肚子的农民变成了户均资产超过千万的富翁，这种变化固然离不开宋丰年及班子成员的共同努力，离不开他们率领村民脚踏实地的创新奋进，但是根本的前提是国家政策的改变，是时代的进步把农民从固守的土地上解放出来。《丰年之路》的可贵之处在于，在书写宋丰年个人奋斗经历的同时，为时代的进步和社会的发展写史立传，让我们一览共和国农村改革的走向，深刻领会中原农村发生巨变背后的深层原因。

《丰年之路》的成功，在于通过宋丰年的多次创业，展现了农民生活的根本性变化，以及思想观念的更新，这些都是以中国大的历史环境为背景，表现了一个城郊农村与中国社会现实割不断的血肉联系。所谓时势造英雄，正是好的政策带来的机遇，才造就了宋丰年这样的时代弄潮儿，造就了宋砦村一个个奇迹的产生。"文章合为时而著"，对时代的关注，对现实的关切，是作家通过作品促进社会进步的一种责任和使命。作者以人写史，小中见大，见微知著，使这部扎实厚重的作品具有了强烈的社会现实感和浓郁的民生意识。

二、通过细节塑造人物

传记文学的生命在于真实，这种真实是建立在生活真实、历史真实基础之上的艺术真实、文学真实。传记不像小说，作者可以发挥想象，任意虚构，传记在尊重事实的基础上，忠实记录传主的曲折人生，但不是对传主的回忆、经历做简单的归纳整理。

面对通过采访等方式获得的大量第一手资料，作者曾臻让我们看到了她选择素材、加工取舍的功力。毕竟人物传记不是起居注，不是大事记，不能流水账式地记录人物的生活轨迹，而是要选取那些有代表性的细节，以表现主人公独有的精神气质与性格特征。尤其是作品的上半部分，宋氏长辈的家风家教、村人的纯朴善良、拮据贫穷的生活条件，对主人公宋丰年性格的形成与影响至关重要，传主打捞出记忆当中最深刻的东西，但作者曾臻的主观介入让她对生活素材进行必要的选择和过滤，有所写有所不写，注意选取那些对塑造人物有帮助的生活细节。诸如偷吃点心、卖青杏、收红薯、拉煤扒车、运大粪等细节都写得栩栩如生，生动传神，不仅增强了作品的文学性与可读性，更重要的是通过这些叙述传递出主人公对美好生活的强烈向往与追求，传递出宋丰年要强好胜、不甘平庸的个性特征，这是其所以带领乡亲摆脱贫困，努力拼搏的深层内驱力。

我以为，传记文学在尊重真实的基础上，作者完全可以根据自己的理解和作品的需要，适当地进行虚构或想象，只要做到大事不虚，小事尽可不拘。《丰年之路》是传记，也是文学，它的选材、叙事、描写，都是为了塑造人物服务，人物是否鲜活，性格是否突出，血肉是否丰满，靠的是生活细节，而不是人物事迹的堆砌。总体来讲，《丰年之路》给我的感觉，上半部写得从容自然，前三十年的宋丰年尽管生活困顿，却充满了生活智慧，他是那个时代农村的能人，不仅性格坚毅，肯于出力，也见多识广，心眼活络，对世态人情了然于心。从少年到成年，宋丰年出门办事，口袋里总带着一盒烟，遇到有人刁难或是有求于人，烟就成了他用于交际、联络感情的工具。作者几次写到吸烟让烟的细节，他自己抽低档的散花牌香烟，却把好烟留给别人，小小的一支烟，让人们看到了主人公处世的机敏与智慧。1988 年，宋丰年当选为村委会主任，他做的第一件让人瞠目结舌的事，是将原村委班子的账本一把火烧掉。作为一个领导，如何凝聚人心团结队伍，除了智慧和胆识，还要有宽广的胸怀。宋丰年之所以从千百万农民中脱颖而出，成就一番事业，说到底是他的性格使然，把握时势，洞悉人心。主人公身上与众不同的禀赋，正是通过一个个故事、一个个细节展现出来的。这些细节安排、细节描写，让人物变得鲜活生动，从青少年的机智果敢、坚忍不拔，我们可以断定，只要假以时日，有了适合的舞台和空间，宋丰年身上的潜能必将喷发。性格决定命运，宋丰年注定要追潮逐浪，引领风骚。相比而言，下半部，作者将笔力更多地倾注到主人公的创业发展上，倾注到改变宋砦面貌、带领村人共同致富的奋斗上。下半部的内容重于叙事而轻于描写，记录的事件多而详，人物形象的塑造上有所弱化。

三、语言平实自然，生动流畅

《丰年之路》虽是人物传记，但给我的直观感受是读着不累，这一方面得益于作品的内容，近七十年的人物经历，顺时而变，不断进取，宋砦的一个又一个奇迹如一幅画卷慢慢展开，让我们获得一种阅读的快感；另一方面，作者曾臻的文采尽显其中，自然流畅又灵动的文字，极大地提升了这部传记的文学性。作者在选取素材、记述故事、塑造人物的同时，注意文字的精雕细刻，作品通篇显露着女性书写的细腻优雅，在平实的叙述中力求文字的精致。尤为难得的是，常有一些精彩的句子画龙点睛般道出作者独到的见识。

"一个人将成就怎样的人生，要看在他童年的心田播种下了怎样的种子，这种子会在他生命中生根、发芽，长成一片森林。"

"一切精神王国的追求都必须基于生命热量的基本满足。这是个贫乏的年代，饥饿如影随形地胁迫着正值生长的躯体，吃仍是第一需要。"

"穷达身外事，道义是根本。"

"没有比脚长的路，没有比人高的山。"

"创造的激情与奉献的愉悦是他的本心需要。"

……………

这些智慧的语言显现着作者独有的文字功力。在文学语言日见粗陋的当下文坛，曾臻的《丰年之路》以一种脱俗的澄澈和质朴，保证了作品不为流俗所动的文学品格。

作者曾臻不是简单地记录叙述传主的往事，而是融入自己的情感，以自己的语言书写自己眼中的人物，成功地把宋丰年塑造成有别于一般意义上的劳模人物，成为独具个性的"这一个"。

作者在《后记》中提到当年二月河嘱咐她的话："传记并不好写，一要传主满意，二要作者本人满意，三要出版满意。"我以为，最重要的是要让读者满意。《丰年之路》是值得一读的成功之作。我觉得，它值得读者花费时间和精力好好阅读，人们一定会被作品深深吸引。

张映勤，一级作家，《天津文学》杂志主编，编审，中国作家协会会员。

行路者心语

张予佳

　　《丰年之路》作者曾臻以平实自然、感人肺腑的笔调讲述了主人公——全国人大代表、全国劳模、河南省优秀共产党员宋丰年的成功之路，内容翔实丰富，情节耐人寻味。的确，每一个人都渴望成功，因此对于读者而言更想知道的是，这本在当今时代大背景下，以真实题材为内容的报告文学范畴内的人物传记类图书中，所揭示和启迪的成功智慧。

　　俗话说，人生不如意之事十有八九。世界上的失败必定远远多于成功，而且要成功必然遭遇并且战胜重重磨难。因此读者更希望在书中发现主人公面临命运低谷时，如何渡过危难的历程与经验。通观全书，主人公的人生之路脉络清晰，充分展现了他跌宕起伏的命运际遇与矢志不渝的向往与追求。在从困顿的童年记忆到靠体力付出"讨生活"，直到走进高光时刻，从对阶段性成功的反思总结，

到在一场场打击中不断成长成熟，并持续走向更高的台阶的进程中，我试图从主人公的故事中寻觅成功的要素。

首先是信仰——对美好未来的坚定信仰，坚如磐石的信仰是一切的基础。宋丰年在顺境中，双目依然定睛于大目标，时刻明白自己肩负的大使命，因此不会为间断性的成功喜悦所迷惑而自满。在逆境中，信仰就是他泥泞中孤独跋涉的坚实支撑，就是在密集箭雨袭来时高举的四围的盾牌，直到带领自己一步一步地走出低谷。

其次是忍耐——宋丰年的忍耐是在信仰之光守护下的忍耐，不是憋屈和压抑，而是永不偏向的路标，是刺破死荫黑暗的光。慢慢长夜中哪怕只有一丝一毫的光，都足以振奋人心。假设忍耐只是缺乏信仰基础，要么导致崩溃，要么心灵迷失，从而走向虚妄之地。顺境中的忍耐是警醒，令自己常常谦卑感恩，自我提醒不要醉心于暂时的成功而得意忘形，因为即便是片刻的欣喜与快意也需要节制自律的忍耐。当外界的困难像海啸般袭来，并降临到身上，逆境中的忍耐就是提供抵挡冲击波的源源不断的能量，也是能默默努力改变局面与事件走向的底气。

最后就是劳作——宋丰年勤劳又毫不懈怠的艰苦付出。在追求未来理想的道路上，向着信仰的方向，吃苦耐劳地风雨行走。顺境中依然兢兢业业寻求更远的里程，力求在每一段里程碑上深深铭刻下欢笑和泪水，铭刻下血泪教训与隽永记忆。在逆境中更要以正确的行动方式改变困局，特别是当外界的压力令人几近窒息之际，便要回转向内心，常常在心里劳作，站立在信仰的磐石上，忍耐着切肤之痛，总结经验，雕刻自己，成为更加精美结实的器皿，才能容纳更为广阔丰厚的无悔人生。

《丰年之路》展现在我眼前的是一条独属于宋丰年的路，道路曲折蜿蜒，他风雨兼程，苦不辍行。致力于追求永无止境的绚烂彩虹，便是他背负的大使命了。相信他必定走向更广阔更深远的天地，以坚实的信仰、谦卑的忍耐、勤奋的劳作，续写《丰年之路》的新篇章！

张予佳，诗人，现任《上海文学》杂志社副社长。

《丰年之路》，一个时代的缩影

朱燕玲

　　对我来讲，看《丰年之路》这本书，是引起了一些思考的。我跟宗老师一样，也在 2019 年来到过同样一个场地，参加过田中禾老师的作品研讨会。那时候就听说了宋丰年先生的一些事迹，但是没有了解那么详细，只知道这个酒店跟他有关，知道弘润华夏文化艺术中心是宋先生创办的。当时觉得一个企业家有这么大的成就，还对文化保持敬重的情怀，挺好奇的。这次通过这本书，了解了更多关于宋丰年先生的故事，感触颇深。

　　我想，出版这样一本书，对于宋丰年先生这么成功的企业家来讲，已不完全是他个人的需求，反而是我们的社会需要借宋丰年先生来做一个总结的样本。从这本书我们看到了一个时代的缩影，也是一个时代的样本。宋丰年先生的经历让我一个常年生活在广东的人有很多联

想。我想每个朋友都一样，比如看到他小时候的经历，那些艰难岁月的经历，我，以及比我更长一辈的，像田中禾先生这一代人，更能感同身受。我于 20 世纪 80 年代中期从江苏到了广东，这本书里的细节也常让我思考地区性的差异。当时河南相对处在改革开放前沿地区的广东来讲，应该还是一个比较闭塞的地区，却有宋丰年先生这样一个人物出现，是为什么？他和广东的企业家又有什么不同的地方？我边看边在想这个问题，无疑，他的道路更艰辛。使宋丰年先生成功跨越那些障碍的，除了勇气，还有中原人的格局和大气。联想到我所处的出版业和文学界，我们有很多非常优秀的中原作家，他们的作品有一个共同的特点，就是非常厚重，有一种大气磅礴的、很深厚的东西在里面。宋丰年先生的经历也体现了这样的特点，尤其是他遭遇挫折和打击时，踏着荆棘前行的意志力，更体现了河南人特有的一种品格。

宋丰年先生一生的经历，每个中国人都能解读出很多东西。在很多年前，我曾经有过一个想法，想出版一个系列书籍，当时名字都想好了，就叫"私史"。有人也从影像学或者纪录片的角度做过。当你集到一定数量的样本，只要这些样本是真实的，那么就是一个最真实的中国。对于后代来讲，要了解过往的时代，他往往会去看一个个鲜活的个体是怎么生活的，看他们的日常和情感。关于宋丰年先生这本书的出版也是一个很好的记录。我们能看到一个普通的中国农民走到现在这样，要经历多少苦难。

我又想到 2019 年，广东有一个作家，是湖南人。他写了一部纪实性的作品，写的是他自己，题目叫作《一个中国人在中国》。这部作品我当时看了非常喜欢，就选了其中一部分登在《花城》杂志上，但是这部作品到现在都没有出版，问题主要在于它的题目通不过，但我认为那是一个非常好的题目。《丰年之路》这个题目也很好，意思也就是一个中国人在中国——是中国人在中国，不是中国人在外国，也不是外国人在中国——他在他自己的乡土之上走过了什么样的路，经历过多少的荒谬和苦难。

宋丰年先生为什么能够领导宋砦村走到这样一个开阔的格局上，跟他的勇气、他的无私有很大的关系。有三个方面我注意到：第一是他在各方面有很大超前性，敏锐并且果敢。第二，他意识到人富裕了以后不光要有物质上的追求，还要有精神上的追求。比如他搞弘润华夏文化艺术中心，体现了他对文化的重视，这就比很多只知埋头做生意的企业家更高了一筹。事实上，文化使他更有远见。关于这些，《丰年之路》中都有很详尽的叙述，宋丰年先生也有很精彩的表达。第三，宋丰年先生还对法治这块特别重视，这无疑是他有着切肤之痛以后总结出来的。他认为一个有序的社会，一个公平的社会，需要法治的护佑，所以他多年如一日做了很多普法的工作——既要有国家层面的健全法制，普通公民也要有自觉的法律意识。这也是一个大的善举。

非常感谢宋先生，谢谢！

朱燕玲，南京大学中文系毕业，著名编辑、出版人。《花城》杂志原主编，现中信出版集团"朱燕玲工作室"总编。

《丰年之路》：一部时代启示录

宗仁发

　　2019 年，我来郑州参加田中禾老师的作品研讨会就是住在弘润华夏大酒店，那时也对宋丰年先生所做的事情略有耳闻。尤其是他对文化文学的特别支持，我也是比较好奇，究竟出于什么原因，导致他能把文化文学看得如此重要呢？虽然画了个问号，但也没有时间再去了解。这次因为要开《丰年之路》的研讨会，正好给我一次弄明白其中奥秘的机会。我在读《丰年之路》这本书的时候，是被宋丰年的所作所为深深地打动了，每每看到那些决定他和宋砦人命运的历史时刻，看到宋丰年所做出的抉择，我便在心底说：宋丰年真了不起！

　　宋丰年曾写下这样一番感悟："开拓创新是要冒险的，但为了实现人生价值，还是要开拓创新；对有的不按规律办事的人，要讲清道理，但还要关心他们；做好事，也有人会说你动

机不良，但还是要做好事；成功会带来烦恼，但还是要追求成功；坦诚有时会受到伤害，但还是要坦诚；做善事做好事，帮助人是做人的本性，不要图什么回报，你帮助过的人，有时还会不理解你，但是还是要帮助他们；施恩于人非图报也！君子有时也会被个别人误会，这只是暂时的，我们一定要坦坦荡荡做君子；修行无人见，用心有人知。"这段话是宋丰年先生对自己人生经验的精辟总结，我们从中会认识到他的心地与智慧，也能体会出他的深刻与执着。

读《丰年之路》能带给人的启示非常丰富，我择其中几点来向各位朋友求教。

第一，苦难，给宋丰年带来了什么？宋丰年出生于兵荒马乱的 1948 年元月，从他来到这个世界上开始，几十年间，人生所能遭遇的苦难几乎一刻都未曾放过他，更不用说还有病魔缠身，几度抢救。他也一直在坚韧地与这样那样的苦难搏斗着。十几岁时，父亲宋福保被戴上"坏分子"的帽子，他就只能生活在这个沉重的阴影之下。为了一家人的生计，他披星戴月去赶"鬼集"，不辞辛苦去收红薯，冒着生命危险去捡煤核。在逆境中，他承受了常人无法承受的压力，也付出了常人难以付出的努力，在顶着父亲"黑五类"的帽子的处境下，赢得了兴修水利的"特级战斗英雄"的荣誉，20世纪 70 年代他就被推举为生产队长。在苦难的煎熬中，宋丰年始终在维护着人的尊严。当受到侮辱时，他也敢于奋起反抗，绝不妥协，与肉联厂的"造反派"头头的决斗就是一例。巴尔扎克说："世界上的事情永远不是绝对的，结果完全因人而异。苦难对于天才是一块垫脚石，对能干的人是一笔财富，对弱者是一个万丈深渊。"宋丰年的人生道路就是这样，也应了孟子那句老话："天将降大任于是人也，必先苦其心志，劳其筋骨，饿其体肤，空乏其身，行拂乱其所为，所以动心忍性，曾益其所不能。"

第二，对于现实的荒诞，他本能地保持着警觉。他九岁的弟弟宋丰田在刻有标语的树下玩耍，因树上刻的字被指认为反动标语，于是两个流着鼻涕的小孩被当成"反革命"游街。学校里贫农代表忆苦思甜时把旧社会的年份说错为 1960 年，转瞬间就被打成"反革命"。面对这样的情况，宋丰年虽然没有办法去制止，但他在内心是充满疑问的。在1974 年他第一次当生产队长时，宋丰年就"胆大妄为"地创造了产量、报酬联动制，这等于是后来实行的农村联产承包责任制的雏形。宋丰年这些思考和做法都源于他实事求是的精神。中国共产党有一条思想路线，那就是一切从实际出发，理论联系实际，实事求是，在实践中检验真理和发展真理。实事求是则是党的思想路线的核心要义。改革开放的成就的取得就是得益于对这个思想路线的恢复和坚持。大家至今还记忆犹新的邓小平同志在 1978 年十一届三中全会上所作主题报告的题目就是《解放思想，实事求是，团结一致向前看》。今天我们回过头来，看看宋丰年为什么在那样的时代背景下，不随波逐流，坚持独立思考，尊重实际，尊重常识，就是因为他深知我们党的思想路线的精髓。

第三，一个人的博大在于有自知之明。创业固然艰难，成功定会带来荣耀。为什么宋丰年能够在一次次创造出奇迹后并不止步？为什么宋丰年能够一次又一次有预见性地完成宋砦的现代性转型？为什么宋丰年能够摆脱小农经济观念的束缚？回答这些问题，最恰当的一个词就是博大。宋丰年对自我和外界有着非常清醒的认识，创业时他求贤若渴，事业已经如日中天时，他更加能够海纳百川。对于在城市化进程中农民失去土地之后怎么办这样的问题，宋丰年的思考和做法是有深谋远虑的，这个问题也是不应被社会忽视的一个严峻现实。在《丰年之路》这部书中，无数的故事，大量的细节，都让读者领略到了宋丰年的博大胸怀，也充分感受到了他的君子情怀。他既是一个普普通通的凡人，同时也是一个"给我一个支点，就可以撬动地球"的人。

面对宋丰年所创造的奇迹，我想起茨威格在《人类群星闪耀时》一书的序言中说的话："尽管歌德曾怀着敬意把历史称为'上帝的神秘作坊'，但在这作坊里发生的，却是许多数不胜数无关紧要和习以为常的事。在这里也像在艺术和生活中到处遇到的情况一样，那些难忘的非常时刻并不多见。""这种充满戏剧性和命运攸关的时刻在个人的一生中和历史的进程中都是难得有的。"对于宋丰年来说，他就是站在任何一个历史机遇面前都做出了最好的选择。而对于写作《丰年之路》的作者而言，曾臻所要告诉我们的就是："从宋丰年先生走过的风雨历程及他脚下的这片热土上，可以领略中国农村历史嬗变的轨迹……"这也正如茨威格所言："因为在那些非常时刻历史本身已表现得十分完全，无须任何后来的帮手。历史是真正的诗人和戏剧家，任何一个作家都别想超过它。"

宗仁发，《作家》杂志主编，编审，吉林省创作研究院院长。中国诗歌学会常务理事，吉林省文艺评论家协会主席，长春市作家协会主席。

辑三

宋丰年人物形象的精神内涵

孙先科

　　读完《丰年之路》这本书，其中我感受最深的就是宋丰年这样的角色。到目前为止，随手所记的，大家谈到的内涵里面，比如英雄、君子、公仆、共产党员、领袖、普罗米修斯，等等。大家想想，把所有这些概念展开，这样的人物身上的精神内涵有多么丰富。但是我想说的是，即使所有这些，都没有把宋丰年先生身上的光芒表现完。比如我随时想到的一个，大家都谈到，宋丰年先生赞助支持了文化事业，是文化人的朋友。但是我想说，宋丰年本人就是一个文化人。大家看书里边，他的阅读非常勤奋刻苦。另外，大家可能也知道，宋丰年先生还能写非常好的旧体诗。这是一个在文学、美学，在知识厚度方面很厚重的人。所以我觉得，他同时还是一个文化人。另外比如刚才想说的，荣荣老师提到的，宋丰年先生还是一个有着侠义性格的人，在他身上综合着传统型、现

代型侠客的特点。他在弘润华夏大酒店所做的这些事业，请法官来办法律展览，宋丰年先生的传统人格、领袖人格和特别现代的法理人格共存他的精神结构。对宋丰年人物的挖掘已经很深入了，但我觉得还有挖掘的可能性。

今天上午谈论这本传记文学的时候，在美学方面、艺术方面讨论得不多，但是也有触及。尤其何同彬老师谈到了关于在题材上的分类，怎么来定义他。他特别谈到了"非虚构"，尤其在最后谈了一个观念我特别认同。曾臻女士的这本传记文学我觉得它是一个雏形，尽管已经有很高的成就。但是我觉得把它看作一个前文本，它具有很强的可读性，我觉得它还具有很强的可写性。在这样的基础上，继续延伸地写，尤其我觉得，以宋丰年为原型，加入虚构的，一个更恢宏的长篇小说就出现了。把曾臻女士的报告文学，或者纪实文学作为一个前文本，在座的很多作家也许能够在这个基础上产生更加辉煌的虚构的文学作品，真正把宋丰年先生身上所蕴含的丰富的复杂的精神结构，把宋砦村这样一个传统的农业小村怎么融入中国改革开放、融入城市化、融入现代文明这样一个意义挖掘得更深。

孙先科，郑州师范学院院长，教授。中国当代文学研究会理事，河南省文艺评论家协会主席，河南大学现当代文学专业博士生导师，河南大学现当代文学研究中心主任。

丰年之喻

——读曾臻《丰年之路》

陈峻峰

从庖牺氏、神农氏、炎黄、社土与后稷，筚路蓝缕、以启山林、刀耕火种，到 21 世纪现代化农业之路，土地和土地上的人们，最初也是最终的梦想实现，就是"丰年"。类似天意巧合，作家曾臻的这部传记文学作品《丰年之路》，主人公的名字就叫丰年，郑州市金水区东风路街道办事处宋砦村党总支书记宋丰年，一个曾经沧海、历经磨难而充满传奇的人物。作家取其作为了书名，这并非信手拈来，而是有着设计和思考的，因为当它作为书名的时候，"丰年"已不仅是一个人名了，也不是一个带有乡土愿景的词语了，很明显，无论是基于现实客观呈现或者文学审美表达，"丰年"，它都是一个隐喻。

隐喻一：歉岁。1948 年 1 月 21 日晚 8 时许，即农历丁亥年腊月十一戌

时，大雪纷扬夜，"一声婴儿嘹亮的啼哭从西间冲出，撼动了三间草屋，划破宋砦村的夜空，和进风雪的呼啸里"，我们的主人公呱呱坠地。祖父宋庆喜内心欢喜，"原地兜了个圈""拉开屋门朝外走去"——他要去村南头的一位长者耿万卿那里，请他给刚出生的孙子起个名字。耿万卿是这村子里少有的文化人。岁时与大雪的触景生情，或者果然是记起古老《诗经》的赞词佳句，长者说："就叫丰年吧！"

　　姓名本是一个人独特的代表符号，最初揭示家族血缘关系，演变发展，便被赋予并承载了丰富的文化内涵，除了命名的时代性，更多的还是姓名的意愿色彩。就像"丰年"。因此这个名字，不是隐喻，而是明喻。就像有些孩子取名龙、凤、虎、豹，以及旺财、来福、金银、富贵，好是直接，绝无隐晦。事实上，真要家境殷实，大富大贵了，名字倒不这么叫了，会上升到文化层次。"丰年"，尚好，不俗，但简单，大字不识者，他也知道这个名字，没有别的意思，它不过就是表达一个美好的愿望，土地上的世世代代辛勤耕作的人们的愿望。而我在作家的渐进叙述中看到，丰年恰恰是一个隐喻。这个隐喻，就是它的反面：歉岁。所谓反面，是事物的另一面；所谓隐喻，它或者是与之尖锐抗拒的对立面，因此丰年和歉岁，就像播种和收获，苦难和幸福，希望和失望，贫穷和富贵，交替轮回，构成土地的全部和命运的完整。由于歉岁，连年的歉岁，无数的歉岁、荒岁、凶年、灾年，还有兵祸、战争、人患、贫病，丰年才成了人们世代永久的渴望和愿望，并用它来加诸祈福，给孩子命名。

于是我们看到，之前黄河决堤，战火连天，蝗虫与兵匪肆虐，民不聊生，哀鸿遍野，到处都是死难者和逃难者，而之后的这个孩子的出生年，恰是中国人民解放战争的关键年，没过几个月，他就听到了攻打郑州的枪炮声，"被母亲紧紧护在怀抱之中"，大睁着惊恐的小眼睛。因此，哪有什么丰年，甚或不是歉年，而是凶岁。

丰也好，歉也好，凶也罢，以及生存动荡，家境之艰，他那时尚在襁褓之中，嗷嗷待哺，还没有记忆，待他有记忆时，已是"雄鸡一唱天下白""五星红旗迎风飘扬"了，人民在自由的土地上欢声笑语，载歌载舞，这或者是另外寓意上的"丰年"之义吧。

隐喻二：时势。时，于此，乃时间；势，我释义为时代。人在时间中，也在时代中；换言之，人在时代中，也在时间中。就像我们的主人公，他在时间中成长，他也必须在他的时代中生存，抑或"活着"。如此说，是因为他的那个时代，"丰年"也就仅仅是"另外寓意"的美好，饥饿仍然是日常的普遍的迫切问题。新旧交替，百废待兴，生产力落后，加上政策性失误，已不能用丰年、歉岁来概括。狭义的时间上，"丰年""歉岁"应该是一年，即从春到冬，或者说是从播种到收获的寄望。广义的时间上，我们寄望的是每年、年年、永远，它都是"丰年"。

问题是，无论是狭义时间还是广义时间，寄望还是劳作，我们常常忽略了"势"，即时代的左右。比如新生政权的国家安全和国际关系，比如政治制度与经济政策的最初确立和实践，比如思想路线和文艺方针的批判、斗争和指向，等等。我们不能细分这些对一个区域、一个家庭，及至一个少年成长的影响，但与此关联的这些词，比如土地改革、抗美援朝、公私合营、三面红旗、人民公社、大食堂、赶超英美、大办钢铁、"三反""五反"，农村整风整社、"四清"、粮食关等——历史对错，已有结论。我想说的是，这些，皆为我们的主人公所经历。这也便是我所说的人也在时代中，不能出其左右，被迫"随波逐流"。

在"这样"的时代中，"丰年"是什么？对于我们的主人公来说，是懵懂、磨难、历练、无觉，那所有的苦难、痛楚、挣扎、叛逆，及至打架、逃跑、扒车、贩运、赶"鬼集"、车祸、风湿，一次次遇险，及至差点失去生命，当然也有少年天性在其中的快乐、获得、满足，当然还有初恋的慌乱和羞涩，或者在时间的意义上，不断拼争，不屈服，不低头，与命运一搏，偶有一现"丰年"的意义。但当父亲戴上了"投机倒把坏分子"的帽子时，及至之后，"他不能参军、不能招工，连搞副业也不准参加，脏活累活却少不了他"，父亲被批斗，母亲"夜惊"，精神错乱，他望见了时代的"年景"，所有丰年，都成绝收，都成绝望。时间与时代在此先是有了疑问和疑虑，之后都有了解。时，不过是求诸自然之力，能够风调雨顺，春华秋实；势，则是巴望生在好时代，给我国泰民安，物阜年丰。

对于土地上的人们，这要求宏大吗？宏大，但低廉，时间与时代之中，人在哪里？所谓"时势"造英雄，指的是个体，而非群体。"人生，'春夏秋冬当自然'。人活着，暖阳熏风、冰雪寒霜，经历着，是为人生；放怀拥抱一切，将生命潜能发挥到极致，当之无愧。"这依然是个体的释义，就像"丰年"，在每个人那里，标准、尺度、量、意义，及至感受，都是不一样的。

隐喻三：景象。丰年之路，耕耘之路，也是人生之路，因此，它也是坎坷之路，跌宕之路，血泪之路，奋斗之路。丰年以"景象"隐喻，这景象，无疑是土地的景象，其实它更是一幅生命的景象。丰年之路，这一路走得好艰辛，这一路不是他一个人在走，是一个国家、一个民族、土地上所有的农人，都在艰辛地走。改革开放，迎来了好年景、好时代，方知那所有的时间经过——风雨、炎凉、忍耐、坚持、拼命、挣扎、呐喊、呼号、期待、守望，都是在等待这一天的，同时也是为着这一天所做的准备，它包括身体、思想、认知、意志力、眼界、胸怀和对"时势"的抢抓和把握。他成功了，巨大的成功，个体的成功和他带领下的宋砦的老少爷们儿，一个群体的成功。成功的经历、经验、范例、实体、标本、荣誉，以及表现为产品、产值、效益、利润的工农商现代化产业链，还有作为一个人的血肉和灵魂、才智和温情、真实和传奇，都有作家通过在场的叙事、感人的细节、热情的语言、丰富的想象，给了足够的呈示和再现。丰年的寓意已不是五谷丰登、小康之家、细米白面、老婆孩子热炕头了。土地上呈示出的是一种"景象"，风雨后的彩虹，现代化的自信，新时代的梦想，城市化进程中中国乡村典型的标本之义。

这是以财富为坚实奠基的物质景象，这是一代人和几代人以丰年梦想为追求的奋斗景象，这也是一个人和一群人为之付出和牺牲的生命景象，这好年景、好时代，如何守住，可持续，旱涝保收，年年丰年，岁岁平安，这成了我们主人公在现实面前的宏大命题和焦灼思考。深刻，犀利，灼热，纠结人，困扰人，也绕不过去！

财富，是个喜怒无常的东西，君子之泽，五世而斩，在物质数量形态上，眼前收入的稳定并非长久生存的恒定；小农经济，小农意识，逐利绝情，为富不仁；人在新时代，穿绫罗绸缎，食生猛海鲜，用现代电器，住豪华别墅，精神却没有华丽转身；万贯家财，转瞬倾家荡产；一朝暴富，醒来一夜散尽；个人意志，主观决策，终会酿成大错。这例子和教训无数，新闻和身边事比比皆是，为什么？怎么办？

"宋丰年喜欢在绿篱与花圃间的小道上散步，绿荫映身，闹中取静，他习惯于在漫步中思考问题。"思考的结果，当然是无数次思考、辩论、研讨、抉择的结果。我们看到了之后，他把郑州的名校实验中学、外国语学校，把最好的实验幼儿园，都引进到了宋砦；十年树木，百年树人，他知道人的重要、人才的重要，知道教育的力量；开辟东西两个绿化游园广场，东广场树立起汉白玉毛泽东雕像，西广场树立起汉白玉邓小平雕像，潜移暗化，自然似之，他知道感恩、感化、感召的力量，人心的力量，道德的力量；气势宏伟、端庄静穆、建筑风格融现代与传统为一体的弘润华夏大酒店，"以凸显历史经典文化主题为特质，楼外墙体上生动浮雕刻画着《孔子七十二圣讲学图》，宽敞的大厅总台后面墙壁上是大幅浮雕《大禹治水图》"，"七楼开设书画厅，举办书画展览与赛事，为文人雅集之所"，文化化人，艺术养心，他知道文化的力量。更令人惊叹和折服的是在 2016 年年初，他将弘润华夏大酒店 A 座七楼，辟出 1600 平方米场地，设立宋砦法治展览馆；2016 年年底，盛世太平，丰年欢岁，即在 2016 年 12 月 1 日，第三个国家宪法日、第十六个全国法制宣传日到来之际，法治河南乡村论坛暨宋砦法治展览馆开馆揭幕仪式在弘润华夏大酒店礼堂举行，人能胜乎天者，法也！他知道，他也要让宋砦的全体民众都知道法治的力量。知道这好年景、好时代，包括改革开放的成果、红利、财富，甚或包括小康之家、细米白面、老婆孩子热炕头，只有走民主、文明、法治之路，才能真正守住。这是丰年之路，是必由之路，他要从根本上实现的，是人的现代化！

于是回首，想到"丰年"的命名，那是最初播下的两粒种子呢，希望的种子，金种子，在经历了六十年的风雨旱涝，人生起伏，在隐喻中，顽强生长，蓬勃葳蕤，华盖如伞，风采弥天。个人是代表，宋砦是缩影，共同组成这土地的景象、时代的景象、榜样的景象、生命的景象。

读完全书，心潮难平。正是 2020 年这个不平凡年份的岁尾，新冠肺炎疫情肆虐，世界不安，乱象纷呈，中国相对独好；岁凶而年丰，乱世享太平，这就是中国特色，中国特色之路，然现代人类，地球村，一体化，谁也不能独霸一方，更不可能独善其身。无论作为国家或个人，有美好，也有不堪。日中天，自暗夜来，因此在此，在辞旧迎新之际，回想宋丰年和他的丰年之路、人生之路，我想摘抄《南方周末》2021 新年献词中的一段话，作为本文的结束语：

　　生命薪火代代相传，是基因绵延意义上的血脉永生；天之未丧斯文在兹，是模因绵延意义上的文明永生。但倘若岁月暗算我们，我们也别饶过它。

　　…………

　　我在，就是破釜沉舟，是披荆斩棘，是一诺千金，是虽九死其犹未悔，是越千山万壑也要与你共一个更美的春天。

我在，是国与民互相担当，是夫与妻一起承受，是父母与儿女共同坚持，是一个人给一个人壮胆，是一群人为一群人拼命。

祝贺曾臻，祝贺《丰年之路》出版，也预祝此次新书发布暨研讨会圆满成功！

陈峻峰，作家，现居信阳市，著述十余种，中国作家协会会员。曾获《洛神》文学奖、杜甫文学奖、三毛散文奖等。

《丰年之路》终点要走文化之路

冯杰

　　《丰年之路》是中原大地上一个社会标本、历史标本，也是郑州城乡变化的某种参照物。《丰年之路》里面有中国改革开放的真实和艰难，传主经历了乡村到城市的过渡。这里既有自身的发展史，又有背后时代的风云史。全书记录了宋砦村从郑州一个郊区农村起步，最后成为城中村、文明村、明星村、小康村，传主成为人大代表甚至中原人的典型的过程，其实是他的半部奋斗史。

　　这几年来，由于作家田中禾的魅力，组织策划文化活动，每次活动都邀请我参加，这次研讨会很丰富，我从书中感悟到宋丰年丰富的阅历和人生。宋丰年曾经自豪地说过，现在宋砦村几乎家家都可谓千万富翁了。而他作为富翁村的领头羊，有此成就和成功，肯定做出了很大的努力和周旋。记得第一次在一起吃饭的时候，宋丰年书

记戴着起搏器还坚持给大家一一倒酒，陪同大家喝酒，让我很感动于主人的真诚。由于传主人生经历的丰富，也带给这部文学传记的丰富。就像厨师一样，只有好的食材才能做一桌好菜肴。

从全书里面，我看到很多生动的章节，比如认干亲，童年上学，甚至打麻雀的故事，姥爷不让做弹弓，这种朴素的生命观、哲学观，令中原民俗跃然纸上。如果作家不亲自采访，只去面壁思构，是写不出来里面的生动的。比如宋丰年先生从小有助人观，为老师偷苹果那一节，是留下了善根，才有了后面的善缘，是有前因后果的。中原人为什么能出人头地，因为有中原文化在支撑着他们。宋丰年先生带领宋砦村走向成功，里面自然也有中原文化的支撑。

这里面有朴素的乡村文化、传统中原文化。一个人只有触及了文化的命脉，才会使人物整体很丰满。

本书也有令人深度思考的启示。传记里写道，如今家家有几百万的固定资产，现在有的恐怕都上千万了，里面还有人笑着说"咱宋砦八十岁老汉都能娶来小媳妇"这种话。我看到一种农民观念，忽然有点像传说里的李自成起义只是为了进京坐金銮殿天天吃饺子这种心情，这些都非常引人思考和启发。美丽乡村不但是有坚实的高楼硬件，还要有文化的根基，要有抚慰心灵文明的软件，这才是理想的新农村的配件。

　　《丰年之路》其实就是传主的半本历史，我期待作家继续写下半部，写出深处的人性，写得更精彩。我吃过饭在酒店里看到一个细节，里面竟有一个丰富的书店。在书店里面，没有打打杀杀，多是纯文学作品，里面竟然还有满满一架商务印书馆出版的完整一套"汉译世界学术名著丛书"。在其他酒店我没有见到过，没有非常高深的文化层次，一般人不会看这套书，也不会摆这书。现在酒店大部分摆"书盒子"。

　　传主建过土地庙，我觉得宋砦村仅仅建一座土地庙是不够的，还要建一座落在人心上的"文化大庙"，物质丰厚了你要留下一个造福社会、造福文化之名。宋丰年书记和宋砦村的下半部传记我觉得应该充满着文化的情怀，向大文化跨越，这才是大家所要研讨的一条完整的"丰年之路"，去传播文化，铺就文化之路、灵魂之路才完善，这是真正的一条"丰年之路"。

　　冯杰，1964 年生，诗人、文人画家，中国作家协会第十届全委会委员，河南省作家协会副主席，河南省诗歌学会副会长，河南省作家书画院副院长。

《丰年之路》中宋丰年的典型意义

韩祖和

把《丰年之路》和《创业史》对比着读，是很有点意思的。柳青笔下的梁生宝和《丰年之路》中的宋丰年，虽然时代背景迥异，但命运之路却有着很多共同之处。他们都曾是命运的弃儿，都曾有过艰辛的少年生活，蛤蟆滩和宋砦都曾经是贫困潦倒的地方……但他们都是时代的开拓者和命运的抗争者，最终沥血淬炼成一个精神象征。尽管宋丰年已经不是互助组时期蛤蟆滩的梁生宝，《丰年之路》却可称为新时代的创业史。《丰年之路》在一个崭新的语境下，为我们塑造了一个新时代创业者的典型形象，让人耳目一新。宋丰年不愿屈服于命运的安排，从"黑五类"到扒火车、赶"鬼集"到作为生产队长带领全村致富，再到全国劳动模范、全国人大代表，他的身上烙下了鲜明的时代印记，他也乘着时代的列车，留下了自己坚实的脚印。无疑，

宋丰年这个人物形象是饱满的、鲜活的、立体的，他是改革开放的先行者、受益者，也是带领全村群众共同富裕的领路人。他如行走的画页，层层折叠又徐徐展开，合着时代的脉络，让我们更直观地感知历史，触摸现实。如果说拼搏、进取、善良、大爱、质朴、责任、诚信、坚韧、毅力是他这个人物形象的主枝和动脉的话，我更愿意研读他的毛细血管里渗出的来自血脉深处的涌动，解读人物背后的内涵，探寻他潜在的精神密码和他在新时代的典型意义。

一、新时代的创新者

恩格斯说过："历史从哪里开始，思想进程也应该从哪里开始。"改革开放四十多年来，解放思想一直是贯穿始终的一条主线。习近平总书记也多次提到解放思想，深化改革。对于当时的宋丰年来说，他的头脑里肯定不存在"解放思想"这个名词，但他凭借着自己的胆识和过人的敏锐性，一直踩在时代的节拍上，或是走在时代的前列。这一点我们无法不击节赞叹！在当生产队长时，全国各地依然是大集体形式，他率先打破，实行包田垄到劳力，劳动责任与产量报酬联动，提高了群众的积极性；在凭票供应的年代，他敢于自己研制油漆的制作方法，办起了油漆厂；去广州治病时，他无意间看到新品种的葡萄，脑海里顿时有了新的想法，从广州回来后，他带领人员多次赴辽宁考察，回来后向宋砦村群众讲解推广，让宋砦人的思想逐步从传统观念中发生自主蜕变；他嗅觉灵敏，又不断寻求机遇，办成了河南省首家台资企业，让更多的大企业家到宋砦扎根，让宋砦燃起兴工致富的熊熊火焰；他通过研读政策，把宋砦的土地合法地变为商业用地，让祖祖辈辈耕作的土地不像其他城中村改造一样被一次性买断，而是让改造后的土地依然喂养着宋砦人……诸多的事例里，我们可以看到宋丰年解放思想、不断创新的思维一直存在，不同的年代里，宋丰年的思维一直是跳跃的、超前的、敏锐的，他敢为人先，敢于第一个吃螃蟹，他将这些灵动的思维和萌发出的新颖想法碰撞整合，落地生根，造福群众。在时代的发展中，他完完全全地把控着时代的脉搏，成为时代的弄潮儿，也坚定不移地成为宋砦人的主心骨和精神信仰。

在这个日新月异的时代里，我们往往追求新奇，喜欢新的、最新的、更新的事物，宋丰年独特的思维和创新意识，对这个时代的我们依然有着很好的指导意义和现实意义。我们依然能从他身上学到很多东西，也能提炼出我们需要的东西，我觉得这对我们来说，是不无裨益的。

二、优秀文化的传承者

习近平总书记在党的十九大报告中指出："全党要更加自觉地增强道路自信、理论自信、制度自信、文化自信。"

文化自信，就是要恪守传统文化的精华，将传统文化中好的部分熟练灵活地运用到现实生活的方方面面，让传统文化浸润身心。自五四运动后，传统文化在人们心中的地位开始下滑，慢慢被抛弃。特别是在今天这个浮躁功利的社会里，传统文化的根基更是摇摇欲坠。在这本书里，我看到了传统文化在宋丰年身上的传承、孕育和绽放。书中如是说："一个人将成就怎样的人生，要看在他童年的心田播下了怎样的种子，这种子会在他生命中生根、发芽，长成一片森林。"无论是宋丰年这个名字的来历和隐喻，还是爷爷奶奶有声无声的教导，抑或是村人给予他的无私的爱和温暖，其实都是从传统文化的根里生发出来的，是一代一代朴实的庄稼人恪守祖训、遵守规矩传袭下来的。

传统文化是整个中华民族的根脉，是一脉传承在骨子里的信仰。正是因为传统文化从小潜移默化地栽植在宋丰年的心中，才会让他在人生的每一个关口，能始终坚守住自己的心。无论是艰难困苦、迷茫困顿，还是新形势下的每一次关键抉择，他的心始终被传统文化的光照耀着，温润着。所以，他坚持尊师重道，举办谢师会，坚持给 60 岁以上的老人发红包，所以他自己读诗词，写诗词，给村委干部发儒学书籍，让村民学儒学知识，为村委建图书馆，制定村民自我修束二十字基本道德准则……这些都是传统文化的基因在无形中的展现和对人潜移默化的教导。因为他懂得，"人的文

化修养，需要养料供给才能滋长发育，文化的贫瘠、书籍的
匮乏使无数人的精神世界枯萎"。他更懂得，若让宋砦人在
内修外化中努力与城市现代文明融和，就不能没有传统文化
的润养。有了文化，精神世界才能丰富起来，才知道该怎样
活在世上。

　　守好传统文化的根不难，难的是升华传统文化的魂。
在七十多年的人生经历中，他活得越来越通透和豁达，在传
统文化里浸润出的初心也越来越澄澈透亮。为此，他注重教
育，将最好的学校引到宋砦，给考上学的孩子奖励，给来到
宋砦的年轻人提供更高的平台，在弘润华夏大酒店宣讲普法
知识，让更多人知法懂法守法，改革弘润华夏大酒店，让赢
利的弘润华夏大酒店不再是家族企业而是全村人持股……他
的眼界和格局，已经在传统文化的浸泡中逐步和现实融合，
实现跨越升华。修一条人路，才会修好一条心路，这何尝不
是传统文化的魂？

三、自带光芒的领路者

　　现在有一个词叫自带光芒。说的就是有一种人，无论
在哪里，就像一个发光体，总有一种突出的卓越能力，让人
不自觉地靠近他，听从他，愿意跟着他走。河南大学教授刘
贵翘、国企干部刘同相、法官王爱霞、高级人才王志健……
这些各行各业的优秀人才为什么愿意聚在他的麾下，尽心尽

力？我想：是他独特的个人魅力！是他的凝聚力和亲和力，也是他的求贤若渴和执着坚韧。这些人，要么被他的诚信质朴打动，要么是被他吃苦耐劳、拼搏奋斗的精神撼动，要么是被他的仁爱胸怀触动，要么是被他的无私奉献和敏锐洞察力折服。从学生时代同学中的信服者到生产队长，再到群众的主心骨和身边人信赖的人，他一直是自带光芒的领路人。不同的是，他的眼界、见识、境界和格局都有了质的飞跃。这正是"善于和智慧的人、优秀的人结交，思想彼此碰撞、渗透、启发、融合，自身品质就会得到提升，因之而丰富而强大"。正如他说的："你从这个人身上学点儿，从那个人身上学点儿，把他们的智慧归纳起来，经过思考变成自己的，你不就越来越能了？你听听这个人的意见，听听那个人的意见，你从一百个人的意见中，条分缕析，提取拓宽，你的决策不就高明了？"这不仅是智慧的旷达襟怀，更是领导者的卓越才具。

横看成岭侧成峰，远近高低各不同。一千个人眼里有一千个哈姆雷特。从自己的角度去解读宋丰年，其实有些一叶障目。无论如何，对这个从宋砦村走出的全国劳模和全国人大代表，我们都是怀着敬仰之心的。读一段历史，书写一个人物，其实就是读这段历史下人物命运的跌宕起伏，也是在思考人物对一个时代的推动和时代对人物的造就。历史和人物，时代和命运，就像两只巨手，相辅相成，又相爱相杀，共同搅动了时代的发展和进步。宋丰年，如贾鲁河边的水，静静地流淌着，无声无息地站成一段静默的历史，在宋砦村的上空闪耀。

《丰年之路》是一条创业之路，一条探索之路，也可以说是一条曲折坎坷的脱贫攻坚之路，从《创业史》到《丰年之路》，到新时期的脱贫攻坚，尽管时间和空间都发生了巨大的变化，但是共产党的正确领导没有变，党的初心和使命没有变，中华民族伟大复兴的中国梦没有变。所以，宋丰年的人物形象在新时代的大背景下更具有崭新的现实意义，他像一面猎猎飘扬的旗帜，召唤着更多的"宋丰年"涌现出来，成为全民小康路上的带头人和领路人。

韩祖和，高级编辑，现任河南省驻马店市文联主席、驻马店市作家协会主席，河南省报告文学学会副会长。

一颗赤子心，兴业惠乡邻

——《丰年之路》研讨会发言提纲

姬盼

我拿到《丰年之路》后，手不释卷，一口气读完。作品从宋丰年出生的 1948 年写起，以时间为序，记录了宋丰年七十余年栉风沐雨、艰难跋涉的人生历程，他是时代造就的英雄，也以英雄主义点亮时代。

这是一部励志的人生大书，传主宋丰年以敢拼善搏的精神，带领宋砦从贫穷艰难到共同富裕，从村里走到城里，从泥土里融入现代中。他的大仁大爱、至真至诚，以及敢为人先的创新精神，令人动容钦佩。这也是一部丰厚的文学大书，作者曾臻没有对采访素材进行简单的粗线条处理，没有主题先行、形象拔高、概念化、脸谱化，而是小切口进入，细细挖掘，从生活之源捕捉到思想的光点，不仅写出了传主的血肉肌理，还触及精神和灵魂，写出了

文学上的"这一个"。

让我体会特别深的是他对乡邻的赤子之心，对土地的爱之深沉，以及用实业改变命运的大胸怀大气魄。

一、赤子之心

鲁迅先生曾经说过：中华民族从古以来，就有埋头苦干的人，有拼命硬干的人，有为民请命的人，有舍身求法的人……他们是中国的脊梁。宋丰年，显然就是宋砦村的脊梁。他的名字似乎就寓意着，他是为了使命而来。他是爷爷口中"老天爷送来的丰年"，他也为全村的人送来了丰年富足的生活。

宋丰年成长于一个宽厚仁爱的家庭，祖辈父辈的仁德对他是无声的润化，给他植下了善根。淳朴的民风，善良的乡亲，让他在悠长的吃百家饭的时间中，在爱的滋养中从容地成长。可以说，宋砦温暖了他的童年。

天将降大任于是人也，必先苦其心志，劳其筋骨。当他小小年纪就挑起家庭生活的重担，当他"在一块谁都不要的岗地上盖起了宋砦村第一所炫目的红瓦房"，当他开办油漆厂快速致富，当他自学武术治愈关节病变，当他因不想拖累对方而拒绝初恋，当他在"文革"中对着挑衅者用刀"刺进了对方的肥臀上，手腕一拧，刀尖在里面转了半圈"，当他在尖岗水库工地荣获"特级战斗英雄"，当他面对毁灭性的火灾还能说出"火烧财门开"……可以看出，宋丰年已经成长为一个能人，一个"狠人"，宋砦人认可他。

所以，当乡亲们需要他时，他毅然用一腔赤子之心去回馈这片土地和土地上的人们。

二、土地情深

对于靠地谋生的人，"土地"是他们的命根。宋砦人生于斯、长于斯、死于斯，就像费孝通在《乡土中国》里所说，"（他们）像植物一般的在一个地方生下根"。当宋丰年从新疆回来，从广州做完心脏手术回来，他对这片土地爱得更加深沉。

为了争回搬运公司在政治运动中占领的土地，他被电警棒击倒，险些丧命，却以德报怨，最终以重金赎回本属宋砦人的土地。宋丰年对土地的坚持和守护，得到了丰厚回报：先是通过葡萄种植使村民获益，在产业转型期，又以出租工厂用地的形式使土地保值增值，最后通过科学规划让村民在故土安居乐业，顺利过渡为市民。

从生产队长到村委会主任，再到村党总支书记，宋丰年带领村民始终守住了土地这个根，他的坚持和远见，使曾是生产要素的土地，最后成了他们致富的资源，也在城市化进程中守住了他们的家园。

三、兴业惠民

宋丰年摆脱了周围农民因循守旧、目光短浅的习气，他热爱学习、崇尚文化、仰慕人才，这使他从年轻时就有一种未来眼光。从扒火车赶"鬼集"，到南下广州、深圳，再到办油漆厂、办酒店；从农业到工业，再到服务业，他在三大产业的浪潮中都淘到了金子，这一步步的跨越，不断扩展着他的格局和认知，使他成长为一个敏锐、卓越的企业家。

如果全力以赴于自己的企业，他可能早已获取数倍于现在的财富。可他践行的是"施恩于人非图报"，是"泛爱众"，他怕乡邻们没有创业守业的本领，怕他们无法融入城市生活，再度返贫，所以他的油漆厂做好了，他以此为基础为村集体办玛钢厂、耐火材料厂，他的酒店做好了，他让村民参股进来，拥有一份活资产。他始终用自己的努力、自己的财富为乡邻托底。

不是所有的村庄都叫宋砦，不是所有的村民都能在好时代遇到好的领路人。致敬宋丰年书记，祝贺曾臻老师！

姬盼，中国作家协会会员，文艺工作者。业余创作儿童文学、散文等。

利众不以为烦
——评纪实文学作品《丰年之路》

李静宜

　　在此，祝贺曾臻女士为宋丰年先生作传所写的《丰年之路》出版。现今，出版社出版的书，虽多得令人目不暇接，这本书的出版，却让人眼前一亮，不只对宋先生本人，对这个社会和时代，都颇具意义和价值。理由如下。

　　第一，书里的个体艺术形象及村子个例，即宋丰年先生的成长及宋砦的发展史，因具有鲜明的时代共性，成为对一个时代研究的依凭，具有了史料价值。一部书能否流传下来，其中的史料价值，也颇为重要。《丰年之路》这本书太具有典型性，它太典型地表现了一个特定时代的发展和变化，对改革开放所具有的意义，是最好的注解；对其所取得的成效，也是最好的明证。相较于物质实体的存在，书籍也可以用文字的形式，固化下来，成为一种历

史的活化石。多少年以后，当人们读到这本书，可以了解和认识到，当年的改革开放，对我们国家，对整个社会，对我们每个个体，意味着什么。

从书的内容看，它就是事实摆在那里，无法抹去。书里一系列的数字和实例，以宋砦作为一个社会基层的点，被汇入大的历史，成为历史一个醒目的记忆。仅以一个小例子看，宋砦当年的村民，对自己生存状况的自嘲是："二百钱，一整套，两个大衫一夹袄，铺的盖的大棉袄。"即一个人的全部家当，就是一件大棉袄。对此，现今的宋砦人，已难以想象了。

第二，传主宋丰年先生，是社会稀缺人物，具有感召力和典范的意义。尤其在当下社会，人们更多趋于精致的利己主义，宋丰年先生作为改革开放初期的弄潮儿，做出的一件件大手笔的事情及其人格的魅力，具有激励作用和榜样力量。

其一，宋丰年先生有着敢为天下先的胆魄和胆识。令人敬佩。不要说改革开放后，宋丰年先生得天时、地利、人和，大展身手，在改革开放前的1974年，宋丰年先生就敢冒犯"天条"，在生产队搞承包。那时，还是"戴着镣铐跳舞"，改革开放后，宋先生可以说是"海阔凭鱼跃，天高任鸟飞"，做出了一件件对宋砦具有开创性和开拓意义的事情。如最初的庭院经济建立，对经济作物的播种；之后办油漆厂、化工厂、玛钢厂，建立经济联合体；以及办学校、图书馆、幼儿园，改善基础设施；还有后来成立的亨达集团，建立宋砦居民新区；建商贸城、酒店，等等，让宋砦村民完全过上了富裕生活。

其二，宋丰年先生有着以大家、公家为家，以宋砦村民为亲人的情怀和情义，令人感佩。书中所写宋丰年先生在这方面的善举、义举，仁义之心之为，比比皆是，不一一细说列举。

其三，宋丰年先生更有着对宋砦永续发展的远见和担当，尤为令人敬重。在 2002 年，宋砦老宅基地房屋拆除，村民住上新居，腾出了宝贵的 150 亩土地，宋丰年书记没有像当年不少城乡接合部的地方，把土地直接卖给开发商，丢掉了土地产权，只拿省心的卖地钱，他选择了更艰难的自主开发，自主建设，建了大型商贸城，让宋砦村民家家户户拥有可经营、可外租的商铺，既保住了土地产权，又有了可持续发展的基业，包括在 2006 年建成的弘润华夏酒店，也是如此。宋丰年先生最为担心的，是当村民失去了土地，如果又没有创业、守业的本事，一旦老本吃完，又会重新沦入贫贱之地。故而，新建的弘润华夏酒店，也实行了股份制，包括把宋砦整个集体企业全部资产进行量化，让每个村民都拥有了股份产权。如此，宋丰年先生才感觉真正是做了对得起祖宗的功业。

宋丰年先生为宋砦村民的福祉殚精竭虑。他的身体，也因之有了过度损耗。宋丰年先生自己也说：他的胸腔里都是金属，装了几个支架。二月河在对此书的《序》中，借用星云大师《有道者的心态》里的几句话："卑屈不以为贱，艰难不以为苦，迫害不以为意，利众不以为烦"，总结宋丰年先生的人生之路，颇为到位。

另外，从《丰年之路》的文本看，这是一部纪实文学作品，兼具人物传记和报告文学的特点。但它在叙事上，却也借用了小说笔法，相较于纯报告文学的文字，更细腻、鲜活和丰满，具有较好的可读性和可看性，是一部成功的纪实文学作品。

李静宜，中国作家协会会员，河南省文艺评论家协会副主席，《莽原》杂志社原主编，编审。

当代中国乡村政治文化精神缩影的
灵魂素描

李少咏

《丰年之路》一出版就引起了不小的热议，甚至在有些地方、有些圈子，已经形成轰动，我觉得这本身就是一个非常重要的事，尤其是在文学的轰动效应早已成明日黄花的当下，这一点更加难能可贵，值得我们深思。总体来说，我有三个方面的感受。

第一，我觉得这是一个诗人的创作与笔下诗意描写对象的交融。我跟《丰年之路》的主人公宋丰年先生有一面之缘，还是借着田中禾先生的作品研讨会认识了宋丰年先生。跟本书的作者曾臻女士，更是在写这个"作业"之前素未谋面。而且我心里边一直把宋丰年先生塑造成一个很高大的、金刚立世一般的形象，结果一见这么瘦弱，但是那种精神永远是高大的。所以不影响在阅读作品当中，

作品带给我的心灵的冲击和精神的波动。读了以后，我把这些有点清晰又有点朦胧的思考归结成这样一句话：这个作品它是一个诗人和一个乡村政治家共同完成的一部艺术经典，它为当代农村社会变革提供了一个可以立足千年的精神典范。随着国家社会经济体制改革不断地进行，习近平新时代中国特色社会主义不断向前延伸，现在的农村社会已经与传统的农村社会有了很大的不同。这种不同是因为乡村政策、文化精神还在起着非常重要的影响作用。要想实现中国梦，走向康庄大道，作为一个农业大国，农耕文明占据几千年主导地位的国家，这点非常重要。对这本书进行解析，进行研究，从中找出来促进我国社会高质量发展的主要因素，加以弘扬，可以为加快建设新时期中国特色社会主义中国梦提供有益的借鉴与帮助。在这样的背景下，曾臻女士以一个社会学家的严谨与敏锐，抓住宋丰年先生极为深厚又结实的灵性，毫不留情又极度温馨地，把宋丰年的筋骨、血肉与灵魂进行解剖，进行重组，为我们勾勒出足以代表当代中国精神的灵魂素描。正如曾臻所说，她为宋丰年写传记只是二月河先生给她布置的"作业"，但是只要我们深入解读，就能发现在写作过程当中，她自己也实现了一种精神升华。在阅读曾女士和宋先生的过程中，认识到曾臻是一位诗人，而且像一位技术水平极高的外科医生，像语言锋芒直透人心的哲学家。也许这位诗人自己都没有意识到，她的写作过程和不知不觉的写作变化，给她的这本书带来了某种穿透生活的迷雾，直奔生活本质的诗兴意味和哲学意味。从文化美学角度来讲，我们每个人都是人类发展史中的小小一环，我们都是活在历史当中，历史多方面、多色彩地塑造了我们，它规定着我们，也规定着我们的话语。而我们无时无刻不在用自己的形式和自己的话语宣誓着历史对我们的规定。我们的文学艺术和所有的其他文科一样，每天所做的就是在宣誓历史对人的规定，以及我们在历史的规定性当中，寻求自我和人类整体的幸运与快乐的努力。人生只有一次，我们无可改变，你可以通过医疗技术，通过养生来延长寿命，但是你这个寿命再延长还是你。就像咱们田中禾先生，他是永远年轻的，但永远年轻的也不是两个田中禾，还是一个田中禾，还是历史当中的一个连环，这个连环无可替代，因此他才是最有价值的。从哲学意义上来讲，乡村记忆也好，历史记忆也好，个人记忆也好，其实是几位一体的。曾臻女士把宋丰年先生作为一个标本进行解剖、进行重组，打碎了又重组。这种写作本身就是在为我们塑造一个历史的精神文化标杆。所以这本书从这个意义上来讲，正是一种理想之光照耀下的宋丰年个人历史与中国农村社会变革发展历史的文化血脉相融互深的产物，也是一部当代中国社会发展史个人化的结晶。

第二，这部书为我们塑造的是一个冲破了乡村政治文化范例而成就的克里斯马型的英雄形象。而这个形象是中国的英雄、时代的英雄，也是社会的英雄。而且他的精神内涵是无限扩大的，他可以代表整个中国社会在社会学意义上的发展变革的整个历程。但是关于乡村政治文化，为什么我说宋丰年先生是一个乡村政治家，因为我始终对中国乡村政治文化有一种特别的亲和感和疏离感。为什么亲和？因为我喜欢它。为什么疏离？因为它一方面成就了中国，同时也在制约着中国。在这点上，从这本书里面，我感受也比较深切。所以像宋丰年先生这样一个中原汉子，在我心中是一个善良的星辰。虽然只有一面之缘，但我感觉到只有这样的人才可以和我心目中神灵一样的、永远年轻的田中禾先生互相对撞，在对撞当中迸射出精神的闪光。所以乡村政治文化，或者说乡村政治家就是中国特有的乡村政治文化的特殊产物。所谓乡村政治文化，就是一种富有传统中国乡村文化特色的建构与组织社会生活的方式，这种方式在实际运作过程当中所包含的权力关系、生活观念，还有行为方式。乡村政治文化在我的心目中，在我的研究当中，它大致代表了三个方面的内容。第一个方面是崇尚权力权威，强势权力、民间权威，还有分化的、服从的、孤独的个人，相互依存，构成权力运行的基本结构；第二个方面，它有时会在无形当中抹杀个人的主体性，以某种虚幻的集体利益代替个人独立的思考，造成人们精神上的苟且偷安、封闭自守；第三个方面，日常生活文化观念上，它保持一种原始神话式的、整体性的思维方式，模糊个别和整体的界限，把个别有时候等同于整体。宋丰年先生在曾臻笔下是一个打破了乡村政治文化范例的乡村政治家，而且是一个克里斯马型现代中国化的英雄，他用自己的人格魅力和努力追求，迎合了当今时代我们的精神需要和精神素养。在这点上，曾臻女士是非常伟大的。尽管是一个瘦小的女子，但是她发现并揭示了这一点。

第三，作家与叙述对象的双向互动，造就了一条伟大的道路，叫《丰年之路》。一百多年前，法国艺术家丹娜说，讲人类文化，无论任何民族、任何种群，实际上主要的都由三个方面组成，人种、地域，另外还有时代。那么这三个方面在曾臻的笔下表现得特别突出，就是为了塑造出宋丰年先生的英雄形象，也是中国社会需要的英雄形象，或者说把本来就存在于社会当中的英雄揪出来，展示在大家面前，让大家认识到，中国有这样的英雄。她把自己的一脉心性和宋丰年先生完全互融了。这种互融带来的结果就是把中国乡村社会政治文化的特点，揭示得淋漓尽致，把宋丰年先生在社会结构当中，他的个人化的英雄精神、英雄风貌，努力地展示出来。

自21世纪以来，中国文学当代发展历史，从本质意义上来说，就是一部以创作主体、以乡村政治文化为思想武器和基本立足点，以形象化的手段展示中国社会百年变迁情景的历史，同时也是一部中国现代性、在乡村政治文化包围下，步步为营、艰难跋涉的历史。曾臻女士对宋丰年先生生命历程的考辨与精雕细刻，为我们留下了一部当代中国乡村政治文化精神的灵魂剪影。

李少咏，文学博士，洛阳师范学院文学院教授，硕士研究生导师，中国文艺评论家协会会员。

宋丰年的英雄之路

李伟昉

　　读了《丰年之路》这本书后，我最大的感受是，它从"路"切入，聚焦"路"展开叙事。我们做报告文学也好，做传记也好，书名怎么起很重要。因为书名起得好不好，直接跟你的落笔有关系。我之所以觉得《丰年之路》作为一本书的书名特别好，我个人认为，首先切中的是宋丰年先生的个人之路，而这条个人之路彰显的是国家之路、中华民族之路。而且个人之路，又是融入国家之路中的，作者是把这个点放在这样的大背景下来展开的。所以就昭示在国家新时期历史转折的时候，个人奋斗从哪里开始，又走向哪里。宋丰年先生带领宋砦村百姓致富，实际上就是中国农村改革开放，是农村城市化进程，是一个时代的进步，是中国特定历史阶段发展的缩影，是河南的，更是中国的，是物质的，更是精神文化的。通过他让我们对中华民族的精

神，对中华民族的奋斗史看得更真切、更清晰。所以这个路就成了成功之路、腾飞之路、辉煌之路、希望之路。因此我觉得这本书，这个书名起得特别好，它做到了点和面的结合，这是我想谈的一点。这点大家都谈到了，包括上午发言的时候，题目上也点了，一个人和一个民族，一个人和一个时代，都是在讲这个问题。

其次，我觉得，今天我们读到的这本书，应该说是成功的。正如二月河先生说的，这书不好写，的确不好写。但是这本书能够写到今天的样子，而且还能值得我们坐在一起探讨，本身就是成功。而这个成功首先我从作者书写的过程中能感受到，作者是深深地被打动，深深地被感染的。所以我说，她在写作的过程当中被感染，正因为她被感染了，所以她完成的这个作品才能感动人。这是一个条件，一个基础。这个成功就在于细节，刚才我们很多老师都在从不同角度谈细节，这个细节是经得起我们考证的。所以我们经常讲，细节决定成败。但是光有细节也不行，通过这么多的细节，最后给了我们什么东西？给了我们视野，视野才能决定高度。所以这本书写得平实，细节真实，实实在在，又透出传主还是个文化人。宋丰年先生作为一个企业家，他和很多其他成功的企业家自然有很多相同的地方，有很多相同的品质，这是没有疑问的。但是他的独特性在哪儿？我们在寻找他的普遍性、他的共性价值的时候，也要寻找他独特的个人魅力。这个魅力其中就有他的身上体现出来的文化的魅力，文化的品格，文化的质地。所以他的企业能迈出第一步，还能成功地持续地走下去，我觉得文化的力量是一个重要的象征。今天我们来到这个酒店，我们去感受，跟我们去到的很多酒店是不一样的。当我们了解了宋丰年先生这个人，对他有更多了解的时候，我们漫步在这个酒店的周边，你就会发现更多的文化氛围。所以我觉得，作者在写这本书的时候，她成功地融入了传主奋斗的那个世界。但是她的成功又取决于什么呢？她不仅能融进去，又能跳出来，以敏锐的、审慎的目光打量传主，做出价值判断。这点非常重要。今天上午陈众议老师第一个发言时，他特别讲到了英雄、英雄主义、英雄时代，同样为《丰年之路》做出了价值判断。我记得习近平总书记说过这样的话，一个有希望的民族不能没有英雄，一个有前途的国家不能没有先锋。今天我们大家自觉地坐在这里，安静地坐在这里，就是为了一个目的：崇尚英雄、致敬英雄！

李伟昉，文学博士，二级教授，博士生导师。《河南大学学报》编辑部主任、主编，河南大学中国语言文学博士点一级学科带头人、国家级一流本科专业负责人，国家"万人计划"哲学社会科学领军人才。

宋丰年的文化情怀

李勇

参加《丰年之路》研讨会给我最大的感受是，今天大家对于文学还是有一种特别的感情。因为文学在今天社会的地位比较边缘化，甚至于我们最应该重视文学和人文的地方——大学校园，实际上对于文学的爱好，对于人文的爱好，跟以前也是没有办法相比的。

我读这本书的时候感触良多。我虽然跟宋丰年书记单独接触的机会不多，也承蒙宋丰年书记的盛情，我们之前有过几次吃饭场合的接触。我在这个过程中对宋丰年书记有特别深的印象。首先，我对他非常敬重。因为他做出了这样伟大的事业。他在宋砦这块土地上做起这么大的产业，创造这么大的业绩，改变了这么多的人，这么大的一块地方，这真的是改变世界的。其次，我也特别好奇，他到底有什么样的特质。历史、社会各个方面的外在

的因素当然是有的，但决定性的，我想应该还是他个人身上的一些东西。

我在书里面也找到一些答案或者说线索。比如他早年的成长便显示出他个人的性格，年轻时候他在郑州北郊，当时是一个打架很厉害的名人，身上有股闯劲，敢于担当，替人受难，豪爽仗义，无畏。不过这些其实也在意料之中，做大事的人必定有些担当意识的。除了这些之外，还有没有其他一些东西呢？因为实际上，生活中不少人可能也有这种性格，为什么做不出来这种业绩？我觉得还有更重要的东西，是在我们想象之外的。我注意到宋丰年书记在成长的过程中，对文学非常感兴趣，比如他自己会吟诗作赋，还会填词。他对于文学的爱好，伴随了他的一生。甚至包括他其他的伙伴，他们在文学方面的一些探索，有的甚至很有造诣。我觉得这些东西反映出来他个人在文化方面，有一种特别的情怀。也正是因为这种情怀，所以今天他才可能坐到这里，我们也才可能看到这样一本书。有这样的情怀的人，我觉得才能做出一些不具备这样情怀的人做不出来的东西，他身上也才会显示出不具备这种情怀的人所显现不出来的东西。

早年读的书，那样的一些文学作品，肯定塑造了宋书记性情中和一般创业者、改革者不同的一面。他有自己年轻时候的爱情，书里记载的这份爱情，那缘分一直延续到了晚年——当然也不是特别晚。后来，两人还有见面。这样的重情重义，这样的人性温情，在其他因素之外，对他事业的发展肯定也起了非常重要的，甚至决定性的作用，尽管那可能是一种无形中的影响。这点是我感受最深的，其他还有一些，时间关系，就不一一叙说了。谢谢！

李勇，郑州大学文学院教授、博士生导师，郑州大学客家文化与华文文学研究所所长、二月河文学艺术研究中心主任，河南省文艺评论家协会副主席。

在时代大背景下展现人物命运
——兼论《丰年之路》的时间节点

李勇军

　　我总觉得，作家曾臻的两部大作——《苍野无语》（北京十月文艺出版社，2016 年 9 月第 1 版）和《丰年之路》（河南文艺出版社，2020 年 10 月第 1 版）有某种内在的相通之处：前者是"跨越五十年的家族史"，是"乡村家族史诗"；后者是写郑州北郊宋砦村的"领头人"，闻名全国的传奇人物、命运诡谲多艰仍笃守实心的宋丰年几十年的人生风雨，是"个人史"。两部作品都关注乡村，都深深扎根于脚下的土地。

　　但是细究起来，它们又迥然不同。前者是长篇小说，类似时间、年龄的表述多为"兴中十三岁那年""春草二十出头"，是一种模糊表述；而后者是一部长篇人物传记，类似的表述往往需要像钟表一样精确，如"宋丰年出生于 1948 年元月 21 日晚 8 时许，农历丁亥年腊月十一戌

时"……

《丰年之路》的作者曾臻用近乎"编年史"的笔法，记录着宋丰年及其家族的大事小事——

1954年秋，不满七岁的宋丰年开始在张砦小学读书。

1962年腊月二十二，爷爷走完了贫苦的一生。

1969年1月2日，宋丰年结婚了。

1969年农历十月二十日，宋丰年的大女儿出生，起名宋慧景。

1972年1月4日，二女儿出生，取名宋慧玲。

1974年1月24日，宋丰年的大儿子出生，取名宋智坤。

1976年5月27日，宋丰年的二儿子出生，取名宋智辉。

1982年金秋十月，四弟宋丰岭应征入伍。

…………

1948 年

宋丰年出生于1948年1月21日。

所谓"年头岁尾"：阳历年已进入新的一年，阴历年还是上一年的十二月。其时仍是"旧中国"。据有关史料：这年10月22日夜，中原野战军发起了郑州战役，重兵包围了集结在城北老鸦陈、固城的国民党队伍。

老鸦陈距宋丰年的出生地——宋砦仅5里路，它"是一个大村庄，一村南北两座大寨子，寨墙上能御车跑马，国民党的指挥机关、辎重、主力都集中在老鸦陈寨子里。22 日夜，解放军发起歼灭战，国民党军队一万余人全部被解决。23 日，邙山头及黄河铁桥的国民党守军被歼。解放军占领了郑州，控制了平汉、陇海铁路枢纽"。

宋家祖辈务农，"由于连年战乱，民不聊生，他出生时，家境贫陋破敝，仅有薄地二亩，草屋三间。爷爷宋庆喜，奶奶孙桂兰。父亲兄妹三人，姑姑已出嫁，叔叔尚小。父亲宋福保小学毕业，除了务农，时常跑些小生意。母亲陈兰英，朴实勤勉，做得一手好针线活儿"。

除了天分、禀赋之外，儿童时期所受的教育往往能够深刻地影响一个人的一生。身边长辈对宋丰年的教育，在其成年之后的为人处世、干事创业、谋事开局的方方面面，我们都能看到这种潜移默化的影响。

爷爷教给他，家里来客轻易不要上桌，"好酒好肉要尽着朋友吃，那样，朋友才能跟你交得长远"。奶奶告诉他，粗茶淡饭都能填饱肚子，"可是来了客人，就不能亏人家，客人吃好了，人家会说你好，做人得有个好名声"。小丰年从中渐渐悟到了做人之道、交友之道和待人接物的规矩，懂得了做事情"不是想不想，而是该不该"的问题。更重要的是在他稚嫩的心田里培植下了人生的价值取向，要成就大事，赢得荣名。

爷爷还教育他，男儿要立身、立家、立世，"必不得懒惰，必不能怯懦"。

上小学之后，学校开展"除四害"运动，小孩儿们都拿着弹弓到处打麻雀，不仅打麻雀，见鸟就打，姥爷却坚决反对，"他说鸟是神仙"。他从中懂得了人与自然的和谐共处。在后来的事业发展中，他是全村人中"环保意识"最早觉醒的一位。

1974 年

1974 年，回乡知青宋丰年当选为生产队长。

其时已进入"文革"后期，"上面"也在悄悄发生着变化。1974 年 4 月 10 日，邓小平出席联合国大会；10 月 4 日，毛泽东提议邓小平担任国务院第一副总理；10 月 11 日，中共中央发出通知，转述毛泽东的意见："无产阶级文化大革命，已经八年。现在，以安定为好。全党全军要团结。"当年，全国有 16.7 万工农兵上了大学。

领导和大队干部都认为，宋丰年虽是"黑五类"子弟，毕竟出身贫农，有文化有能力，而且是"特级战斗英雄"，社员对他也普遍认可。当时，"批林批孔"运动仍如火如荼，当了队长的宋丰年，不是领着众人喊口号，他想的第一件事就是：必须让社员吃饱肚子！他认为，人民公社最大的优越性在于能够实现农业机械化。但是，当时"大集体"的低效，生产队普遍存在着懒、偷、靠、绝对平均，也是有目共睹的。经过反复思考，他做出了一个大胆决定：包田垄到劳力，劳动责任与产量报酬联动。比如，一个劳力承担五垄玉米的劳作，这五垄玉米从种到收，责任到底，收多分多，收少分少，按成提留。这样时间归了自己，活儿归了自己，地垄上的庄稼和杂草都有了人家，看谁还怠工，还敢随随便便偷！以往种什么、怎么种，都是听从公社安排。宋丰年当队长，就不全按公社指令去做。目标只有一个：多收粮食。

后来，安徽凤阳小岗村农民秘密按下手印"大包干"已是四年之后的事。对此，作者曾臻给出了自己的评价——

> 安徽凤阳小岗村 18 位农民在一张"大包干"秘密契约上按下血指印，偷偷分田到户，事件震动全国。那么，宋丰年早在 1974 年担任生产队长时，在无日不"斗私批修"的无产阶级专政下，敢冒天下之大不韪，搞产量、报酬联动，包地垄到劳力，提留分配与地垄收成直接挂钩，从而激发生产活力，省出劳力搞副业，给社员分红，比小岗村的"大包干"整整早了四年。这是何等的胆量！

1980 年

1980 年，宋丰年成了远近闻名的"万元户"。

自 1978 年 12 月十一届三中全会召开，中国历史翻开了新的一页，党和国家的工作重心从阶级斗争转向了经济建设，开始了全面改革开放的新时代。家庭联产承包责任制已在全国迅速铺开，土地的集体所有权与经营权分离。农民由集体中的单纯劳动者转变为土地的承包者，有了自主生产、经营的权利。劳动能动性大大提高，劳动力从种植向非农产业转移。

20世纪80年代，是中国人锐意改革、开放浪潮激涌的时代，也是一个找回自我、寻求自我发展的时代。但也应该看到，起初人们刚刚从"文革"噩梦中挣脱出来，"一切还停留在计划经济的定式中，很多商品仍在凭票供应，吃饭凭粮票，细、粗粮还在按6：4的比例供给……"。宋丰年却有着先见之明，他从书上弄懂了油漆的传统制作方法，发现工艺简单，成本低廉，盈利空间大，他就在另外一个生产队租了三间闲房当作坊，领着几个人办起了油漆厂。这时，还不允许民营，他们打着集体的名义，年底给队里上交一定的钱，在油漆厂干活的人向队里掏钱买工分。

随着改革开放政策的进一步放宽，允许个体经济存在发展，宋丰年的作坊也就办理了个体营业执照，堂堂正正成立了民营中州油漆厂。当时的省长提出："国营、公私合营、专业户、集体、个体，五个轮子一起转。"宋丰年如鱼得水，抓住大好发展时机，进一步扩大了油漆厂的生产规模，使之成为后来创办其他企业的"母本"。

1983 年，郑州市北郊设立了以种植蔬菜为主的金海区，将老鸦陈公社划分为三个乡，宋砦村撤销三个生产小队，成为单独行政村，基层建制为村支部书记、村主任、村经济联合社主任"三驾马车"。村民们对宋丰年的胆识、智慧、经济头脑十分叹服，他当选为宋砦村经济联合社主任。接着，他又为村集体办了玛钢厂、耐火材料厂。

所有的发展都注定并不能一帆风顺。创业初期，油漆厂曾不慎失火，三间作坊化为废墟。宋丰年带着郑州出品的油泵油嘴，满怀憧憬参加广州交易会，不但没赚到钱，最后兜里连吃饭钱都没有了，差点流落街头……然而，也就是从这时起，宋丰年带领大家慢慢站了起来，一步一个脚印，越走越稳。

1988 年

1988 年秋天，宋丰年当选为村委会主任。

1988 年，亩产 1500 公斤左右的葡萄让村民的腰包第一次鼓了起来。

1988 年，他把苦心经营多年、价值逾百万的油漆厂无偿捐给了宋砦村集体。

宋丰年计划，下一步，他要带着宋砦人彻底告别农耕生活，完成向工业全面转型的历史性跨越。

宋砦村委在宋砦农工商实业开发总公司的基础上，组建了亨达企业集团。宋丰年担任董事长，各企业经理为董事。台利铝业有限公司、达源钢铁有限公司、金苑面粉厂、亨达饮料公司、佛光机电设备厂，龙头企业、中小企业达二十多个，经营从粗放型向集约型转变。

宋丰年明白，宋砦要想持续发展，就必须提高宋砦村干部的文化素质和管理水平，才能与迅速发展起来的宋砦工业、经济、文化接轨。除了普法教育，村里和各企业都开设不同类型的学习班，对村民和在职职工进行文化技术培训。

1997 年

1997 年，宋丰年和他的宋砦"火"了起来。

一年前，按照科学的规划设计，被称为"康居工程"的宋砦"第一家园"19 栋居民楼破土动工，设计单元房 700 多套。小区内设计有学校、幼儿园、礼堂、商店、卫生院、俱乐部，一应俱全。

1997 年 11 月 15 日，亨达集团进行机制改革，实行股份制，彻底明晰了产权：企业无论由谁投资，集团把股份全部让给企业，企业经营者拥有全部股份。企业产权归厂长、经理，地面一切附属物归企业所有。与之相应，企业也要承担其全部责任。依法注销了亨达集团，成立了宋砦工贸苑区管委会。

1997 年，《河南日报》以"宋砦之谜"为主题，自 4 月 25 日起开始对宋砦进行系列报道：一个仅有六百多人口，既缺人才、技术，又缺资金的小村子，几年间奇迹般地发展起来，建成工业园区，新增 4.8 亿元固定资产，形成 20 亿元的生产能力，农民人均年纯收入超过 5000 元。

改革开放初期，整个社会还是计划经济"一统"，小到采购生产原材料、订几节火车皮（那时还是计划经济的管理模式，谁也说不清哪天能订到"计划外"的），大到村里的水、路、电三通，每个环节都是艰难险阻。但是，他们到底一关又一关闯了过来。当然，其中既有成功的喜悦，也有曲折、挫折，甚至是血的教训。

2017 年

民和年丰。俯瞰今日之宋砦，高楼林立，街道纵横，车水马龙。"宋砦嬗变，充分折射了古老中原大地上一个传统村落在改革开放这一'千年未有之大变局'下的时代轨迹。""宋砦模式"受到国内专家、学者以及新闻媒体的广泛关注。

以弘润华夏大酒店为例，从开工建设起就不断融入文化内涵。在 A 座七楼，专门辟出 1600 平方米场地设立宋砦法治展览馆。2017 年 6 月 22 日，第二届法治河南乡村论坛在弘润华夏大酒店开讲。为进一步深入推动基层法治建设，加强乡村法治建设理论与实践的探讨研究，新设立的河南省法学会乡村法治研究中心隆重揭幕。

历经风雨，才能见彩虹。宋丰年还诚邀书法家写了上百幅"六忍箴言"送给村里家家户户。他给村民讲:"富而能忍家安,贫而能忍免辱,父子能忍慈孝,兄弟能忍意笃,朋友能忍情长,夫妇能忍和睦。"从 1974 年担任队长,转眼已经四十多年过去,他从一头黑发到鬓生华发。

2017 年,是作家曾臻完成这部长篇人物传记的时间。其时,中国的改革开放已历四十年,此前,既有初期"摸着石头过河"的尝试,又有"十亿人民九亿商"的波澜壮阔;既有农村生产力的全面解放,也有国企改革的阵痛;有曲折,有失误,而最终取得的伟大成就可谓举世瞩目。

作为这个时代的亲历者和见证者,宋丰年是个什么样的人物?不同的人有不同的认知和理解——

他是"英雄"(他"评上了老鸦陈公社战斗营的'特级战斗英雄'。一个公社数百名民工,仅两个英雄指标,可想而知,他为之付出了何等大的代价!")、是"菩萨"("有人送宋丰年一个称谓——宋菩萨。他天性仁义,乐善好施,十里八乡的人有事求他帮忙,他都会尽力而为。")、是"领头人"("一个小村落能折腾出这般景象,他们不能不感佩宋砦村的这个领头人")、是"全国劳模"(2003 年荣获"全国五一劳动奖章",2005 年被评为"全国劳动模范",是第九届、第十届全国人大代表)、是"传奇人物"(二月河在《序》中说他"是个充满传奇色彩的人")……

上述这些,显而易见都有正确的、真实的一面。

　　"一切真历史都是当代史。"这是意大利著名哲学家克罗齐提出的一个著名的命题。朱光潜在《克罗齐哲学述评》第六章《历史学》中做过这样的阐释："没有一个过去史真正是历史，如果它不引起现时的思索，打动现时的兴趣，和现时的心灵生活打成一片。过去史在我现时思想活动中便不能复苏，不能获得它的历史性。就这个意义说，一切历史都必是现时史。着重历史的现时性其实就是着重历史与生活的连贯。"

　　但是反过来说，真正的"当下"是转瞬即逝的，"刚刚发生"就已成为历史。所以，每个人"亲历"着当下，也就是在书写着历史。因此我们强调"过好每一天"。无疑，宋丰年一直在书写自己的"当下"，也在书写人人可见的"历史"，他是一个属于这个伟大变革时代的人物，他是属于我们这个日益富足、越来越丰富多彩却又夹杂着许多无奈的时代，他达到了一个新的生命高度，也达到了一个令人仰视的精神高地，成为当下和将来无可替代的真实存在。

　　作者曾臻通过《丰年之路》这部23万字的长篇传记，通过对半个多世纪以来的时代发展、社会变革背景下主人公重要时间节点一次次自身抉择、自我提升的准确把握，向我们展现了一个真实而生动的人物形象，他既有过人的长处和优点，又有自己的"软肋"和局限，他"在改革大潮中稳操舵盘，以国家的宏大改革策略为航标，挺立潮头，破浪前行"，从而成就了坚实的人生。作者以翔实的史料和全面采访获得的第一手材料为基础，吸收和借鉴"新写实"作品的创作手法，经过合理剪裁，遵循"非虚构写作"的基本创作规律，从而为广大读者真实再现了一个生动丰满、真切感人的人物形象，写出了在这个伟大变革时代"平凡人物的不平凡"。

复旦大学许宁生教授说："个人的命运总是存在于时代洪流之中。"作家曾臻正是通过对主人公重要时间节点的准确把握，从而在时代大背景下展现了人物的命运——"从宋丰年先生走过的风雨历程及他脚下的这片热土上，可以领略中国农村历史嬗变的轨迹"。恰如书前二月河所作《序》里的话："'卑屈不以为贱，艰难不以为苦，迫害不以为意，利众不以为烦'，这四者皆表达于宋丰年的人生命运里。无论人生幸与不幸，他都在用无愧于良知的行动为自己的生命意义做着诠释。"

作者面对的宋丰年，"是个有传统文化底蕴的人，说话朴素谦虚，不夸饰"。他是一个怀有善根、知行合一、按照自己心路行走的人。曾经有过青春的熊熊火焰，曾经有过中年的壮怀激烈，而今生命已然纯净的火焰，通透，明澈，照亮别人也照亮自己。

李勇军，郑州大学出版社人文分社社长，编审，中国作家协会会员。

这是一本让我感到震惊的书！

刘海燕

在我没有翻开《丰年之路》这本书之前，是想象不到这种人生的。

首先是宋书记的传奇人生，无论处于何种境地，都活得有尊严，有智慧，有胆略，有侠义……他一个人创造了那么多有益于他人的公共生活；经受了那么多苦难，却没有被压倒，像是海明威笔下《老人与海》中的那位经典老人。他身上的精神力量和济世情怀，是我在知识界不多见的。

读完后有很多感慨，我给研讨会操持者、诗人晓雪发信息说：宋书记真是了不起！真是得向宋老先生学习，虽然不一定能学到，因为不是想学就能学到的。晓雪说：宋先生修行到了极致，已无喜怒哀乐这些东西了。这个生命是多少个生命加起来也难以企及的坚韧。

下面是我记下的让我感慨的细节，我也希望把这些传递给更多的没读过

这本书的朋友们——

> 中国大地上，饥荒正像瘟疫一样蔓延……（爷爷）拿出几粒南瓜子放进他的手里说："记住，再饿，也不能吃掉种子！"……这年秋天……一地南瓜接济了老师们的伙食。

爷爷以最朴素的善意和智慧，做到理性留余，这一点在宋丰年书记后来的人生里，亦可处处看到。

宋丰年书记心目中的老师：学生们上课打瞌睡（因为身体缺乏营养），潇洒英俊的高老师从来不点名批评，而是突然以高八度的嗓音唤起学生的注意力。宋丰年书记践行文明的细节，尊重文化，这也使他看得更远，走得更稳。

小小年纪因为挖红薯窖患了急性风湿性关节炎，医生给他扎火针时，他的镇定和从容。后来硬是练习倒挂，把自己弯曲的关节拉直了。他好像从小就有"天将降大任于是人也"的抱负。

"文革"期间，当宋丰年书记发现政治斗争的荒谬以后，主动参加批斗会，像一个"冷面侠客"，以勇气和谋略变着法儿把被批斗的老干部解救出来，避免本不该发生的伤害。

20世纪80年代初就在村里建图书馆，消除十年"文革"留在人们身上的狂悖之气。还有后来，集资融资时期，村民们由于不懂法律，想挣快钱，投资被骗后，他组织法学论坛，普及法律知识，让村民参股酒店，不乱投资。以文化和智慧提升生活品质。

心脏手术后，置换的金属瓣膜被电警棒击得心脏骤停，上千群众守候在医院。一个农民企业家、领头人，他在时代生活中所经受的一切，也是研究中国社会的典型标本。

2014 年，医生会诊时，极其虚弱的他，悄然坐在一边，明了自己的病情。令专家们惊讶这样重的病人，还能坐着。真是洞穿了世间万象后的波澜不惊！

补记

《丰年之路》研讨会期间，我和《河南日报》"读书版"的记者张冬云一起专门去看了弘润华夏大酒店二楼的图书馆，图书馆分少儿和成年区域，在少儿区域，几个孩子自由自在或躺或坐地看书，他们在附近居住，不需任何门槛，可自由出入；成年区域的图书，居然有商务印书馆 2009 年出版的全套 490 册的"汉译世界学术名著丛书"（珍藏本）。一个大学图书馆也未必能找到如此齐全的一套，这让我和冬云惊叹不已，真是镇馆之宝啊！这套书，突然让我的心远离尘嚣，仿佛潜入深海——这个浩瀚的精神之海。

刘海燕，河南太康人。1993 年至今任职于《中州大学学报》编辑部。河南省作家协会副主席。

报告文学中的"中国故事"

刘宏志

2014 年 10 月 15 日，习近平总书记在文艺座谈会上的讲话中讲道："文艺工作者要讲好中国故事、传播好中国声音、阐发中国精神、展现中国风貌。"这个中国故事，显然不仅仅是中国传统故事、传统风情，而更应该是高速发展中的当下中国的故事。毫无疑问，改革开放的故事，就是一场正在进行中的波澜壮阔的中国故事。

改革开放以来，中国以前所未有的经济发展速度震惊了世界。得益于改革开放以来的经济高速发展，中国也在近年成了世界第二大经济体，14 亿人口解决温饱问题，全面建成小康社会。这不仅仅是中国的大事，也是人类史上的大事。毫无疑问，我们正在经历的中国的发展，是中华民族伟大复兴中不可回避的重要一环。我们正在经历的这个时代，也必将是中华民族发展历史上值得大书特书的

一个时代。那么，文学作品如何面对这个时代，其实已经是所有作家、艺术家所要面临的问题。

这本书的名字很好，丰年之路，既是宋丰年走过的道路，也是宋丰年走过的让自己丰收的道路，更是中国、中华民族走向丰年的道路。《丰年之路》是一部报告文学，也是讲述典型的中国故事、阐发中国精神、展现中国风貌的一部作品。

先来说说讲述的典型的中国故事，我们可以看到，宋丰年的人生其实也颇为有趣，他可以算是共和国的同龄人。在中华人民共和国成立前出生，然后，他就全程经历了中华人民共和国成立以来的所有的风雨以及今天的发展。从一个普通的农民，经历过困苦，然后在国家的发展中，敏锐地把握国家、时代提供的机会，带领全村人致富，自己从一个穷困的庄稼汉成长为资产数亿的大公司的老总，成为带领全村人致富的带头人。他的经历，就是典型的中国故事，尤其是改革开放以来的新时代的故事，相当波澜壮阔。从中我们也可以看到中国发展的影子。

说这部书阐发中国精神、展现中国风貌，也和这部书的处理有关。写这样一本传记不容易，尤其是要呈现出这个人平凡中的伟大、伟大中的平凡。不但要呈现出个人在历史重要关头的重大选择，而且还要呈现出这个人的日常的人性的东西。这部书，不仅讲述了宋丰年书记艰苦创业的过程，而且还不吝笔墨，讲述他创业背后的精神。宋丰年的成功，当然和他对历史机遇的敏锐把握有关，如宋丰年书记自己说的，自己能够在历史紧要关头迈步在政策的前头，领先半步。但是，能做成事儿，能领着一村子人做成事儿，而且还让大家没有怨言，仅仅有这个就不够了。书中写出了宋丰年做事情坚守的精神：仁爱，奉献。他强调"要做事，先学做人，一不能自私，二不能怕吃亏，三要把群众的事当成自己的事办。还要把家管好，孝为德之本，不孝敬父母的人，我跟他不打交道"。他始终坚持着一个信念：上顺天意，下合民意，只要能让父老乡亲吃得香，穿得暖，住得好，就是吃多大苦，受多大罪，流再多汗，他都心甘情愿。这种仁爱、奉献精神，就是典型的中国精神，展现出来的，就是中国独特的风貌。

可以说，这部书有一个好传主，有一副好笔墨，这就成就了这部隐喻了中国当代发展史的、阐发中国精神的个人的传记。

刘宏志，河南延津人，文学博士，郑州大学文学院副教授，主要从事中国现当代文学研究。

一个人与一个时代:《丰年之路》与中国 "三农"问题的现代化探索

刘进才

很早就听说过郑州的宋砦，宋砦的出名与充满传奇的人物宋丰年有着不可分割的紧密关联。侠肝义胆的宋丰年从小小的宋砦一隅，步履蹒跚地走出了一条令人瞩目的城中村发展之路，从此，宋砦名满郑州，享誉中原，走向了当代中国"三农"问题发展探索的前沿。宋砦先后被评为河南省明星村、全国文明村和全国十佳小康村，宋丰年也因此而获得了河南省优秀共产党员、全国优秀村委会主任、全国劳动模范、全国五一劳动奖章等殊荣。个人成就了地方，地方也成就了个人。在惊叹宋砦经济迅速腾飞与文化快速发展的同时，人们禁不住对宋砦的领路人宋丰年产生了心驰神往的探究兴趣，他是一个什么样的人物，竟有如此巨大的人格魅力，让"宋砦模式"作为全国城中村发展的楷模，

并成为社会科学界广为探讨的议题？《丰年之路》的出版恰逢其时，这部充溢着浓郁抒情色彩的传记之作不但书写了宋丰年个体生命的成长来路，而且借助一个人的坎坷历程彰显了新中国一个时代发展的潮起潮落。宋砦堪称当代中国农村走向现代化的典型缩影，"宋砦模式"也昭示出当代中国农村的未来走向与集体奔赴小康的"丰年之路"。

一、厚德载物与君子之风：宋砦的"卡里斯玛"型人物

德国社会学家马克思·韦伯在考察政治与社会时提出了卡里斯玛(Charisma)权威人物的概念[①]，韦伯认为卡里斯玛是这样一类人的人格特征：他们具有超人的力量或品质，具有把一些人吸引在其周围，成为其追随者、信徒的能力，追随者常常以赤诚的态度对待这些领袖人物。在韦伯看来，"卡里斯玛"型人物是具有领袖般天赋优势的伟人，拥有绝对的威望，能够在战争或创业中起决定性的作用，并借以个人魅力及荣誉声望等突出表现而赢得群体推举，逐渐获得权力地位，被众人无条件地崇拜。韦伯的这一论述，让我想起了宋丰年，在我看来，宋丰年就是宋砦的"卡里斯玛"，《丰年之路》的写作也的确一步步向读者清晰地展现了宋丰年——一个宋砦村里卓然超拔的魅力人物的典型。

宋丰年的魅力源于仁义智勇的刚毅品格，中国传统文化与底层民间文化的长期浸染与熏陶成就了宋丰年仗义敢

为、勇于担当的豪杰人格。"站着要为百姓当伞"，这朴实无华的言语是宋丰年对宋砦父老乡亲真情实感的表达，这顶天立地、掷地有声的言语同时也彰显了宋丰年的大仁大义与大爱。这种人格凝聚着中国传统文化所张扬的君子之风。何谓君子？孔子曰："君子喻于义，小人喻于利。"君子懂得大义，小人只求小利，利义之辨正是小人与君子之分。所谓"义"，即按照正义或道德规范的要求行事，"义"字当先、正道直行乃是宋丰年为人处世的立身之本。如果回望一下宋丰年的童年生活与家庭教育，不难看出良好的家庭教育对于个体人格塑造的重要作用。"吃尽人亏真铁汉，做完己事是英雄"，这是爷爷的谆谆教诲；"人家吃了传名，自己吃了填坑"，这是奶奶的良苦用心。贤良之家出孝子，仁厚之家福绵长。正如《丰年之路》的作者曾臻所言："先人的禀性与仁德随着血脉潜润进小丰年的心田……一层一层晕染在他生命的底色里。""义"的种子一旦在一个人的心中生根发芽，自然会生长出一片蓬勃的森林，此后也必然能够收获丰硕的果实。

宋丰年之所以能够带领宋砦的父老乡亲闯过改革与发展的激流险滩，能够受到来自不同行业及不同领域的人们的拥戴，就得益于他所拥有的诚信仁爱、侠肝义胆、勇于担当的君子情怀。在孟子看来，君子生于忧患之中，天将降大任于是人，是要经受过"苦其心志，劳其筋骨，饿其体肤，空乏其身"的一系列人生磨炼的。传记中所展现的宋丰年的人生，不正是一次次经受住磨难，一次次淬炼成钢，一次次凤凰重生吗？儿时的宋丰年，最清晰的记忆莫过于在课堂上还哭着，一心想吃窝窝头的"饥饿记忆"了。上树摘梨、偷拔甘蔗折射出儿时生活的困顿和顽皮，也逐渐培养了宋丰年处世公心、敢于担当的义气。"文革"时期与主动打上门来寻衅闹事的造反派的对决，宋丰年一身的凛然正气彰显了正道直行、不忧不惧的君子人格。饥饿贫穷的年代也锻造了宋丰年飞身扒火车的绝技，到信阳赶"鬼集"谋生的传奇经历已慢慢地培养出宋丰年此后善于捕捉商机的能力。最值得一提的是："文革"时期长期游离于政治斗争之外的宋丰年，为保护老干部主动参加批斗会，在现场机智变通的仁爱之举。在当时以阶级斗争为纲的时代氛围中，宋丰年以其善良仁爱的天性以及感同身受的底层经验，去拯救被批斗的所谓"当权派"老干部。如果从当时的社会语境考量，他的"侠客"之举或许还冒着政治不正确的巨大风险，然而，宋丰年总能灵活处理、功成而身退，成为许多老干部的救星。倘若从历史的发展眼光观之，他当初拯救出来的这些老干部，经过"文革"之后的拨乱反正，重新走上新时期中国政治的历史舞台，可以想见他们再次面对宋丰年时的知遇感恩之情。宋丰年出于本心、超越功利的善意之举成为此后宋砦跨越式发展的无形资源。

事实上，他后来如刘备三顾茅庐般寻访到身居闹市的贤能达人刘贵翘教授，正是得益于当年批斗会上曾救过的老干部的指点。这种出于人性良知的自觉与仁厚悲悯的情怀，乃是君子厚德载物的表达。这些看似点点滴滴的生活琐事，其实却关涉人生品格的大节。这些习焉不察的日常生活，磨炼着宋丰年，也成就着宋丰年，从此，北郊—宋砦—宋丰年，一个立得住的响当当的美名开始传扬。

如果说青年时期的宋丰年任情率性、仗义独行、靠着本身的善良与仁义行事，那么结婚之后的他则是有意识地锻铸自我，自觉地把小我融入家庭、进入体制，真正地开始"齐家、治国、平天下"了。修贾鲁河水库，他不畏艰险，自告奋勇，主动请缨点燃十八个炮眼，他努力要把自己锻铸成无私无畏的钢铁战士，以抹掉过去身上的"黑五类"印记；运土方、筑堤坝，争先恐后，挑战体能极限，他获得了"特级战斗英雄"的荣誉称号，得到领导和社员的普遍认可，也当选为生产队长，队长的名分终于让英雄有了用武之地。

当了队长的宋丰年做事仍一马当先，从不对人颐指气使，即使寒冬腊月，他也会因抢修水泵而毫不犹豫地跳进刺骨的冷水中，这种豪气的禀性与以身作则的典范深深感动了周围的人们，人们对他愈加信服。"卡里斯玛"型人物就是这样舍身利他、令人信服之人，能够吸引并团结周围的人们，追随自己的思想与行为。古今中外不乏这样焕发着领袖气质的人物，他们有胆有识，刚正不阿，外不惧权威，内爱民如己，乃至为了大众而不惜牺牲自我，儒家所谓"杀身以成仁，舍身而取义"是也。宋丰年的心脏病正是由这种长期的超负荷劳作，积劳成疾而酿成的。他吃苦在前，享乐在后，奉献自我，克己归仁，正因为此，他才能够得到大家的普遍认同。孟子曰："君子所以异于人者，以其存心也。君子以仁存心，以礼存心。仁者爱人，有礼者敬人。爱人者，人恒爱之；敬人者，人恒敬之。"作为生产队长，他爱民如己，主动倡议种菜的社员们不能光给城市人拾掇好菜，也要给自己留下一些，自己种的，先叫自己吃好。在那个特殊的年代，只有心怀大爱才敢于这么顶风作浪，甘为百姓挡风遮雨、撑腰壮胆。

《丰年之路》最让我感怀与难忘的是宋丰年的勤俭与克己。在中国传统文化中，勤俭是先贤最古老的训诫，《尚书》有言："克勤于邦，克俭于家。"李商隐诗云："历览前贤国与家，成由勤俭破由奢。"朱柏庐也说："一粥一饭，当思来处不易；半丝半缕，恒念物力维艰。"从经要典籍到治家格言，无不反复叮嘱我们要谨守这一千古不变的人生信条。20世纪80年代，宋丰年拖着浮肿的双腿带领村干部和技术员到营口葡萄基地考察取经，没有座位，他们拿出预先准备的化肥袋子铺在地上，尽管此时的宋丰年已经是令人羡慕的万元户，但为了带领大家共同富裕，他丝毫没有流露任何苦痛，这种克勤克俭的人格魅力，在大家心中形成无形的权威力量，让人们即便受苦受累也无怨无悔地追随着他。宋丰年靠着他坚忍的意志、前瞻性的智慧与胆识，在"宋砦人心目中确立起了绝对威信，人们对他心悦诚服、言听计从。宋丰年说干啥，他们就干啥，宋丰年说往哪条道上走，宋砦人就会毫不犹豫地跟着他往前走"。这种厚德载物的君子人格使他成为宋砦名副其实的"卡里斯玛"型人物。

二、"丰年之路"与时代变革："宋砦模式"的范式意义

美国当代著名科学哲学家库恩在其影响甚巨的学术著作《科学革命的结构》中提出了通向常规科学研究的"范式"术语②，在库恩看来，范式就是一种公认的模型或模式，范式是解决某一类问题的方法论，是一种对本体论、认识论与方法论的基本承诺，是科学家集团共同接受的一组理论、准则和方法的总和，这些元素在科学家心理上形成了共同信念。范式在一定程度与一定范围内具有公认性，范式的存在为科学家提供了一个研究纲领，为科学研究提供了可模仿的成功的范例。每个范式都描述并解决了我们身处的环境中不断出现的问题，通过这种方式，后人可以无数次借鉴并有效使用那些已有的解决方案。受库恩范式理论启示，在我看来，"宋砦模式"在当代中国的改革发展中，也可视为研究当代中国"三农"问题可以借鉴的范式。因而，

《丰年之路》的写作就不是单纯的一个人物的传记，而是通过一个人连接了一个时代，人物的命运与时代的发展息息相关，"丰年之路"为中国"三农"问题指示出一条具有范式意义的康庄大道。

中国是一个农业大国，农业人口占据了相当大的比重，中国未来的发展与走向在很大程度上取决于"三农"问题的解决。自21世纪以来，中国政府就一直聚焦农业、农村与农民问题，"三农"问题关系到国民素质、经济发展，也关系到社会稳定、国家富强及民族复兴的中国梦的实现。近期，国家又把乡村振兴战略作为新时代"三农"工作的总抓手，这些年如火如荼的扶贫工作也主要是针对广大的乡村世界。"三农"问题得到国家的高度重视，乡村振兴也取得了令人欣喜的成就。但"三农"问题还有许多迫在眉睫的问题需要解决，我们还有更遥远的路要走，还有更艰巨的任务要完成。

我认为，中国"三农"问题尽管复杂多样，但只要解决好两个问题就能纲举目张。其一是要让乡村农民普遍"富裕起来"，其二是要让乡村文化普遍"繁荣起来"，物质上富裕发达，教育文化上繁荣昌盛。物质与文化如车之双轮，鸟之双翼，缺一不可。其实，古代先贤很早就清醒地认识到了这一点，《论语》有明确论述：

子适卫，冉有仆。子曰："庶矣哉！"

冉有曰：“即庶矣，又何加焉？”曰：“富之。”曰：
“既富矣，又何加焉？”曰：“教之。”③

孔子到卫国去，冉有为他驾车。孔子道：“好稠密的人口啊！”冉有道：“人口已经众多了，又该怎么办呢？”孔子道：“使他们富裕起来。”冉有道：“已经富裕了，又该怎么办呢？”孔子道：“教化他们。”

以此对照宋丰年治理下的“宋砦世界”，在艰苦的岁月里，他绞尽脑汁、想方设法先让宋砦的父老乡亲富裕起来，通过打造自主品牌凤凰牌油漆，逐步积累改革开放以来的第一桶金，并初步获得从事现代企业管理与运营的基本经验。宋丰年出生入死地护卫农民的土地，为宋砦引来大面积种植葡萄的先进经验，使农民开始尝到甜头，使宋砦人完成了从传统农粮种植向经济作物种植的蜕变，逐渐摆脱了贫穷，走向共同富裕之路。此后，他在宋砦农工商贸易公司的基础上更名“郑州市宋砦农工商实业开发有限公司”，带领宋砦人迈向了由农业向工商业全面转型的新纪元。视野开阔、胸怀天下的宋丰年从来都是求贤若渴、海纳百川，他的“以土地换资金”“以产权引项目”“以经营权招人才”“以亲情聚人心”的一系列政策走到了时代改革开放的前沿，尤其是“借脑工程”，现在仍具有前瞻性与普适性意义。在努力改造宋砦这片物质瘠薄的土地时，宋丰年始终没有忘怀发展宋砦的文化事业。他以弘润华夏大酒店为依托，创建文化展览馆，主办"法治河南乡村论坛"，使宋砦人在摆脱物质匮乏的同时，也摆脱精神文化的饥渴。他送给每家"六忍箴言"的文化普及之举，寄托了孔子般"富之""教之"的文化心态："富而能忍家安，贫而能忍免辱，父子能忍慈孝，兄弟能忍意笃，朋友能忍情长，夫妇能忍和睦。"这是宋丰年人生经验的总结，也表达了他对中国传统儒家文化的强烈认同，富而不骄、贫而不谄是孔子一再劝导弟子的金玉良言，父子、兄弟、朋友、夫妇既是传统社会伦理的核心，也是现代社会应该和谐处理的交往对象。宋丰年是知行合一的典范，他既能身体力行地把"仁义礼智信"的传统道德伦理落到实处，又能与时俱进，将"法威德恩"相结合，重视中国乡村文化的亲情与人情，又不忘记现代社会必须遵守的契约精神与法治规范。宋丰年治理下的"宋砦模式"，也无形中印证了一个中国文化观念：传统儒家伦理不但能够自身开拓出具有现代意义的商业精神，而且在中国不断融入全球化、构建人类命运共同体的今天，儒家倡导的"美美与共，天下大同"的"和合"文化，在现代社会中也照样能够焕发出其持久的生命力和影响力。

宋砦是中国广大农村的缩影，相对于中国其他边远地区的广袤农村，宋砦只不过地处城市，占据了更多的天时与地利。事实上，再优渥的外在的天时与地利，都比不上"人和"这一内在要素的重要性。"宋砦模式""富之""教之"的"丰年之路"，离不开改革开放以来各项政策的支持，更离不开宋砦的带头人宋丰年。20世纪是一个革命的世纪，改革开放是中国政府内部一场带有革命性的自我改革运动。如今，中国又遇到了"百年未有之大变局"，每当处在社会大变革的年代，领导人物的重要性更不言而喻。以研究革命心理而著称的法国政治学与社会学家勒庞指出："人民在所有革命中的角色都是一样的：他们既不会去发动革命，也不能指导革命；在革命中，人民的行为是受革命领袖支配的。"勒庞进一步指出领袖人物在改天换地的革命中的巨大作用，"当革命领袖具有超凡的影响力时，革命就非常容易发生"，"新思想渗透到人民的头脑中确实是一个极其缓慢的过程"。[④] 勒庞似乎过多地看到"人民"作为"乌合之众"的盲动性，但也真知灼见地意识到了领袖人物的重要性。

　　努力经营宋砦的宋丰年，何尝不是这样？他先行一步的改革举措常常遭到人们的误解，但作为改革的先驱和领导者，他的高瞻远瞩与运筹帷幄最终以农民获得切实利益而受到肯定与拥戴。每个时代都有这种得风气之先的优秀领导者，在风云诡谲的时代浪潮中，站在时代发展的前沿审时度势，最先嗅到了时代发展演变的鲜活气息，以智者风范和豪侠之气，引领人们创造出一个壮丽灿烂的新世界。当然，宋砦经验也告诉我们，优秀的领导者绝非那些因循守旧、墨守成规、刚愎自用的教条主义者，而是敢于冲破条条框框和人为壁垒，并且与时俱进的灵活变通者。在大集体时期，宋丰年就敢于包垄到户，大大提高了劳动生产率，开启了此后全国实行联产承包责任制的先河。宋丰年为了让父老乡亲多留些粮食填饱肚子，采取灵活机动的战略战术储粮到户，戴着政策的镣铐跳舞，以特立独行的姿态实现了"站着为民撑伞，躺下为民做牛"的个人承诺，也践行着毛泽东多年以前就提出的"为人民服务"的社会宗旨。

宋丰年的为人与为政，让我想起内乡县衙的一副对联："吃百姓之饭，穿百姓之衣，莫道百姓可欺，自己也是百姓；得一官不荣，失一官不辱，勿说一官无用，地方全靠一官。"是啊，宋砦能够有今天的经济腾飞与辉煌，不正是得益于为官一方的宋丰年吗？

《丰年之路》通过一个人的传记连接了一个时代，宋丰年坎坷丰富的人生经历彰显出新中国成立以来社会变革的崎岖不平之路，他呕心沥血、苦心经营的"宋砦世界"，正是新中国千千万万城中村的缩影。宋丰年真的很不容易，宋砦今天的腾飞很不容易。阅读《丰年之路》，萦绕在我心头的不仅是宋丰年那伟岸高洁的人格和沉稳旷达的身影，还有对中国未来发展之路的忧思。宋砦的现代化之路再一次提醒我们：中国的发展只有告别僵化凝固的极左思维，积极推行改革开放，以海纳百川、文明互鉴、协和万邦的政治文化心态去拥抱世界，我们的国家才能不断发展与壮大，世界也会因我们而更精彩，中华民族的伟大复兴梦才能够早日实现。

注释：

① 马克斯·韦伯：《经济与社会（第一卷）》，阎克文译，上海人民出版社，2010，第 322 页。

② 托马斯·库恩：《科学革命的结构》，金吾伦、胡新和译，北京大学出版社，2003，第 9 页。

③ 杨伯峻译注：《论语译注》（第 3 版），中华书局，2009，第 134—135 页。

④ 古斯塔夫·勒庞：《革命心理学》，佟德志译，吉林人民出版社，2004，第 40 页。

刘进才，河南大学文学院教授，博士生导师，主要研究方向为中国现当代文学。

《丰年之路》的精神向度

刘康健

书写宋丰年这个人物是有很大挑战性的。障碍不在于如何从资料和新闻的层层覆盖下寻找到他，而是对于这样一个极具个性，并充满英雄色彩的人物，在当代铺天盖地的报告文学海洋中，如何跳出藩篱和窠臼，写出一个全新的不同凡响的人物来，实属不易。《丰年之路》对宋丰年精神向度的追寻和发掘，使得该书拥有了沉甸甸的分量。《丰年之路》向我们呈现了丰富的历史面相：物资匮乏的年代、文化饥饿的年代、思想混乱的年代、改革开放的年代、市场经济的年代、物欲横流的年代……不可否认，我们生活在一个精神和观念疯狂嬗变的年代，这使得我们无奈而迷茫地在寻找构建新的精神和观念的"法门"。毛泽东曾经说过："人是要有一点精神的。"孔子说过："大道之行也，天下为公。选贤与能，讲信修睦，故人不独亲其亲，不独子其

子。使老有所终，壮有所用，幼有所长，矜寡、孤独、废疾者，皆有所养。男有分，女有归。货，恶其弃于地也，不必藏于己。力，恶其不出于身也，不必为己。是故谋闭而不兴，盗窃乱贼而不作，故外户而不闭，是谓大同。"《丰年之路》拨开历史的迷雾，注重发掘宋丰年人生的精神向度，目的就是要告诉我们，"一个人活在世上……不是你占有了多少，而是创造了多少。不能让生命闲置着变得无用，不要让能力浪费掉"。善仁、善信、善治、善能。大道之行也，天下为公——这就是宋丰年的精神向度。

仁爱精神。《丰年之路》中宋丰年的形象赋予了传统仁爱精神新的时代内涵，并对仁爱精神做出创造性转化和创新性发展。宋丰年自幼生活在郑州北部一个叫宋砦的小村落，得淳朴民风之滋养，十岁知道为父母分忧，扛着篮子卖青杏。"门口来了讨饭的，奶奶就掰半个窝头叫小丰年拿着送给讨饭的""这种愉悦滋养着他幼小的心灵"，小丰年就在这宽泛仁爱的温馨环境里自由自在地成长着。如果仁爱是种子，那么这个种子就这样在年幼的丰年心中生根发芽了。当宋丰年成为宋砦村的支书后，源于本能的感性的仁爱之心，提升到一个理性思考的层面上。从亲疏远近之别的爱，转换到人人平等的无差等之爱。仁爱已经不是居高临下的施舍，而是一种不计外在功利、发自内心的无私的爱。宋丰年说："要做事，先学做人，一不能自私，二不能怕吃亏，三要把群众的事当成自己的事办。还要把家管好，孝为德之本，不孝敬父母的人，我跟他不打交道！"这时，我们可以看到宋丰年的"仁爱"精神，从内涵上看是一种博大的爱心、善心、同情心、包容心，从外延上是指从爱亲人推广到爱他人，推广到爱祖国、爱人民，推广到爱自然，这正是社会主义核心价值观中所体现的"友善""爱国""文明""和谐"，这就是仁爱精神的当代表现。所以，当宋砦乡亲们的利益受到侵害时，装着金属心脏瓣膜的宋丰年敢于挺身而出，被电警棒击得昏死过去，依然无怨无悔。这是怎样的仁爱精神啊！

进取精神。正所谓"路不行不到，事不为不成"，人生如逆水行舟，不进则退。在人生旅途中的每一项事业，无不是在攻坚克难中才能实现。张骞"凿空西域"，郑和万里探海，宋丰年"历尽世途沧桑道，碎石铺路尤铿锵"。新中国成立之时，宋丰年才一岁多，国家和宋家都是一穷二白。"一个承载了太多的生命，其实就是一个时代的叠影。"成长中的新中国凭着一股精神，"踏平坎坷成大道，斗罢艰险又出发"。宋丰年的成长之路同样是充满坎坷的。长身体时，遭遇到了大饥荒。第一次吃白馍的感觉，"这个白馍的滋味一直糯糯地粘在他的味蕾上，够他品味一生"。挖红薯窖挖出了急性风湿关节炎，他却用撕心裂肺的"倒挂金钟"强健起来，而且自创了"手似流星眼似电，身似游龙腿似箭"的宋家拳法。"人不能等穷，只要勤勉，日子终归是会好过的"，正是在这种念头的支撑下，宋丰年冒着风雪从郑州带些针线，扒火车跑到驻马店乡下，赤着脚走村串户，大娘大姐地挨门叫。为了吃个半饱，他腰里扎根草绳，头上戴着麻袋，踏上了赶"鬼集"的艰辛之路。宋丰年一当上生产队长，就敢放胆实行包地包产到户，顺乎人性地调动社员的劳动积极性，自是几番荣辱起伏。逆水行舟，越挫越坚，宋丰年的进取精神在逆境中被激发出来，成为前进的动力，在没路的地方踏出坦荡大路，从只有荆棘的地方开辟出沃野良田，靠的正是不畏艰难、知难迎难、攻坚克难之心。志不求易、事不避难，迎难而上、知难而进，体现的是进取精神，彰显的是初心使命。

奉献精神。无私奉献，是中华民族的传统美德，是每一个共产党人都要秉持的优良政治品质。作为一名共产党员的宋丰年时刻牢记在心，"做老百姓的伞，当老百姓的牛"。正如他的人生境界：春夏秋冬当自然。人活着，暖阳熏风，冰雪寒霜，经历着，是为人生；放怀拥抱一切，将生命的潜能发挥到极致，当为无愧。改革开放之初，"宋丰年每一步都迈在了政策的前头"，1974 年他当队长就敢冒犯"天条"搞承包；1979 年经济政策稍一放活，他立马就办厂，很快成了远近闻名的万元户。办油漆厂，带富一方百姓；贷款办电，使得"天一黑光就知道睡觉"的孩子们坐在灯下读书，妇女在灯下缝缝补补做些针线活，人都长了精气神，慢慢就变得勤奋聪明起来。奉献就是恭敬地交付、献出，就是心甘情愿、不图回报，来不得半点虚情假意。宋丰年有着积极奉献的思想觉悟和责任担当，以自身的模范行为带动广大人民群众同心同德，共奔富裕之路。宋丰年把自己的一生交给党和人民，有着"捧着一颗心来，不带半根草去"的境界，有着"吃的是草，挤出来的是奶"的格局，有着"把有限的生命投入到无限的为人民服务之中去"的胸怀。为了融入城市，搬进楼房，他带头拆掉"豪华宅第"，搬进了单元楼；为了跑贷款，他风雨兼程。他始终坚持着一个信念：上顺天意，下合民意，只要能让父老乡亲们吃得香，穿得暖，住得好，就是吃多大苦，受多大罪，流多少汗，都甘心情愿。《丰年之路》的宋丰年的人生就是奉献的人生，践行了"站着要为老百姓当伞"的诺言。奉献贵在无私，也难在无私。只有树立大公无私的价值观，奉献才晶莹透亮、光彩照人。

从精神向度到文学表述之路，尽管很难抵达，但《丰年之路》却完美地呈现在我们面前。宋丰年的形象所给予我们的精神向度，拨开了沉重物欲的重压，散发着迷人风采的精神力量。贾鲁河水千年不息，宋丰年之路万古流芳。

刘康健，笔名康健，中国作家协会会员，中国民间文艺家协会会员。曾任河南省驻马店市文联副主席、驻马店市作家协会主席。

记录个体，致敬时代
——《丰年之路》读札

刘涛

《丰年之路》是一部传记，主人公是农民出身的现代企业家宋丰年。它通过宋丰年的成长史、发家史、奉献史，聚焦农民的转型，重新定义农民。它既是宋丰年的个人史，同时又是宋砦村的村史，郑州市的城史，一部当代中国企业史、经济史、社会史、政治史。

一

传记主人公宋丰年是农民，但又不是一般农民，作者曾臻抓住这个特点，写出宋丰年作为农民的转型之路。宋丰年是农民，有农民的朴实、仁义、善良和狡黠，但又拥有一般农民所没有的智慧、格局与胆识，不断挑战自我，由普通村民成长为为百姓谋福利的村支书，成为

卓有成就的现代企业家。

宋丰年出生于底层，在特殊的年代和环境中，加上个性气质，他身上有好勇斗狠的一面，传记正视这一点，把它写出来，没有矮化人物，反而起到丰富人物形象的效果。他的好勇斗狠乃是迫不得已情势下的无奈之举，好勇斗狠的另一面是做事敢担当、有魄力，胆大心细，这是现代企业家必须具备的重要素质。

传记写了宋丰年创业路上的多次送礼、请客，这种不讳饰的写法是值得肯定的。宋丰年作为农民企业家，其创业过程也是处理、调适各种关系的过程，为此，他采用了中国人情社会中大家惯用的送礼来作为解决问题的辅助手段是可以理解的。传记依据他农民企业家的特定身份写出了他送礼、请客的独特路数和风格，既写出了中国人情社会的独特特点，又表现了农民企业家创业的艰辛与困窘，同时，他的农民式的狡黠和智慧亦跃然纸上。

宋丰年的成长之路，既有来自外在客观环境的挑战，又有来自自身身体状况的挑战，严重的心脏疾患使他一次次面临生命危机。面临生命的极限挑战，宋丰年借助优越的医疗条件，一次次凭着坚韧的毅力挺了过去。这对传主形象的塑造无疑是一种丰富。

传记突出了传主的智慧人格。传记写了宋丰年的胆大勇毅，但作为重点来表现的则是他的智慧。他的勇有时其

实也是智的表现。他的一次次借"脑"（刘贵翘、刘同相），
他对人才、知识、文化的重视，他对人事关系的处理，他
的送礼，他的一次次转型，他的吃亏是福，都是智的表现。
当然，这智并不是斗智，也不是巧智，是大智，是大胸怀、
大格局、大见识的同义语。传记主要从这方面塑造了新时
代的新型农民企业家形象。

二

成功三要素：天时、地利、人和。人和方面，宋丰年
善于处理人际关系。内，与村民的关系，奉献为主，吃亏是
福；外，重视人才，引进人才，善于处理与各级领导部门的
关系。地利方面，宋砦位于郑州郊区，有区位优势。天时方
面，赶上了中国改革开放的好时候。

传记分上、下两部，以 1977 年 7 月十届三中全会召开
为界，对照的意味很明显。与此相对应，传主的命运随时代
变迁发生大的转变。可以说，没有党的改革开放的大政方
针，就不可能有"宋丰年"们的出现和成功。从这个意义上
说，宋丰年的成功是时代的恩赐。

但机遇是给予所有人的，宋丰年之所以成功，当然与
他个人的主观能力分不开。他的一次次蜕变，带来的是一
次次的闯关、转型和成功。在他的带领下，宋砦村成功融入城
市，宋砦村人也由农民华丽变身为城市人。宋砦村的转型与

变化，是中国改革开放以来城市化进程的一个缩影，在这个进程中，农民的身份、居住环境、职业发生变化，他们的生活方式和思想观念也在发生深刻的变革。这种变革，是在无数观念首先得到更新的宋丰年们的努力下完成的。所以，传记通过宋丰年这个个案，既写出了时代之变，也凸显了农民思想观念、精神气质的巨大变化。

宋砦村的变迁，是郑州这座城市变迁的折射。所以，这部传记，既是为宋丰年个人作传，又是为宋砦村和郑州这座城市作传。

三

最后，对传记《丰年之路》做如下总结。

这是一部历史书。成功记录典型人物的历史，也就有效留存了中国的历史。宋丰年的个人成长史，是与中国特定的时代、社会、城市的发展紧密相连的，具有很强的典型性、代表性、概括性。传记选择宋丰年，为其作传，选题好，材料足，开掘深。这部传记，对我们认识中国改革开放以来，农民、农村转型以及城市化进程，具有重要的史料价值。

这是一部道德书。宋丰年的博大胸怀和境界，对净化人们的心灵，提高人们的思想认识水平和道德境界，很有帮助。

这是一部生命书。宋丰年对生命价值的认知，面对生命危机之时的坚韧与坦荡，使我们重新认识生命，思考生命的价值，直面生命中的坎坷与困境。

刘涛，河南省邓州市人，河南大学文学院教授，博士生导师。主持并完成国家社科基金项目 2 项，在研国家社科基金项目 1 项。出版专著 4 部。

改革潮里"说丰年"

吕东亮

　　曾臻创作的长篇报告文学《丰年之路》书写的是全国劳动模范、宋砦村党支部书记宋丰年的人生之路，也是全国"十佳小康村"、全国文明村宋砦的"丰年之路"，更从一定意义上昭示了中国乡村的"丰年之路"。作者的文字饱含情感，叙述中融入了抒情和议论，其间小说笔墨的化用使得场景描写颇为生动，这些都增加了该书的可读性。

　　在曾臻的笔下，宋丰年的人生之路大体上可以分为三个阶段：20世纪60年代至改革开放前，这一阶段是宋丰年人生初步成长期。面对束缚生产力、压制人的创造性的时代，宋丰年从一个顺从者变成一个觉醒者、反抗者，冒着被批判的风险以及身体的种种创痛，以大胆叛逆的精神带领村民千方百计搞生产、吃饱肚子，赢得了村民的信任。扒火车、赶"鬼集"、偷大粪等传奇故事锻铸了宋丰年敢作敢为的心

性，这是另一种形式的"拜时代之所赐"。改革开放至 20 世纪末是宋丰年人生的第二阶段，在这一解放生产力、发展生产力的年代里，宋丰年如鱼得水，以情动人延揽人才、不惜重金引进技术、竭心尽力闯关破难、"无中生有"开办油漆厂、认准优势开辟葡萄园、审时度势兴建面粉厂，使得宋砦成为先富起来的典型村庄。在这个阶段，宋丰年作为致富带头人的能量充分发挥出来，也体会到"天高任鸟飞，海阔凭鱼跃"的自由和幸福。21 世纪以来，是宋丰年人生之路的第三阶段。在改革走入深化、城市化高歌猛进的时代里，宋丰年主动融入城市规划、推行集体企业股份制改造、兴办法治展览馆、大力进行精神文明建设，面对喧嚣的世相和纷乱的人心，展现出无愧于大时代的远见卓识，实为难能可贵。

作者以有力的笔触，为我们展现了一个能人、强人的形象。而且，作者由表及里，呈现了宋丰年的内心世界，也就是其人生观和价值观："一个人在社会上图的啥，不就是要找到一个能够发挥自己能力的平台吗？能量得到最大释放，得到社会认可，你不就有了存在感？""说句心里话，这么多年来，我们始终坚持着这样一个信念：上顺天意，下合民意，只要能让父老乡亲吃得香、穿得暖、住得好，我们吃多大的苦、受多大的累、流再多的汗，都心甘情愿。我们不等、不靠、不要，发挥自己的力量！因为，我们有这个能力！"这样一种人生观、价值观，是优秀传统文化、社会主义教育、改革开放新时代综合化育的结果。这样一种人生观、价值观及其实践展开，令我想起了著名社会学家项飙在今天殷殷呼唤的新乡绅。在项飙看来，乡绅代表乡村共同体的利益，不求当官成为体制中的优胜者，而是和乡民天然熟悉，"要代表这批人，对这批人的诉求、利益理解得很清楚，能够把这批人的诉求用一个体制能听懂、对体制有影响、体制得反应的话语表达出来"，"乡绅就是一种代表，是分析性、理解性、代表性的，是话语的提炼者、发声者，当然也是原则、规则的制定者"。[①]项飙希望乡绅作为一个群体应该被重新构建出来，他认为在现有条件下人民代表大会制度是乡绅发挥作用的现代化形式，"好的人民代表就应该是乡绅"。对照项飙的论述，可以发现宋丰年作为一个乡村共同体的理解者和代表者、全国人大代表，在改革的时代中，发挥的就是一个"乡绅"的作用。他长于分析乡村的利益和诉求，又善于与体制沟通、对话，在多方协调中制定共赢和谐的原则规则，实现乡村的现代化。宋丰年的人生之路中，最可贵的是他大胆探索、成功实践了如何安顿富裕之后的人心问题。为此，他主动与政府沟通，实行现代股份制度，以法治为先导改善乡人精神，将乡村深度融于城市格局，将村民平稳地转化为市民，真可谓具有超拔之识的新"乡绅"。

《丰年之路》在塑造宋丰年这一具有乡绅魅力的人物形象的同时，也留下了不少动人的故事，让我们观照了世道人心并感慨不已。宋砦这一黄河边的村庄，近百年来的嬗变，演绎的不正是黄河故事吗？这黄河故事如今曾臻是写下了，但我相信宋砦还有不少值得书写的故事，也还会有作家继续讲述宋砦的故事。

末了，我想谈一点自己无稽的联想。1985 年，作家张一弓在《莽原》第 3 期发表中篇小说《流星在寻找失去的轨迹》。这篇小说描述了一个农民企业家宋福旺的心理困惑。宋福旺是一位农民，改革开放之前因为饥饿，与心爱的女子田红霞错失姻缘，自己脸上也留下伤疤，并因此被人辱称为"宋疤拉"。改革开放之后，宋福旺凭借自己的心智，运用了一些不大正当的狡猾手段开办起面粉厂，走上富裕道路。作为致富明星的宋福旺为了制作模范事迹材料，也为了洗刷绰号"宋疤拉"所带给他的耻辱，伪造了一个幼儿园骗过了上级领导的检查参观，获得了上级领导的嘉奖和宣传部门的表扬。随后，宋福旺却在村民的嘲骂中心生愧悔，进而真的开办起幼儿园，并邀请村里的儿童免费入学，旧日的恋人、此时的服装店老板田红霞也及时出现，无偿赞助了幼儿园的童装。结尾虽然是光明的，但也掩饰不了主人公宋福旺以及作家内心的失落。小说中，宋福旺悲凉地感到他的慈父以及恋人红霞眼中的纯朴善良的"旺娃"永远找不回来了。小说的最后一句写道："麦田里的燥热的香气正在提醒他，面粉厂的旺季到了。"作家显然也意识到了，作为农民企业家的宋福旺，不可能丧失对利益和资本的敏感。在张一弓的笔下，宋福旺是一个"不干不净地大把抓钱，却又急头怪脑地用金钱赎回自己的企业家兼慈善家""灵性里掺杂着野性和邪性的摸不透的家伙"，不再是之前作品中那种勇于改革、无私奉公、充满正当性的"当代英雄"了。《流星在寻找失去的轨迹》明显和张一弓之前的小说不同，它较为集中地呈现了张一弓对农村改革新局面的困惑，也反映了改革文学的新态势。张一弓在《流星在寻找失去的轨迹》的创作谈《莫名其糊涂》中说："一位评论家也曾要我就此写点什么，我苦思良久，终以创作意图上的莫名其糊涂而未能成篇。"对于宋福旺的原型，张一弓在创作谈中也坦诚地说"摸不透"。"摸不透""莫名其糊涂"之后，张一弓开始放弃那种"听从时代的召唤"、为改革鼓与呼的创作路径，也开始告别他新时期之初创造的盛誉。读了《丰年之路》后，我情不自禁地想：宋福旺的原型会不会是宋丰年？想来也无从考索了。但我又进一步想：如果张一弓还健在，他到宋砦走一走、看一看，会有何感想？会写下些什么？

注释：

① 项飙、吴琦：《把自己作为方法：与项飙谈话》，上海文艺出版社，2020，第 232 页。

吕东亮，信阳师范学院传媒学院院长，硕士生导师。中国作家协会会员，河南省文艺评论家协会副主席，信阳市作家协会副主席。

消逝·融入·升华
——《丰年之路》读后感

马达

农历辛丑年，郑州经历了太多的不幸。有些恐怕会留在人们的长久记忆之中，比如"7·20"特大暴雨，比如接踵而至的新冠肺炎疫情。当然，这些突如其来的灾难在令人痛苦不已之时，亦必然会给我们带来许多反思。即以郑州"7·20"特大暴雨为例，在这座常住人口达到一千二百多万的市区，何以能在极短时间内快速成为一片泽田，让水电交通瘫痪并造成巨大的人员、财产方面之损失，从而震惊世界？除去百年不遇之气象学说法可以聊作解释外，个人觉得其根本原因还是由于人与自然的关系。具体言之，是因为在城市化进程中矛盾白热化、公开化的集中体现，或曰一次总的爆发。

作为一名长期关注城市发展的知识分子，对我们生活之城市变化的一

点一滴均应保持敏锐之观察与积极之思考。近期，笔者之关注点聚焦于一本书，即我所服务之河南文艺出版社刊行之《丰年之路》上。

这本书虽在我任期内出版发行，其实早在我 2020 年 8 月底自中州古籍出版社"转战"至河南文艺出版社承乏总编辑一职之前，即由同事李勇军兄擘画成功，而 2021 年 4 月之新书发布会也因种种原因延宕至 5 月中旬，在郑州惠济区弘润华夏大酒店召开。

会前我曾答应会议组织者墨白兄作为出版方代表在开幕式上发言，因此研讨会召开之前我刚刚在驻马店主持了一场新书发布暨学术研讨会，讲稿几乎没有准备，只是临时登台，即兴演讲，现在凭记忆把当时所讲要点胪列出来——

（一）本书既是宋丰年先生个人的成长史，又是宋砦村的发展史，同时也是一部郑州市在新中国成立以来，尤其是改革开放以来之发展史；

（二）我们不必遗憾宋砦村在地理意义上之消失，它只是换了一种形态融入了郑州新的市容市貌之中，进而得以升华；

（三）我们无须感慨宋丰年先生由一个翩翩少年变成一名垂垂老矣的长者，在其成长的岁月里，从放牛孩子到乡村发展带头人，再成长为连续五届担任全国人大代表的优秀共产党员和进入最高议事殿堂参政议政的农民政治家；

（四）作为新中国发展的一个缩影，宋砦村没有消逝、消灭、消亡，而是随着现代化城市化的步伐，在宋丰年先生的带领下完美地紧跟着郑州这座古老而充满活力的城市一起升华，共同流光溢彩。

时至今日，我仍然认为当时即席讲演之观点及内容可以代表内心真实的想法，提炼成中心词也即：消逝、融入与升华。这三个词既是对村子，也可以是对传主宋丰年之真实写照——消逝的是曾经的青涩与懵懂，融入的是时代的潮流与步伐，升华的则是人格人品之力量以及世人，包括政府与社会的认可与肯定。

在这里不妨当一次"文抄公"——将我一拿到新书时在扉页上的题词节录如下：

> 宋丰年乃郑州名人，虽是农民身份，儒雅之气透着英姿。仅认识一面却留下美好深刻印象；年近古稀耳聪目明，现场赋诗作词朗朗上口，尽显青春风采，丝毫未现龙钟之态也……

此段文字虽简陋粗鄙，却大致描摹出我对这本书以及宋丰年老先生之直观印象和真实评价。更多的关于书与人的赞美应该由更多的专家学者去完成。私下里没有征得他们之同意偷偷把"作业"布置给他们，我却拿自己说过的话敷衍成文，聊以交卷，谨供宋老先生及读者朋友一笑而已矣。

2021 年 10 月 2 日

于七里河北岸

马达，历史学博士，文心出版社总编辑，编审。

《丰年之路》中的真实

乔学杰

我读《丰年之路》最大的感受就是真实，这主要体现在三个方面。

第一，历史的真实。历史是文学创作的基础。尤其是记传性文学作品，其最大的特点就应该是真实。作为比宋丰年先生小十多岁的人，我虽然没有他人生经历那么丰富，但是书中所描写的许多历史事件都让我有重回现场的感觉。比如在那个癫狂的年代看着一群戴红袖章的人押着剃"阴阳头"的"牛鬼蛇神"们游斗，比如在寒星闪烁的夜半拉架子车赶集卖红薯，比如在蒸汽机车卸下来的冒着热气的炉渣中奋不顾身地争抢仍然燃烧着的煤核，比如在从停着的火车车厢下钻铁轨时突遇火车移动，于是"好似全身的血骤然被放空了，惊出一身冷汗"……历史的真实不仅为人物塑造提供现实的场景，而且真实地反映出人物思想

发展的历史逻辑和对人的影响。

第二，人性的真实。作为传记文学作品，正如二月河先生所说，难在如何让传主满意，作者满意，出版社满意。关于这本书的目的，我认为宋丰年先生作为全国人大代表，作为各种媒体广泛报道和关注的知名人物，是不需要通过这本书为自己树碑立传的，他的真实目的或许正如二月河先生所说，是为"这般丰富的人生"留下一个真实的记录。为此我们在书中看到了他对父母、兄弟姐妹和宋砦人的亲情，感受到他对知识分子、文化人和朋友们的友情，看到他为大家的事去偷喇叭、扎人刀子和找人"拉关系"的真性情。我想作家写这些事情，不仅仅是为了表现宋丰年先生的侠义、胆识和处世智慧，而是为了凸显我们许多人在现实社会中面临同样场景时会做怎样的选择，这种选择既是人的自然性的流露，也是人的社会性的体现。正如作者所说："一个人体魄与心灵的成长，将逐渐结构出他未来的人生价值理念。"

第三，文学的真实。文学的价值就在于它不是孤立地表现事件和人物，而是从超越的角度透过现象，发现本质，并使之具有普遍意义。通过《丰年之路》，我们看到的不仅仅是宋先生个体的经历，也不仅仅是宋砦村的发展史，而是当代中国人回望和思考自己所经历的历史过程，观察和思考改革开放的中国和自己所走过的道路，甚至是外国人了解中国、中国人和中国改革开放道路的一个文本，是黑格尔所说的"这一个"。正如曾臻老师在《自序》中所说："从宋丰年先生走过的风雨历程及他脚下的这片热土上，可以领略中国农村历史嬗变的轨迹……"

乔学杰，郑州大学哲学学院美学、伦理学专业硕士研究生导师，郑州大学学报编辑部副主任。

《丰年之路》，一部放飞心灵史

饶丹华

　　曾臻女士创作的传记文学作品《丰年之路》，时间跨度从传主宋丰年出生的 1948 年一直到 2017 年，长达 70 年，几乎涵盖了宋丰年先生 70 年生命旅程的方方面面。这部书的最大价值在于雕刻了一颗不服输的、敢为天下先的、放飞的心灵。

　　对于任何一个有过创业经历的人，都能感受到宋丰年先生在创业过程中所经历的磨难，以及身心所承受过的重压。这种磨难与重压是任何渴望放飞心灵的人所必须承受的考验。宋丰年先生经受住了这种考验，他就像一辆开挂了的马车，沐浴着改革开放的春风，尽情地释放自己生命的能量。

　　《丰年之路》不仅是宋丰年先生的传记，也是新中国成立以来典型的优秀农民群体的代表和缩影。从他身上体现的坚韧不拔的品质、企业家气质和强大的气场，可以看出这是一个生命力非常旺盛的男人。从他处理爱情和婚姻相处的理性原则来看，他受到过良好的优秀传统文化

教育，并善于处理复杂的人际关系，具有临危不乱、不被爱情冲昏头脑的品格，有这样的格局与境界的人显然具备优秀企业家的素质。因此，他能够带领宋砦村民从懵懂走向成熟，历经改革开放、乡村城镇化发展的洗礼，并与宋砦村民共同富裕，共同成长，共同进步。他的生命的光华因为宋砦而璀璨，并释放出令人振奋的正能量。

改革其实就是解放思想，解放生产力。对于敢想敢干的宋丰年来说，给他一点儿阳光他就会灿烂。改革开放的政策无疑给他的梦想插上了奋斗的翅膀。他的梦想凭借着改革开放接上了地气，他带领宋砦村民摆脱落后思想的束缚，将贫穷落后的宋砦村与不断地发展着的现代文明都市郑州深度交融，其中需要带头人的远见和智慧，宋丰年先生做到了。经过多年的打拼和磨炼，他懂得了借外脑助发展，不断地引进人才，提升宋砦村民的忧患意识和应对危机的能力，注重对宋砦村民的软实力的培养，从而全面提高了宋砦村民的素质。

如今，宋砦人的精神面貌因为受到宋丰年先生那颗放飞的心灵的激荡而焕然一新，相信宋砦人在今后的改革开放的道路上会继续走出自己的特色，物质生活会越来越富裕，精神生活会越来越充实。

饶丹华，《南腔北调》杂志主编。著有影视剧评论集《流光飞影》。

奉献大爱，变美人间

——读《丰年之路》有感

容三惠

　　读《丰年之路》这部二十余万字的传记文学，禁不住赞叹。从此书的外部形式看，精装本，有序言、引言、后记，样样齐全。从内容看，信息量大，丰富多彩。作者描述的是郑州北郊宋砦村支书宋丰年先生起伏的人生故事，是他带领村民将一个贫穷落后的乡村变成富豪村，在越挫越勇中奉献着大爱之心。作者清晰地描述了主人公宋丰年先生七十年来的坎坷命运及历史变迁，可以看出不同时期人们的生存状态、政治状况及当今的社会现实。作品在立意、人物、情节等方面设置安排得都不错。对此我有一些感悟。

　　首先打动我的是人物故事。因为我们创作文学作品时，要先考虑主人公是一个什么样的人，做了什么事，有什么本领和不足之处。然后是选材、

细节等问题。对此作者已经考虑到了，她并非将丰年先生塑造成了高大上的人物，他有常人的一面，也有独特的个性。如他在青少年时期艰难贫困的岁月里，为求生存，也曾偷瓜摘桃、赶"鬼集"、去火车站扫煤等，但不同的是他在历经困境磨难中练就了不畏艰难、坚强不屈的个性。如在"文革"中成为"黑五类"的儿子，在处境艰难的情况下，他不气馁不沮丧，干出突出成绩，被公社任命为生产队长，可见这非常荣誉里浸透了他多少血汗，也可见他心中强大的能量。其实在此书的上半部作者已经告诉我们主人公的家庭出身、经历、身份、所处的社会背景等，像个人档案一样摆在那里，为塑造典型人物打好了基础。

后来改革开放为宋丰年先生提供了施展才能实现梦想的大好时机。他立志坚决与贫穷抗争，走脱贫致富路，这是他的奋斗目标。首先从自身做起，自办油漆厂，成为20世纪80年代初的万元户。但他心中装着村民，抵押油漆厂跑贷款，解决村民用电问题。后来却把价值超百万的油漆厂无偿地捐献给村集体。再后来又自建弘润华夏大酒店，生意红火，收益丰厚。他再次无偿捐献给村里，将股份分给村民，使村民获得颇丰的经济收入。他为村里建起的各种各样的大小厂不计其数，发展如日中天，仅招商办饮料厂，投资1个亿，年产值就达8个亿。他招揽各路人才，闯过一道道难关，握着方向盘在致富路上勇往直前。他做的每件事都饱含着他的聪明智慧、胆识和大爱之心。如克服种种艰难建起变电站、成立农工商贸公司、成立河南省内首家台资企业等，最终将一个食不果腹的贫困村变成每家资产过千万的富豪村。可他曾做过三次开胸手术，为村民还遭过警棒电击，都差点丧命，但他将自己的一切置之度外，仍坚守目标不变，爱心永存，成为当今致富路上的领军人，这是常人难以做到的。

其次是主题鲜明。这是一部主旋律励志作品，读后发人深思。通过真人真事的表达，感染读者，增强信心，实现自己的美好愿望。作者写出了宋丰年先生经历的战乱年代、饥饿年代、阶级斗争年代和改革开放年代七十年的历史，而且将不同时期的历史背景及其发生的跌宕起伏的故事写得清清楚楚，这是一部当代人真实生活的记录，具有历史价值和现实意义，同时具有珍藏价值，激励后人走好自己的路。

再次是结构手法。作者是以主人公为主线，用写实手法，按时间顺序，串珠式地将宋丰年先生经历的事情贯穿起来，逻辑清晰，经过深入挖掘，成功地塑造出这一典型人物。同时也叙述了宋丰年先生经历不同时期的生活背景、家庭情况、当地风俗等。

最后是语言细节。作者对语言是比较考究的，不仅用词准确、形象，而且达到了雅的效果。作者对细节描写是有选择性的，针对重点细节描写时，也达到了一定的深度。如对宋丰年先生求贤心切，贸然到在"文革"中被打倒，在平反后离开讲堂的金刚石工具厂厂长刘贵翘家里求师，招揽人才这一细节进行了详尽的描述。还有宋丰年先生去广东省人民医院做手术的细节，也做了具体描写。

　　长篇文学作品是没有十全十美的，所谓的好作品只是缺陷少一些。《丰年之路》已经是一部成功之作了，只是建议作者在今后的创作中强化叙述的难度和细节描写。留住细节传达人物内心微妙的东西，揭示人物灵魂深处的精神世界，便是作品的思想深度。

　　祝贺《丰年之路》出版，预祝研讨会圆满成功！

　　容三惠，原名张书霞，河南西平人。中国作家协会会员，研究馆员，文学创作一级。河南省文学院签约作家，驻马店市文联创作部专业作家。

同路人语
——解读《丰年之路》

宋云龙

　　收到河南文艺出版社 2020 年 10 月出版的、由女作家曾臻创作的长篇报告文学《丰年之路》的时候，我住在海南。近年来，每到入冬，常因肺病发作需住院治疗。冬天到海南居住，气候暖和，不但可以养病，还可以静下心来读点书。要读书，当然要读读《丰年之路》，这不仅因为传主宋丰年是我的发小，我们是同村同学，一起种过地，拉过煤，修过水库，甚至还一起与别村的孩子打过架。写丰年的书，我当然是先睹为快。而且在成书过程中，我与作者有过多次接触交谈，有两次读《丰年之路》的书稿的经历，新书到手，就有着"似曾相识燕归来"的欣喜。

　　我先看的是作者的后记，作者说她是受著名作家二月河先生之托，为全国劳动模范、优秀村干部、五届全

宋云龙

211

国人大代表宋丰年写传记的，她在后记中对我和几个村民为该书提供素材表示感谢，作者写道："尤其感谢作家宋云龙老师，对一些方言俚俗的指教。"指教是说不上的，我佩服作者的人品、文品，也为作者的谦恭所感动，于是，有了说几句的想法。

从作者的谦恭，我想到了该书传主的谦恭。作为名声显赫的宋砦村的带头人，宋丰年从没有在人前趾高气扬，摆什么架子。特别是在乡亲面前，总是镇定从容中透着和蔼可亲。按农村的风俗，孩子们小时候是互相叫名字的，成年后，我辈份高，他见我是不叫爷不说话的，这虽然与农村中传袭的家族辈分有关，也与他在儿时的贫苦到青年的打拼、开拓中，始终得到乡亲们的关爱和支持有关。宋丰年曾说："在乡亲面前，我永远是孙子。"这是他的初心，表达了他对家乡，对乡亲的热爱感激，也表达了带领乡亲们继续在小康道路上开拓前进持续前进的决心。

这些年，乡亲们日子富足了，宋丰年想请人写一本传记，我知道他的目的已不是为了出什么名：连续多届全国人大代表的身份，多年的媒体宣传报道，早已使他名声显赫了。他出书的目的是想通过对人生经历的回望和反思，总结经验教训，将自己长期思考领悟的精神财富与人们分享，给人们一些有益的启示。因为我曾出版过诗集和长篇小说，在乡亲们心目中，就是个作家了，实际是个半瓶子醋。没有金刚钻，也就没敢揽这个瓷器活儿。二月河先生推荐女作家曾臻为宋丰年写传记，这是个学习的机会，自己能帮一把，也是一种幸运。

作者用"丰年之路"作为书名，是很智慧的。记得作品成稿后，我曾就题目与作者有过讨论，现在这个书名，定得确实好，好在"丰年"二字的语意双关，好在一个比喻意义的"路"，给人带来了多少遐想、思考。正如作者在引言中所说的，表达了宋丰年"历尽世途沧桑道，碎石铺路尤铿锵"的博大胸怀。

"丰年之路"是条什么样的路呢？作者以她敏锐的洞察力、思辨力，解析了宋砦村从贫穷落后到富裕先进的轨迹，把一条用心血汗水浇铸的求变之路呈现给读者；作者用她灵动丰富、充满活力的语言，描述了宋丰年的成长、成功的艰辛和他丰富的心路历程。

回望这条路，有坎坷艰难，有柳暗花明，有如"行山阴道上，使人应接不暇"的感觉。

书的上部，记述了从宋丰年出生到他结婚生子的二十多年的人生历程，那是一段与贫困做斗争的道路。这段路是漫长的，也是艰难的。

1948年1月雪夜出生一个孩子，取名为"丰年"，是寄托着老一代人的希望，也昭示着他的人生之路是坎坷后的光明。那一年，郑州已经解放，在大饥荒中外出讨饭的乡亲，不少人回到了故乡。民谚说："瑞雪兆丰年。"新出生的孩子给忙着准备过大年的乡亲增添了几分喜庆，要吃过年饺子了，也要吃孩子百天的喜宴了。

说那段路的艰难，是说在这二十多年里，不仅有坎坷有苦难，也有反抗有斗争：与天斗，与地斗，更残酷的是与人斗，对宋丰年来说，还要与病痛斗。1961 年，十四岁的宋丰年因过度劳累伤了两条腿，正如《淬砺》一章所写的，他因治病，忍受了常人不能受的痛苦，还不得不休学一年。正是这一年的休学，小他两岁的我赶上了他，我们由原来的同校同学，成了同年级的同学，又一起回乡务农，同为"黑五类"子女的命运，让我们失去了，确切地说是被剥夺了当兵、招工的机会。当时，村里的年轻人几乎都因土地被征用成了占地工。当了工人，就等于脱了贫，等于改变了命运。应该是"天将降大任于是人"吧，宋丰年和我们这些"黑五类"子女就继续在村里"苦其心志，劳其筋骨，饿其体肤，空乏其身"了。

走路是个不断攀高峰的过程，当代心理学认为，人们只有满足了生理需求，满足了安全需求，才可能到达自我实现的人生高峰。走在这条路上，同样也是勇者胜。青少年时期的宋丰年，就是靠他天性中的勇敢、刚强一路打拼出来的。《"社惊"中讨生计》一章中的大量细节，都表现了这一点。就像书中说的那样，宋丰年于"文革"中被造反派打骂后，造反派头头仗着人多，用挑衅的口气拿出一把刀子，要宋丰年用刀扎他，宋丰年知道躲不过去，就把刀"刺进了对方的肥臀上，手腕一拧，刀尖在里面转了半圈"，对方的眼神就从鄙视成了仰视。

走上了这条路，就要拼，就要斗。所谓拼，不仅是拼吃苦，拼耐力，关键时还要拼命；所谓斗，不仅要与天斗，与地斗，有时还要与人斗，还要被人斗。跌倒在阶级斗争路途中的，不仅有成年人，还有孩子，一些出身不好的孩子，往往成为牺牲品。当斗争的矛头指向天真的孩子时，他的亲人是什么心情？在《小家温饱》一章中，就记述了宋丰年不足十岁的兄弟和另一个孩子被人诬为反革命遭批斗时，"宋丰年骑着自行车默默跟在游斗人群的后面"，走了几个村。他是怕两个孩子挨打。他敢拼、敢斗的名声，也确实让当时的一些"积极分子"缩了手。被斗的另一个孩子是我的外甥，他从小的不幸经历让我总是护着他，就是他亲生父亲点他一指头我也不愿意。那时的我，追求"进步"，对这件事，我是半信半疑，我不信这么小的孩子会写什么反动标语，也不敢怀疑"积极分子"的检举。我在批斗的中途悄悄地离开了，在没人的地方，打了自己几下。那是另一种发泄，承受的是与宋丰年一样的"人格被一次又一次地撕裂"的痛苦，还有对人生的失望。那两个三年级的孩子因这个"案件"而失了学，他们的人生，也就倍加坎坷。我这次来海南前，去看望病床上的那个外甥，他虽然天资聪明，可几乎是个文盲，因投资被骗损失近千万，巨大的压力使他患上肝癌，不久离开了人世。作者的史笔讲述的那段人间悲剧，是在警示人们：这些路，这些经历，是不能也不该忘记的。

如果说"丰年之路"有转折点的话，该是那场真正的战天斗地的战役：修建位于郑州市区南边，现在依然发挥着蓄洪供水作用的"尖岗水库"的工程。正如作者所说，那里是一场"救赎"。这种救赎，不仅是精神上、心灵上的，还有身体上的。因为当时的尖岗水库，是省会郑州的大工程，所有的民工，不仅吃自己带去的粮食，还可以享受到政府的粮食补助，工地的主食是花卷馍：那是用白面包着高粱面蒸出来的，白面好吃，黑面顶饿，一层卷着一层，白白的，有"面子"，好看，像是工艺品，民工往往来不及欣赏大师傅的手艺，一个半斤重的大花卷儿就进了肚子，那叫一个"得劲"。我和宋丰年都在那里当民工，当时是军事化编制，我们同属一个"连"，也可以说是战友了。一个锅里搅稀稠，要有福同享，有难同当了。

"战友"们战的是天，斗的是地，有苦也有乐。当时是冬季，有时还飘着雪花。民工在大坝上做土方活，冒着零下的气温，穿着单衣拉车推土，身上还冒汗。我们同享的福，不仅是大口嚼着花卷馍，偶尔还吃上大肥肉的口福；少有的半日之闲，几个好友也可以一起看看桃花，望望蓝天，在土坡上弹琴唱歌，甚至还学着文人，吟几句诗。这几乎就是有点儿孔老夫子当年向往的"浴乎沂，风乎舞雩，咏而归"的日子了，岂不快哉。

书中记述我写的诗，是想了很久才想起来的，那位后来成为郑州大学教授的陈柏松的诗，是在他送给我的诗集中找到的。

后来，我因生产队的劳力轮换离开了工地，而宋丰年却一直干到水库完工。他因为吃苦耐劳，危险时刻冲锋在前，在几万民工中，被评为"特级战斗英雄"，受到表彰，使他体会到一次"高峰体验"。

人的价值得到肯定，就会激发出无限的潜能。宋丰年的英雄气概一发而不可收，形成强大的动力，成为后来致富道路上的弄潮儿。

与宋丰年在尖岗水库的这一段经历，使性格懦弱的我，受到感染和启发，也使我的创作有了成功的体验。二十岁的我，第一次见到自己的作品成为铅字：我写的《水库战歌》刊发在了报纸上。我也常常坐在地铺上的被窝里写诗歌，写一些通讯报道。那可纯粹是义务的，是自愿的。不但没利，也不能署自己的名字。播音员读完我写的通讯，知道是我写的人，投给我肯定的目光，对着我竖大拇指，从小学就做着作家梦的我，也尝到了自我实现的高峰体验的快感。这种书生意气，影响了我的后半生，痴迷于追求，一路坎坷。

修建尖岗水库的经历，成为宋丰年人生之路的拐点，他就像一头低头拉车的老黄牛，变成了一匹昂首飞奔的千里马。随着"文革"的结束，一些政治因素的消除，他在乡亲中的威望越来越高，从当生产队长、经联社主任到村委会主任、村党总支书记。职务高了，他感到压力越来越大。村里的土地越来越少，要彻底拔掉穷根，依靠传统的农耕显然是不行了。站得高，看得远，宋丰年意识到在改革开放的大潮中，不能单凭苦干，关键是要有远见，要有人才。摸着石头过河，就要找准石头的位置。善于学习的宋丰年，用走出去、请进来的办法学习先进经验，引进优秀人才。

宋砦人改变了传统观念，从最初的种粮种菜到种水稻种高产葡萄的农耕作业，再到办工厂、办企业的现代化工作。宋砦的村民生活，从天天吃饱到天天吃好，住进了被称为"第一家园"的楼房里。发生巨变的宋砦，成了远近闻名的小康村。

宋丰年没有小富即足，他知道要大富必须有大格局、大胸怀，于是喊出了大规模的"招商引资，筑巢引凤""若要富，先修路"的口号，道出了宋砦村主动纳入城市化的信心，大刀阔斧地进行了村容村貌的改造。路宽了，水清了，树绿了。但有了梧桐树，不一定就会落凤凰，宋丰年以真诚和魄力，演出了一幕幕"三请诸葛"的活话剧。

合资、独资，个体、集体，依托改革开放的大机遇的天时，依托飞速发展的大郑州的地利，城中村都有不同程度的变化。宋砦村能取得更大成就，关键在人和。而决定人和的，是领路人的胸怀格局、智慧远见，以及耐心和真诚。当时，《河南日报》记者李迎春就通过相关报道揭示了宋砦飞速发展的谜底，引起了城中村乃至社会的关注。

宋丰年意识到，发展和稳定，是相辅相成的。快速发展的村庄就像一个跑步前进的人，要一步一个脚印稳健地调整身体，保持身体重心平衡，这种道理，成了宋砦领导班子的自觉。

在《守有恒业》一章中，作者对这个过程有精彩的描述。第二家园的建成，每户新增了近千平方米的房产，加上第一家园，家家资产已经过千万。

利用第二家园的一层商铺的优势，成功地发展为商贸中心——郑州丰乐五金机电城，加上酒店、超市、花园等配套设施，生活所需，应有尽有。最得人心的是建立了设施完备、师资雄厚的小学和幼儿园。孩子们从小就接受良好的教育，那种小小年纪就被批斗的悲剧，再也不会发生了。这让多少人对宋砦村投以羡慕的眼光。

家家都成了"房产公司"，出租、打理房子代替了辛苦的耕作，旱涝保收，"年年都是丰收年"的日子到来了，从一部分人先富起来，到大家共同致富，从小富到小康，路走到头了吗？现实中的不少问题，早已引起了宋丰年的思考和重视。

　　这些年，都市村庄中一些人因盲目投资上当受骗的，因赌博输了上百万上千万的，为争房产父子反目、兄弟成仇头打烂的，还有吸毒的、涉黑的，已不是个别现象。乡亲们的痛苦无奈，宋丰年看在眼里，急在心里，怎么办？开拓精神让宋丰年有了新的选择：加强精神文明建设。不仅要有高度的物质文明，更要建设高度的精神文明。而法治是两个文明建设的基础，法律是社会稳定的重要保障，连续多届当选全国人大代表的宋丰年，率先在村里办了法治展览馆，大张旗鼓地在村民中开展法治教育。聘请社会学界、法律工作者到村里调研，现身说法。法治教育深入人心，社会风气为之一变。"支部抓发展，社区管服务，户户搞管理，人人求文明。"宋砦村形成了朝气蓬勃的新气象。

　　几十年的打拼足迹，已清晰地显示出宋砦人所走的是一条通向富裕通向和谐的道路。这条路已经达到了一个高峰，"先天下之忧而忧，后天下之乐而乐"，年过七十饱受病痛折磨的开路人、领路人宋丰年也该歇歇脚，享享清福了，但他没有。"行百里者半九十"，多届人大代表的阅历，使他的视野更加宽阔，心胸更加博大，共产党员的初心，村民们的关心，坚定了他继续前进的决心。回望一生，从找路、闯路、开路到领路的经历，他领悟到：真正好的道路，是物质的，也是精神的，能让人"意气风发斗志昂扬"，能让人"不用扬鞭自奋蹄"。建设这样的路，文化的作用是至关重要的。

长期以来，宋丰年一直很重视文化、重视文化人。从小就喜欢读书的宋丰年，深知文人大都是有远大抱负和宽博胸怀的，他们的作品，有对历史的回望和救赎，也有对现实的思考和顿悟。彰显的是真善美，散发的是光和热，是人类心灵的黏合剂。他们的目标是人类的团结和谐，是古人所向往的小康之后的大同。

记得十多年前，他得知我要约几位文友聚聚的时候，日理万机的他，推掉一些官场应酬，一定要和大家见见面、聊聊天，于是，就有了与我敬重的亦师亦友的田中禾老师、李佩甫老师、墨白老师、儿童文学作家肖定丽老师，以及我那位也写点东西，做编辑工作的陆静女士的交往。忘不了宋丰年当着那些作家的面，介绍我是他爷爷，陆静是奶奶，那是活跃气氛的笑话，也是令人难忘的一段佳话。

经过筹划，宋砦村成了文学创作基地。一些艺术家，特别是几位退休的老作家，有了新的用武之地，继续发挥他们的光和热。近水楼台先得月，这些光最先照耀的是走向未来的"丰年之路"，这些热，首先温暖的是那些同路人的心。

读完全书，已到了辞旧迎新的岁末。掩卷长思，为作者高兴。作者创作的目的是："为人作传，旨在为社会立德。"所谓"立德"，是"谓创制垂法，博施济众，圣德立于上代，惠泽被于无穷"。可以说，作者的创作目的达到了。

传记的核心是要真实，这是作家的良知，也是对作家认知、才学的考验。作品从选材到创作，作者付出了大量的心血，数易其稿，历尽艰辛，调动情感，发挥才华，终于使作品获得了成功。

　　远处的爆竹声使我回到了现实，我走到窗口透透气。海南的天空真的很蓝，闪烁的星星眨巴着眼睛笑看那一弯新月，新月照着海南，也照着河南。"月是故乡明"，这句饱含感情色彩的诗句，道出了我当时的心情，已经进入中国十大中心城市的郑州，正在吸引青年才俊前去就业创业，他们走在平坦宽阔的道路上，走向成功，走向幸福。又是一年了，这时的宋丰年，一定也是开心地笑着，为他无愧的人生，为他的传记的出版、家乡的巨变，为他瞻望到的未来的道路、诗和远方。

2021 年 2 月 16 日初稿

2021 年 5 月 12 日改定

　　宋云龙，笔名墨棣，郑州市金水区东风路社区宋砦村人，河南省作家协会会员。出版有长篇小说《乐土》、诗集《问潮》。

宋丰年及宋砦村所呈现的时代精神

孙保营

我 1992 年 9 月到郑州大学经济系读书，1996 年 6 月本科毕业留校工作。读大学期间曾与同学们一起到宋砦村参观考察；参加工作 25 年来，也通过多种渠道对宋丰年、宋砦村有深入了解；近期，我认真拜读了曾臻女士撰写的人物传记《丰年之路》，"雪舞丰年""自在童年""红色启蒙""淬砺""队长之任""血刃病魔""艰难蜕变""历史性跨越""普法倡德""上善若水""民和年丰"……一个个故事，一段段历史，让我全方位、近距离透视了宋丰年，洞察了宋砦村。

改革开放 43 年来，"宋砦村领航人、村民的好公仆"宋丰年，带领全体宋砦人，通过敢为人先、勇于担当的意志和勇气，把宋砦村从人均年收入不到八百元变成现在人均年收入十万余元；把一个默默无闻、半种庄稼半种蔬菜的小村庄变成远近闻名的全国文明村。这一切，宋

砦的带头人宋丰年功不可没。他凭借过人的胆识，坚持红色文化引领、科学发展，走出了一条经济建设与生态环境齐头并重、物质文明与精神文明协调同步的发展之路，全村率先实现了共同富裕，宋砦村走上了康庄大道，被评为"河南省明星村""河南省法治建设示范村""全国文明村""全国十佳小康村""社会主义新农村建设示范村"。通过宋丰年及宋砦人可歌可泣的奋斗故事，所呈现的是改革开放代表人物的时代精神及新时代新农民的创业精神和家国情怀，是对社会主义核心价值观的完美阐释。

"富强、民主、文明、和谐，自由、平等、公正、法治，爱国、敬业、诚信、友善"24字社会主义核心价值观的基本内容，为我国广大公民培育和践行社会主义核心价值观提供了基本遵循。社会主义核心价值观与中国特色社会主义发展要求相契合，与中华优秀传统文化和人类文明优秀成果相承接，它回答了我们要建设什么样的国家、建设什么样的社会、培育什么样的公民的重大问题。这里虽有国家层面的价值目标，社会层面的价值取向，公民个人层面的价值准则，但它在宋丰年及宋砦人的奋斗历程中都有着深层次的呈现。

43年春雷激荡，很多村庄在改革开放的大潮中虽有短暂辉煌，但经过岁月浮沉，不少曾经的"星星"也趋于平庸，但宋砦村却始终勇立潮头，并在长期的发展中一直光芒璀璨，成为中华民族伟大复兴中乡村振兴、农业农村现代化，农村共同富裕、科学发展的生动注脚。村民户均资产突破一千万元，提前实现共同富裕；村民全部入住环境优美、设施健全、服务完善、整齐漂亮的住宅楼，草绿花红的游园绿地、设施齐全的健身场所和安居乐业的村民交织成一幅文明、和谐的社会主义新农村画卷。

连续承办法治河南乡村论坛，成立乡村法治研究中心，建设宋砦法治展览馆……多年来，宋砦村坚持自治、法治、德治相结合的发展治理模式，成为依法治村在河南的生动实践，为落实全面依法治国和乡村振兴战略做出了积极贡献。村民法治意识不断增强，社会主义核心价值观深入人心，乡村建设取得显著成效，乡村发展活力充分激发，乡村文明程度得到快速提升，农村发展安全保障更加有力，村民精神面貌焕然一新，群众的获得感、幸福感、安全感明显提高。

建设毛泽东广场、邓小平广场；在群众中大力宣传党的方针政策，定期评选劳动模范、好妯娌、好媳妇等，全方位提高群众思想文化素质；做到老有所乐、壮有所业、幼有所教……爱国、敬业、诚信、友善的价值观念，在如今的宋砦村，已成为一种常态，幸福着每个家庭、每位村民。

宋丰年，一个曾被视为"黑五类"子弟，曾经遭受百般磨难的铁骨汉子，为了有尊严地活着，秉持感恩与奉献之仁德，披荆斩棘，自励前行，突破自我，成就他人和事业。自1988年被乡亲们推举为村委会主任后，他将自己经营多年价值一百多万元的中州油漆厂无偿捐献给村集体，带领宋砦人开始艰苦创业之路，使宋砦村由一个默默无闻的贫穷落后村变成了规划科学、环境优美、人人安居乐业的社会主义新农村和法治示范村。宋丰年经常谈道："让村民共同富裕，多为国家想，向党报恩，向国家报恩。""站着为老百姓撑伞，躺下给老百姓当牛。"从文化的角度来说，宋丰年所践行的文化理念就是社会主义先进文化的重要内核，其传承的是中华民族优秀的传统文化。宋丰年的事迹具有典型性和代表性，弘扬的是信念坚定、心系群众、艰苦奋斗、清正廉洁的奋斗精神和时代精神。他是宋砦村全面发展的灵魂人物，身上有干事业的大情怀，舍小家为大家的精神品质，能够激发群众的奉献热情，形成强有力的团队，众志成城，成就了宋砦人的大事业。

改革开放 43 年来宋丰年及宋砦人的奋斗史，就是一部我国农村改革发展的浓缩史。基于宋丰年先进事迹的典型性、宋砦村发展的示范性，宋丰年荣获全国优秀村委会主任、全国劳动模范、全国五一劳动奖章等称号及荣誉，并连续五届当选为全国人大代表。这是党和政府对宋丰年及宋丰年所代表的农村改革先锋的充分认可，也是时代对他们的充分褒扬。

《丰年之路》聚焦宋丰年的个人经历，却让读者看到了改革开放的时代足音，这不仅是宋丰年个人的成功之路、宋砦村集体的致富之路，更是我国广大农村的改革之路。通过宋丰年的人物形象，能够看到中原地区广大农村基层干部"心中有党、心中有民，坚定信念、共同富裕，实事求是、与时俱进，无私奉献、一心为民，艰苦奋斗、勤俭创业"的时代精神。

从出版的角度来看，《丰年之路》做到了以优秀作品鼓舞斗志，弘扬集体主义、社会主义的精神。通过宋丰年作为时代楷模所具有的道德性、民族性、时代性、群众性、崇高性精神的凝练和挖掘，通过对先进人物所呈现的说服力、示范力、导向力，能极大弘扬中原人民伟大的改革开放精神，成为当代河南人最鲜明的精神标识。

郑州大学出版社是河南两家大学出版社之一。出版社现有125名员工，设有人文（洛阳）分社、社科分社、理工分社、医药卫生分社、基教分社等五个分社，是一家综合性出版机构。郑大社以"服务大学、服务社会"为办社宗旨，坚持"质量立社、品牌兴社、项目强社"的发展理念和"敬业、严谨、求实、创新"的治社精神，以学术出版为主体，以教育出版和大众出版为两翼，形成了鲜明的出版特色。260多种图书获得国家级和省部级奖励，2021年荣获第五届中国出版政府奖；获批12项国家出版基金资助项目，取得了良好的社会效益和经济效益。每年新书出版数量居河南12家出版社之首。在人文社科出版方面有鲜明的特色，《丰年之路》

的策划编辑就是郑大社人文分社社长李勇军编审。大家如有优质的文学作品，需要郑大社提供出版服务，我们一定做到高质量出版，服务好各位专家。

最后祝大家身体健康，工作顺利，万事如意。

谢谢大家！

孙保营，现任郑州大学出版社社长、总编辑，郑州大学期刊中心主任；兼任河南省出版协会常务理事、图书工作委员会副主任。

《丰年之路》：纪实文学的重要范本

孙晓磊

　　《丰年之路》是我市著名作家曾臻女士继散文集《放牧性灵》和长篇小说《苍野无语》之后的又一力作，她以高迈的文化胸襟和严格的文学修为概括时代的变迁，用文化的视角关照现代社会进程中人性的嬗变。这是以传记形式讲述一个顺应时代发展的弄潮儿的拼搏进取、披荆斩棘、不断探索创新而令人感佩至深的励志故事；也是一个用博大情怀、救赎理念阐释人性光辉、滋养人心、陶冶性情、净化灵魂的启示故事。其主人公的敢为人先的担当精神和为民情怀，伴随着个体成长和社会进步，在洞悉世道人心中依然葆有践行初心使命的理想。于是，我们看到宋丰年成长的心路历程是其精神砥砺的过程，更是展现人性美的表达，它升华着人的天性中高贵温暖、善良慈祥的东西并被赋予了文化的内涵，这种禀赋于文化的人性揭示、命运思考、道

路选择的诸多探讨，既正视现实的华彩，又昭示时代的律动，更负载历史的深厚，叩问并精彩地回答了历来社会达人如何在修身养性、健全人格中融入社会、推动文明、兼济天下的时代命题。

《丰年之路》展现了宋丰年的不甘命运摆布的个性气质，反映了中原人的吃苦耐劳、不屈不挠的奋斗精神。这条丰年之路注定是一条充满希望和荆棘之路，承载着人的丰沛情感、复杂的心绪变换和亲历者心路的痛楚及感怀，有着昭示和启迪的别样意味。可以说《丰年之路》是改革开放四十年乃至更长一段时间内中国社会发展的时代画卷，是一个立体的多面的繁复的镌刻人民创造的实践印记。作者的如椽大笔力透纸背，透着对丰富人生、缤纷社会、复杂人性，乃至对人类社会走向的深度思考，这种思考和主人公的典型意义，激发作者从朴素的文化自发到成熟的文学自觉创造中写出中原人的精气神，描绘改革开放的恢宏气势和历史的必然，呈现中国传统文化的智慧和中国人的文化自信。特别是作者关于主人公对资本、金融运用及经营现代城市的描写知性而有见地，从中看出她文采之外的理性思维及相当水平的专业学养。

《丰年之路》的社会启示是：作者笔下的主人公志向远大、顺应潮流、敢于担当、勇于探索的成功者的知行合一的所作所为，在相当大的程度上契合了当代社会发展中诸如共同富裕及政治、经济、文化、社会、生态文明诸多方面的前进方向。其文化考量在于以人文的角度揭示政治、经济、文化间诸多关系的发展变化对社会人的文明修养的重要而多重的影响，为充分展现人性之美、提升文明风尚、锻造完美人格提供了当下最为现实而令人信服的经典文本。

孙晓磊，河南省内乡县人，南阳市文联二级调研员，中国文艺评论家协会会员，中国电视艺术家协会会员，河南省作家协会会员，河南省文艺评论家协会理事，南阳市首届十位签约作家之一。

《丰年之路》以人写史反映时代进程

王平

　　《丰年之路》是我市作家曾臻创作的第二部描写农村、农民的文学作品，2020 年 10 月由河南文艺出版社出版发行。2021 年 5 月 15 日，《丰年之路》新书发布暨研讨会在郑州举行。来自省内外的学者、作家、评论家、编辑等近百人齐聚一堂，以《丰年之路》为切入点，探讨改革开放以来中国社会的农业、农村、农民与现代化进程的问题。

一本好书，诠释"幸福都是奋斗出来的"

　　"作为全国十佳小康村的郑州市金水区的宋砦村，是新时期中国农村改革开放的一个成功范例。'宋砦模式'是一个广泛的社会科学话题，也是一个值得深入研究的'关于人的生存状态'的文学话题。"5 月 15 日上午，在《丰年之路》新书发布暨研讨会上，省社科院原院长谷建全

如是说。

曾臻以全国劳动模范、全国五一劳动奖章获得者、全国人大代表、宋砦村的带头人宋丰年丰富曲折的人生经历，创作纪实文学《丰年之路》，讲述了宋丰年带领父老乡亲放胆改革，艰难蜕变，实现整体富裕，在全国城中村改造中独领风骚、华丽转身，从容融入都市的故事。研讨会上，陈众议、高兴、程士庆、宗仁发、朱燕玲、马达等来自全国文学界的知名学者、作家、评论家、编辑，田中禾、墨白、张鲜明、冯杰、孙晓磊等来自省内的作家、评论家，从历史的脉动、人性的光辉、文化的力量、艺术的把握等多重视角，对《丰年之路》进行了研讨。

他们认为，作品聚焦于宋丰年的个人经历，却让读者看到了"百年未有之大变局"下的时代足音，这不仅是宋丰年个人的成功之路、宋砦村集体的致富之路，更是共和国农村的改革之路；作品以人性的视角与人文情怀，为中国当代社会发展史提供了一个鲜活的个人标本，通过宋丰年这个有血有肉的人物形象，能够看到我们国家和民族是如何走过艰难的岁月，走向改革和振兴；美丽乡村不但要有坚实的硬件设施，还要有抚慰心灵的文化根基，《丰年之路》中，中原朴素的乡情、民情跃然纸上，令人倍感亲切；作品纪实性和文学性结合得非常好，以一种脱俗的澄澈和质朴，保证了作品不为流俗所动的文学品格；在全面推进乡村振兴、聚力文化强国建设的今天，《丰年之路》的出版发行有着深远的时代意义，深刻诠释了"幸福都是奋斗出来的"这一人生真谛。

关注农村、农民，展现不俗创作实力

《丰年之路》被与会人员称为"一部难得的传记文学成功之作"。

人物传记不是起居注，不是大事记，不能流水账式地记录人物的生活轨迹，而是要选取那些有代表性的细节，以表现主人公独有的精神气质与性格特征。研讨会上，大家对曾臻的文字功底大加称赞。他们说，作者让大家看到了她选择素材、加工取舍的功力；她的自然流畅又灵动的文字，极大地提升了这部传记的文学性。

而据笔者了解，《丰年之路》赢得众多好评绝非偶然。作为一名作家，曾臻思想深邃，文采出众，早年便得到乔典运、二月河等文坛名家的关注。

曾臻于 1985 年开始发表作品，2008 年出版散文集《放牧性灵》。她长期关注农村、农民，2016 年，长篇小说《苍野无语》由北京十月文艺出版社出版，被称为"令人过目难忘的中国乡村家族史诗"。

写作人的文化认知、思想境界、审美意识，以及调动语言意象的能力，决定着文本的品质和可读性。二月河第一次看到曾臻的文章，便印象深刻。他在《丰年之路》序言中回忆道："早在二十多年前，我就看过曾臻的文章。那是在《南阳日报》的副刊上，我应报社之约，写了一篇对城市文化建设构想的文章——《名城"观光"三思》……我的文章登头条，曾臻的《九华山暮鼓》登二条。"那时，二月河便认为曾臻的文章"很见分量"。之后，他十分关注曾臻的创作，《丰年之路》成稿后，他第一时间阅读并为之作序。

5月16日，研讨会后，笔者跟随作家的脚步，在宋砦见到了书中的一个又一个人物，从与他们的交谈中，在对美丽乡村的探访中，一幅顺时而变、不断进取的时代发展画卷徐徐展开……《丰年之路》历时三年多创作而成，其间曾臻曾数十次往返于南阳和郑州，通过采访获得大量第一手资料，有时为了一个细节反复查询求证，其真诚和踏实，让宋丰年和宋砦村的村民们十分感佩。

"修行无人见，用心有人知。"这是《丰年之路》中宋丰年写下的一句话，这句话，用在她的创作上也十分恰当！

王平，《南阳晚报》副刊编辑。

时代英雄的温暖与力量
——读《丰年之路》有感

魏华莹

　　曾臻的《丰年之路》，2020 年 10 月由河南文艺出版社出版。该传记为传奇人物宋丰年立传，将人生命运的波折、个人与时代的同频，以及改革开放以来的时代变迁与宋砦村的发展结合，塑造出一个立体、丰满的时代英雄形象。而其中充盈着的对于其儿时温情记忆、生命困顿期的人性书写，则使这部作品增添了暖色和打动人心的力量。

　　人物传记的书写，首先要对传主人生道路溯源，从而揭示出传主的个性形成与时代的侧面。在传记的上部，作者重点书写了传主的体魄与心灵成长所建构出的人生价值理念。1948 年，宋丰年出生，祖辈世代为农。他所在的老鸦陈，也经历了解放战争的炮火，家中还收留了一位伤兵，却不知是国民党军还是解放军。那人在他家住了很

236

长时间，像家人一样帮着种地干活。家人的善良、温暖在战乱时代也烛照着人性的光辉，这对他的成长应该有所影响。而村人对他的善意则使得小丰年从小树立起报答乡情乡恩的情结。这不能不提及中原文化的地域属性，中原文化的核心是礼乐制度和儒家思想，同时强调中庸、和谐之道，以及农耕文明的民本思想。传记中也写到，奶奶信佛，心底慈善，邻村有个孩子因天花貌丑被父亲、后母抛弃，奶奶就将其收养，一直养育到成家立业。仁德的思想也影响了宋丰年的人生道路选择。

作品中对于中原风土人情的浪漫书写为本书增添了趣味与雅致，如写草地，"满地覆绿，草丛中开满蓝、白、黄、紫的小花，蜂儿嗡嗡，彩蝶翻飞，草叶上泛起青青的气息""房前屋后的乔木灌木盛茂葳蕤，阳光里，繁叶亮亮闪闪，枝条随风逸荡，榆钱结了，槐花开了，香椿抽芽发叶了，各有各的香味儿，都是碗里上好的菜"。在积贫年代，通过童年视角营造出诗意与温情的世界。

宋丰年的人生转轨始自 1965 年，初中毕业，他作为返乡知青回到宋砦。因为父亲头上的"坏分子"帽子，他不能参军、不能招工，连搞副业都不能参加，脏活累活却少不了他。在少年初长成的时期，人生陷入了困顿与危机。在无望中甚至和邻村的两位年轻人一起爬上去新疆建设兵团的汽车，来到军垦农场，吃饭干活，劳动变得十分单纯。宋丰年学会了骑马，打马驰骋于漠漠苍野，蓝天白云，落日天涯。难得的温馨时光不敌对亲人家乡的思念，返乡之后依然是延续的困顿。为了生计，扒火车去信阳赶"鬼集"、去荥阳煤窑拉煤。即便身为农民，家境贫寒，他还不忘提升自己，读书、练拳、弹秦琴、拉二胡，他有侠义风骨诗情雅趣，想做一个体体面面的人。在革命年代的激情澎湃中，即便是在劳动的艰辛中，也不忘赋诗一首："春回尖岗山，树上响杜鹃。麦苗护坡绿，碧桃夹岸鲜。低头见黄土，举目望远山。恨不生双翅，一飞上九天。"

　　如何塑造时代英雄，一直是争论不休的话题。如"东湖青年批评家沙龙"所讨论的话题《英雄书写的"当代性"》，就从文学史脉络辨析新时期以来的创作，如何在"小我"与"大我"、个人与集体之间确认人物的精神高度。而作品的下部在写宋丰年的奋斗史中，也很注意和时代紧密结合，以其波澜沉浮的人生，真实地折射出中国的社会与历史。下部，宋丰年迎来了发展的春天。"放怀拥抱一切，将生命潜能发挥到极致"的时代终于到来。宋丰年显示出他的力量与风采。他开始了一系列改革举措，在村里重新计算工分，激活劳动性；开始寻找商机，开办民营工厂。1980 年，他带着郑州出品的油泵油嘴参加广州的商品交易会。1981 年来到深圳赶潮头，并徜徉在香港霓虹灯闪烁的大街和繁华商厦。外面的世界变革，也深深刺激了他。1983 年，宋砦村开始发展庭院经济。宋丰年开始招才引智，崇尚文化，甚至聘请西方文学、哲学教授为村民讲课，开阔视野。

以改革开放为历史节点，民营经济经历了从无到有、从有到优的发展时期。随着真理标准大讨论的展开，经济的发展进入较为宽松的政治、思想空间。正如书中写道，20世纪80年代，是中国人锐意改革，开放浪潮激勇的时代，也是一个找回自我、寻求自我发展的时代。当时的河南省长提出：要国营、公私合营、专业户、集体、个体，五个轮子一起转。宋丰年如鱼得水，抓住发展时机，扩大油漆厂的生产规模，进入良性循环。在扩大生产的同时，宋丰年较为注重文化建设，建立乡村图书馆。四处跑买种植、养殖、制造方面的书籍及中外名著、唐诗宋词等。还开办活动室，购置乒乓球、羽毛球、军棋、象棋等。在刚刚解决温饱的年代，就开始帮助年轻人学习文化知识。在社会主义现代化建设的新时期，尊重知识、尊重人才成为新的时代号角。培养有理想、有道德、有文化、守纪律的劳动者成为新的时代使命。宋丰年跟随时代趋势，为提升村民的文化素质，甚至自掏腰包购买上百套台湾漫画家蔡志忠的经典文化漫画集，一家一套送上门去，让村民学文化长知识。经济发展的能效性是迅而可见的，而文化则是需要积淀的，从这一点可以看出宋丰年的立意深远。在改革之初，他就摆脱"一切向钱看"的错误思想，坚持可持续的发展理念。

更为难得的是，宋丰年所探索的是集体富裕之路。虽然油漆厂越来越好，但村子依然贫穷，宋丰年为改变这一面貌，开始广开致富门路。集体种植葡萄，让普通百姓也富裕起来。开办集体幼儿园，让劳动力解放出来。1988年，还成立了农工商贸易公司，以油漆厂、福利化工厂、玛钢厂为依托，联合村中所有个体户，包括食品厂、家具厂、木器厂、养牛羊鸡场为一体，成为经济联合体。并引入河南首家台资企业，在中原腹地大放异彩。敢想敢干的人在新的历史时期终于发挥起能动性，也实现了一个村庄的崛起。2011年，宋砦村已经是户均1000多平方米的商住房产权，人均资产达百万元。"宋砦现象""宋砦模式"，成为媒体、知识界热议的话题。

从这部书中，我们可以看到一个人与时代的缩影。个人的发展离不开时代，不论是上部中的温情书写、挫折屈辱，还是下部的茁壮发展、辉煌铸就，都可以发现伴随着改革开放及城市化进程中人与时代的成长。历史的强人，注定要融汇着时代的品格，而传主虽有开拓的勇气和能力，长远的发展更需要关注世道与人心，这也是传记中所着重书写的宋丰年的文化品格。不论是贫困年代还是集体富裕之后，他始终关心文化建设，认为这关系为人的尊严。甚至请书法家写出上百幅"六忍箴言"，装裱后一家一幅发给大家。"富而能忍家安，贫而能忍免辱，父子能忍慈孝，兄弟能忍意笃，朋友能忍情长，夫妇能忍和睦。"箴言也寄予着中原文化精神的中和思想。"中"之中道，无过无不及；"和"之谦下不争、清静无为，进而达到人与自然、人与社会、人与人的和谐。

总体来说，这是一部通融、谨慎之作。作者在《自序》中写道："从宋丰年先生走过的风雨历程及他脚下的这片热土上，可以领略中国农村历史嬗变的轨迹……"通常的英雄书写容易承载过多的社会理想和道德理想，而该传记将其还原成为个人，呈现出时代英雄的温暖与力量，可以称得上是一部在时代与人中重续家国、集体故事，真实、真切的人物传记。

魏华莹，郑州大学文学院教授、博士生导师，美国杜克大学东亚系访问学者。主要从事当代文学与文化研究。

槐花香里说丰年

奚同发

2021 年 5 月 15 日，由河南省社会科学院主办的"《丰年之路》新书发布暨研讨会"在郑州举行，近百位国内知名学者、作家、评论家、编辑会聚中原，就一个纪实文本的丰富性及多种可能性进行了延伸且不同角度的解读，一时间，溢美之词于人于事，几乎用尽。

《丰年之路》由河南文艺出版社出版，是南阳作家曾臻创作的一部人物传记。传主宋丰年系全国劳动模范、全国五一劳动奖章获得者、全国人大代表，郑州市宋砦村党支部书记、村委会主任。1948 年 1 月出生的他，自 1988 年被乡亲们推举为村委会主任后，将自己经营多年，价值 100 多万元的中州油漆厂无偿捐献给村集体，带领村民艰苦创业，使宋砦由一个默默无闻的贫穷落后村变成规划科学、环境优美、人人安居乐业的社会主义新农村和法治

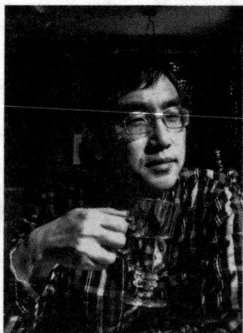

示范村，每户资产超千万元，被评为全国文明村和全国十佳小康村。该书由著名作家二月河作序，内容分上、下两部分，上部从主人公出生到改革开放之前，记录了宋丰年青少年时期的成长史；下部从改革开放至今，书写主人公的奋斗史、成功史。

本次活动由河南省社会科学院主办，河南文艺出版社、河南省社会科学院文学研究所、河南省文学学会、弘润华夏文学艺术中心等承办，以《丰年之路》为切入点，旨在探讨改革开放以来，中国社会的农业、农村、农民与现代化进程的问题，同时探讨以文学的形式再现改革开放以来中国人民的精神状态与生存状态的问题。

开幕式上，河南省社会科学院原院长谷建全在致辞中说："宋砦村是中国农村改革开放的一个成功范例。……'宋砦之谜''宋砦现象''宋砦模式'是一个广泛的社会学话题，自然也是一个值得深入探讨的'关于人的存在'的文学话题。"河南文艺出版社总编辑马达说："本书既是宋丰年先生个人的成长史，又是宋砦村的发展史，同时也是一部郑州市在新中国成立以来，尤其是改革开放以来之发展史。"著名作家田中禾认为："《丰年之路》既不是为一个基层书记，也不是为一个成功的企业家树碑立传，而是以人性的视角与人文情怀书写了一个成长在中国社会基层的普通农民的一生。《丰年之路》真正的价值在于，为我们中国当代发展历史提供一个鲜活的个人标本。我们通过这个有血有肉的丰年的故事，能够看到我们这个国家和民族，如何走过了艰难的岁月，走向改革和振兴。"

《丰年之路》新书发布剪彩仪式上，宋丰年表示，《丰年之路》由南阳籍作家曾臻历时三年多完成，其间曾老师无数次往返于南阳和郑州，有时为一个细节反复查询求证，保证准确无误，让他深受感动，使他由衷敬佩。《丰年之路》写的是个人，反映的是我们这个伟大的国家、伟大的民族、伟大的时代。

为期一天的研讨环节，大家更是各抒己见，坦诚相待。

中国社会科学院学部委员陈众议发言中说："关于英雄，我们可以有自己的界定。岳飞是英雄，雷锋是英雄……宋丰年也是英雄。……邓小平同志说过，如果改革导致两极分化，改革就算失败了。然而，正是由于宋丰年这样的时代英雄、改革先锋一直将人民的利益置于事业的中心，将一方老百姓的安居乐业和幸福富足置于心中之心，才有了共同富裕的希望，也才有了长治久安的基础。因此，宋砦的经验和道路理应成为中国城镇化建设的典范。"

花城出版社原总编辑程士庆说："在中国共产党成立100周年之际，《丰年之路》的出版恰逢其时，这个书名非常贴切，《丰年之路》不就是朴素的中国梦嘛，正如习近平总书记所说的，永远把人民对美好生活的向往作为奋斗目标。"《文汇报》副总编辑缪克构说:"《丰年之路》讲到初心,讲到拓荒牛,跟总书记讲道的'三牛'精神完全契合。我们从中不仅了解宋丰年先生的人生经历,还有在中原大地上的一个村庄的发展史,从更大的角度来说,折射了中华人民共和国成立七十多年来的历程。"

河南省作协副主席墨白说:"《丰年之路》在讲述宋丰年坎坷青涩的人生经历的同时,用鲜活的生活来探视宋砦行政村这个中国治理体系中最小的单元,在改革开放以来所引发巨变的深层原因,为我们呈现出了宋砦人所具有的精神财富。"

《世界文学》主编高兴说:"这本书和宋书记本人一样丰富多彩,可解读的角度特别多,涉及的话题特别多,宋书记的内心始终是充满激情的一个人。有时候唯有带着这样的激情才能成就一番大事。"《作家》杂志主编宗仁发谈到三点感受:"一是宋丰年始终在维护着做人的尊严,当受到侮辱时,他也敢于奋起反抗,绝不妥协。二是宋丰年对现实始终能够本能保持警觉,他身上有一种实事求是的精神,就是因为他深知我们党的思想路线的精髓。第三是自知之明。为什么宋丰年能够在一次次创造出奇迹后没有止步,能够一次次完成宋砦村的转型,能够摆脱掉小农经济观念的桎梏,就是他对自我和外界有着非常清醒的认识,创业时求贤若渴,事业如日中天时能够海纳百川。"

　　河南省社会科学院文学研究所原所长卫绍生认为："阅读《丰年之路》可以从历史的、文化的、人性的、美学的、社会的、经济的等不同视角切入，对作品做出不同的阐释，从而发现作品的不同价值。"河南大学教授刘进才说："《丰年之路》通过一个人的传记连接了一个时代，宋丰年坎坷丰富的人生经历彰显出新中国成立以来社会变革的崎岖不平之路，他呕心沥血、苦心经营的宋砦世界，正是新中国千千万万城中村的缩影。"

　　奚同发，中国作家协会会员，河南省作家协会理事。现任《河南工人日报》综合副刊部主任。

一部与传主形象相互辉映的优秀传记

徐洪军

在我看来，曾臻老师的这部传记作品是一部能够与她要塑造的传主形象相互辉映的优秀著作。它的优秀之处主要体现在这样几个方面。

首先，传奇的人生。

这部传记里面的宋丰年是一个立体丰满、传奇感人、敢作敢为、为民请命的人物形象。我觉得传记里面的宋先生具有以下几个方面的特征。

第一，敢作敢为。这应该是很多干大事的人所共有的一个特征。只有敢作敢为才能成就大业，宋丰年就是这样。而且他的这种敢作敢为还往往具有超前意识。比如，他当队长的时候，实行包田到垄，让乡亲们吃饱了饭；领导乡亲们搞副业，让大家兜里有了钱。他在做这些事情的时候"文革"还没有结束，他本人也只是一个二十多岁

的青年，在那样一个一切以阶级斗争为纲的年代，敢于这样去做，那得需要多大的勇气啊！更加难能可贵的是，他的敢作敢为并不是莽撞蛮干，而是顺应了历史潮流，甚至走在了历史的前沿。20世纪80年代的农村改革不就是这样的吗？在这样一个意义上来看，宋丰年先生还是一个改革家。

第二，侠肝义胆。看完这部传记，我觉得宋丰年先生应该算得上是一个侠客，而且是侠之大者。他的身上具备很多侠客的特征。

敢作敢为，前面已经说过了，这也是一个侠客应该具备的素质。

侠肝义胆，仁义。在对待自己的乡亲时，宋先生特别仁义，这里面当然有亲情在，因为他小时候就生活在乡亲温暖的怀抱里，但是我觉得也跟宋丰年先生的仁义精神密不可分。比方说，很多次村里为了发展集体经济，都是以他的油漆厂做抵押贷的款，后来他甚至把自己的企业捐给了村里。这些行为如果没有一种仁义精神是很难理解的。这种仁义精神可能跟他的家教有关，他的爷爷奶奶对他的教育他记得应该很深刻，在这部传记里记录得也很详细。宋丰年先生不仅对自己的乡亲仁义，对朋友也特别仁义，他对那些到宋砦投资建厂的人说得最多的一句话就是："出了问题，是我的，有事，我给你扛！挣了钱，你随便花！"

会武术、赶"鬼集"、闯新疆，再加上满身的伤痕，简直就跟武侠小说里面的侠客一模一样。

第三，意志坚强。有人回顾中外历史，发现那些做出伟大历史功绩的人物往往是身体特别好的人。没有一个好的身体很难做出伟大的历史功绩。让我感到吃惊的是，作为一个带领宋砦乡亲走向现代化生活的领头人，宋丰年先生的身体并不好，甚至可以说很不好。十几岁就得了急性风湿性关节炎，身体的关节要忍受很大的痛苦。后来又得了很严重的心脏病，身上留下了一条长 10 厘米的横向疤痕、一条长 15 厘米的纵向疤痕，左心房还安装有心脏起搏器。但就是这样一个人，从 20 世纪 70 年代到现在，40 多年了，一直在用生命拼搏，为乡亲奔波。为了家乡的发展，他肿着双腿坐绿皮火车奔赴东北；为了家乡的发展，他不顾自己患有严重的心脏病，跟客人用大杯畅饮白酒。如果说没有坚强的意志，这样的举动是难以想象的。

第四，重视文化。宋丰年先生好像从年轻的时候就特别重视文化，小小年纪一个人到郑州卖一些瓜果梨枣，换来的钱被用来买书，到下学时已经收藏了一木箱的书籍。当了队长以后又在村里办起了图书室、活动室，在 20 世纪 80 年代初期这样的事情在全国也很少见吧？越到后来，他越是重视村民的文化教育，他的那句话让我深受感动，"将来宋砦的村民都会融入郑州，成为郑州市民，如果村民的文化教育跟不上去，我们的村民很可能被现代化的发展给严重边缘化"。因此，村里孩子上学村委全部给予支持，在全村举办法律教育，提高村民的法律意识。连办了弘润华夏大酒店以后，他竟然可以为了举办各种文化展览而拆掉客房。作为一个企业家，这样的举动恐怕让很多人感到难以理解。也就是在这一点上，宋丰年先生显示了自己的远见卓识，他的这些举动也让他超越了一个普通企业家的身份。古人说，太上有立德，其次有立功，其次有立言，宋先生不仅通过创办企业为社会立功，他同时也通过自己对文化的重视在为我们的社会立言、立德啊！

第五，重视人才。这个我就不多说了，我们看这部传记，看他在当队长、当书记、办企业的过程中，为了延揽人才做出了多少非凡的举动，我们也就能够明白宋丰年先生为什么能够取得如此的成就了。

第六，农民立场。看这部传记，我十分感动的还有一点，就是宋丰年先生那种特别强烈的农民立场。他做的很多事情，不仅是站在乡亲的立场上说话，而且是站在农民的立场上说话的。可能是因为离城市太近，跟市民有一个鲜明的对比，尤其是在计划经济时代，城市人在各个方面都要比农民高出一等，这一点可能对宋丰年先生曾经产生过强烈的刺激。所以我觉得，宋丰年先生后来在事业上能够有如此的成就，当然有很多因素，比如我们前面说过的那些，但是有一点也很重要，那就是宋丰年先生心中那种强烈的农民立场：

我要让我的乡亲过上跟郑州市民一样的生活。这个心劲可能是支撑他一路走来的一个十分重要的驱动力量。

其次，反思的品格。

除了对宋丰年人物形象的成功塑造，我觉得这部传记另一个让我印象深刻的地方是它那种浓厚的反思品格。曾子曰："吾日三省吾身。"圣人早就教导我们，在成长的道路上离不开自我反省。我想，对个人而言，自省反思是一种可贵的品格。那么，对一个民族而言呢？这种品格是不是更加宝贵？所以，当我在这部著作中读到这些反思性的内容时，其实心里面是充满敬意的。为此，我觉得应该向曾臻老师致敬，向河南文艺出版社致敬。

再次，求真的精神。

传记文学一个很突出的毛病往往是对传主进行刻意拔高，最终导致传主人物形象塑造失真。曾臻老师的这部传记则较好地避免了这一问题。曾臻老师之所以能够做到这一点，除了前面说的那种可贵的反思品格，还有一点至关重要，那就是这部传记所具有的那种求真的精神。宋丰年先生身上当然有很多可贵的品格值得塑造，除了我前面总结的那些方面，恐怕还有更多我没有总结到的，但是，人无完人，金无足赤，人都是吃五谷杂粮长大的，怎么可能没有一些人所共有的缺点呢？所以，要塑造一个立体丰满、真实鲜活的传主形象，我觉得除了要写出他的主要方面，同时也应该对他的缺点进行真实地反映。可以说，曾臻老师这部著作很好地做到了这一点。比方说，这部传记在写了宋丰年先生很多宝贵品格的同时，也写了他的局限，比如，小时候学抽烟、学喝酒、学打架，创办企业的时候也会走后门、托关系。我觉得这些局限并不会损害宋丰年先生的形象，反而会让我们觉得更真实、更可爱。他小时候做的那些事情，恐怕是他这个年纪的大多数农村男孩都可能会做的事情，他在创办企业时做的那些事情，与其说是他个人的局限，不如说是时代的局限。这种书写就会变得更加真实，更有力量。

最后，细节的捕捉。

这部传记有不少地方让我读了以后十分感动，而它之所以能够打动我，一个很重要的原因是它对细节的那种敏感和捕捉。传记文学毕竟是文学作品，它是要通过故事场景塑造人物、感染读者的，这就需要作者在讲述故事的过程中能够刻画一些逼真而感人的故事场景。在这部传记中，我印象最深的是宋丰年带着妹妹丰梅去买红薯的情节。我给大家读一下吧：

> 车子在曲曲折折坑坑洼洼的小土路上轧轧地碾着，寂寥的旷野里，昏黑昏黑，嗖嗖的小北风刮着，宋丰年拉着车子猛走，一岗一坳，翻岭爬坡，走得身上直冒热气。

天色苍亮，丰梅说："哥，我也拉会儿你吧！"

"你会？"

"我会！"

"爬坡你拉不动，下坡你架不住车把，等到平路上再说吧！"

路上渐渐有了行人，宋丰年说："你想拉就拉会儿吧，暖和暖和身子。"十一二岁的丰梅，个头高不过翘起的车把，架着车把挎上车襻一颠一颠地走。有路人见了说："你看那架子车，光看见车辘辘转，咋不见人哩？""你没看见，是个小人影儿，跟个人形何首乌样哩。"丰梅听见了，扭头嗔道："你才是何首乌！"宋丰年听了，赶紧从车子上跳下来，把妹妹抱到车上，不让她拉了。

从以上几个方面来看，曾老师的这部传记成功塑造了一个富有传奇色彩的宋丰年形象，是一部与传主相互辉映的优秀传记作品，祝贺曾老师，祝福宋先生。

徐洪军，1980年生，河南省宁陵县人。信阳师范大学文学院副院长、副教授、硕士生导师。河南省文艺评论家协会理事，信阳市文学评论学会副会长。研究方向为八十年代文学、当代河南文学、文学批评。

《丰年之路》的史料价值

杨波

我认为《丰年之路》这部书除了它宏大的叙事、严谨的表达、生动的细节、感人的事迹等亮点之外，还有一个特点，即独特的史料价值。

20 世纪 80 年代，我国著名历史学家荣孟源先生把史料分为四大类，一般学界认为这是比较合理的史料的分类法。其中第一类是书报，主要包括历史记录、历史著作、文献汇编和史部以外的群籍。第二类是文件，主要包括政府文件、团体文件和私人文件。第三类是实物，主要包括一些生产工具、生活资料和历史事件的遗迹。第四类是口碑，主要包括回忆录、调查记录、群众传说，还有一些文艺作品。我觉得曾臻老师在撰写《丰年之路》过程中，整理了大量文献资料，还有口述史资料，并且把这些资料巧妙地融入了叙事过程之中。我大致梳理了一下，有以下几种类型，

可供将来的历史研究采用。

一是关于历史事件的记录。比如说作品上部第一章《雪舞丰年》，提及1948年宋丰年出生的这一年，正是国共对决的关键年。中共中央决定发动淮海战役前，首先攻克郑州。10月22日夜，中原野战军发起了郑州战役，重兵包围了集结在郑州城北老鸦陈、固城的国民党队伍。在这样的时代背景下，一句"小丰年的姥姥家在老鸦陈，距宋砦仅5里路"，就将主人公曲折的命运与厚重的历史沧桑感拉近了距离，我觉得非常了不起。

二是关于政府文件的记录。书的第40、52、71、118页里面有很多这样的记录。比如第71页里面，提到八届十中全会这样一个历史节点，里面还讲了"大四清"和"小四清"。因为以前学历史的时候，这些仅仅提了一下，我看了曾臻老师的著作之后才知道"大四清"和"小四清"的区别，以前真的都不知道。还有第118页提到"老三篇"的东西，估计60年代以前的老师更熟悉一些，70年代之后的有些老师对这些都不太清楚了。我觉得这都是关于市政府文件的记录，也是历史事件的，或者是历史节点的表述，都非常重要。

三是关于生产生活的记录。这个就非常多了，比如第46页提到的，罗成队与穆桂英队，都是很有时代特色的东西。作者还在第42页提到"毛主席万岁"这样的口号，在第69页里面提到了"毛主席万岁"的英文标语口号。为什么对这个有印象，因为我母亲是1951年生人，她有一次跟我们说起来当年上高中的时候，学的英语什么都忘完了，只记住"毛主席万岁"是怎么说的，跟书上记录的一模一样。我就觉得，可能是那个特殊的年代的记忆。

四是关于一些行业动态的记录。这本书中多次记录不同历史年代流行的歌曲、戏曲，还摘录了部分歌词，让人瞬间走进特殊的年代。比如在第26页提到，小丰年第一次在张砦小学大门外听到《全世界人们团结紧》这首歌，他也渴望走进学校，放开喉咙唱歌念书，这些是记录历史的细节。又如在第28页提到，小丰年跟易荡平老师学唱歌曲《东方红》的情景。文中写道："歌乐可以平人心，养善美，易风俗，成政事。一首颂扬的歌反复颂唱，会唤起心灵宗教般的情感意识。"可能只有女作家的细腻的表达，才能把这些东西说得那么生动，又让人一下记到心里，感同身受。还有第54页提到的豫剧《朝阳沟》，我读前面的时候就想，后面曾臻老师会不会写到《朝阳沟》，这样具有河南元素的东西，后来果然看到了。第116页，又提到了"大海航行靠舵手"。我记得小时候家里有一个镜子，上面写的就是这句话，还有写的毛主席的标语，我就觉得很感谢曾臻老师。

五是这部书非常重要的，关于中原人文精神的记录。里面有大量富有哲理意味的民间俗语。比如说小时候他爷爷奶奶教育他，"吃尽人亏真铁汉，做完己事是英雄"，"人过留名，雁过留声"。有些是具有传统文化的、意味非常浓厚的词句，还有一些民间的俗语。但不管是雅还是俗，不留任何痕迹地融入叙事中去，是非常了不起的，很值得我们从事文字工作的人来学习。总体来说，我觉得这样一部纪实性文学著作其实已经超越了其本身所包含的东西，不管是史学、美学、文学，还是社会学或者经济学，甚至是跟现在生活时代拉得比较近的东西。其中承载的那些精神致用的东西，既是历史的记录，也与当下连通，成为我们学者所关注的问题。这可能也是宋丰年先生对于未来所描写的一幅美好的场景。

杨波，河南省社会科学院文学研究所副所长、研究员，文学博士，主要从事中国古典文学和中原文化研究。兼任郑州大学文学院硕士生导师，中国《三国演义》学会理事，河南省文学学会副秘书长等。

《丰年之路》的创作过程

曾臻

关于《丰年之路》这本书，早在 2015 年 3 月的一天，我接到二月河老师的电话，他跟我说，有个全国劳模，能不能给他写个传。当时我的第一反应就是不能，但是我没敢说。因为我知道，以二月河老师的性情，他不会轻易开这个口。我迟疑了一下说，我怕写不好。二月河老师接着就说，那我让人家来，你们谈谈再说。不想写的根本原因，一听说是个全国劳模，我就惯性产生一种概念化的定位，觉得这样被光环包围起来的人物，往往气场比较大，会被一些政治、道德、概念化的词语架空，很难走进他的灵魂。大家都知道，文学是人学，一个作者如果把握不了笔下的人物，捕捉不到灵魂深处的东西，就很难下笔。当我第一次接触到宋丰年先生的时候，他身上的恬淡、沉稳和儒气，一下子消解了我的成见，我开始从心理上接纳这个

人。一个作者只有当情感被调动起来的时候，作品才能产生出一定的温度和深度。为人做传必须遵循着情真而不诡、事信而不诞的原则。后来我数次来到郑州，与宋丰年先生进行多次深度交谈，也倾听了宋砦村的新老村民对他的评价，同时也采访了一些与宋丰年一起创业的教授、企业家、法官、大学生，以及宋丰年先生的老同学和家人。在获取大量素材之后，也就理清了宋丰年先生的人生轨迹。一个有血有肉的人，在我心中就树立了起来。宋丰年先生不是一般意义上的劳模，他是有定识，有坚守，有朴素情怀的人。用他自己的话说，他的一生就是要按照自己的心路，修一条人路。宋丰年先生吃过大苦，他心性旷达勇毅，未曾迷失过自己。他深懂一个道理，如果一个人一直站在矮子堆里，那么他的眼光就永远是矮子的眼光。为了改造宋砦村这片贫瘠的土地，他首先要打破自身局限，打破小农意识的局限。他以他的本真和胆识，为宋砦村人打开了改革开放之路，引进了大批人才，为一个贫穷村落注入了经济活水，带来了文化，也为自己打开了广阔的视野。宋砦村和宋砦人为什么会在改革开放与城镇化进程中无缝隙地融入都市，就因为这里的文化一直都在发育成长，所以说一个地方发展优异，一定是有一位卓越的掌门人。

宋丰年先生常说，一个人活在世上，能享用多少？因此，不是你占有多少，而是你能创造多少，不能让生命闲置着变得无用，不能让能力浪费掉。他的这种人生理念也是我创作《丰年之路》的动力所在。作为灵智的人类，面对有限与虚无，如何置生命意义于心灵的叩问之中，置生命价值于社会的考量之中。在有限对无限的憧憬中，每个生命都会升华出无限的崇高感，昭示人不断地突破，不断超越自身。宋丰年先生正是在利他与善行的崇高感中活出了自己的意义。生命需要有一个支点，读《丰年之路》，相信大家会读出一种生命的力量，也会读出一种做人的襟怀。

这部书稿是在 2017 年秋天完成的，对我来说就像做了一件善事，内心是喜悦的。传记不好写，就像戴着镣铐跳舞，作者不能天马行空自由驰骋你的想象。正因为如此，传记文学也就有了它的史料价值。可以说，民间的生活笔记、日记、传记会成为官方历史版本的一种补证。所以，我的写作是真诚和踏实的。写作人的文化认知、思想境界、审美意识以及调动语言意象的能力，决定了文本的品质和可读性。我知道自己能力有限，肯定会有很多不足，今天各位大方之家的点评，使我深受教益，对我未来的创作也是有力的促进。

曾臻，河南省南阳市人。1985 年开始发表作品，2016 年长篇小说《苍野无语》由北京十月文艺出版社出版，被称为"令人过目难忘的中国乡村家族史诗"。

踏平坎坷成大道
——由《丰年之路》引发的感慨和思考

张洁方

夜以继日，读完曾臻的长篇传记文学《丰年之路》，掩卷，脑子里突然浮出一句歌词："踏平坎坷成大道。"

《丰年之路》为我们讲述的是宋砦村农民宋丰年的跌宕人生，他在蛮荒的原野上探寻、摸索，硬是用坚韧的毅力和超人的胆魄，披荆斩棘，开出一条丰年之路，踏平坎坷成大道，实现了落后农村与文明都市的融合，完成了从农民到公民、从物质到精神的华丽转身。

起始，生养宋丰年的宋砦，和中国千千万万个村庄一样，贫穷，破败，落后。贫穷是一个可恶的魔咒，箍紧人的肉体，箍紧人的精神，箍紧社会前进的脚步。在少年宋丰年的意念里，唯有吃。吃，占据了他的主体意识，诚如作者所说："一切精神王国的追求都必须基于生命

热量的基本满足。"以至于坐在教室里的他，思想常游离于教室之外，想"啥时能让爷爷奶奶叔叔大爷姑姑们家里房梁上馍篮子里都变成白馍该多好啊！白馍与窝头的问题占据了他整个脑子，小脑瓜来来回回地想着，想得头脑发蒙也想不通透，却越想越饿，端直的腰背塌了下来，肚里叽咕叽咕乱叫，心里憋躁的……老师还在一个劲儿地教一加一等于二"。

弗洛伊德的意识、前意识、潜意识学说，不知是否可以套在当时宋丰年的身上，但那不是作者，更不是宋丰年关注的问题。宋丰年当时所关注的，是怎样填饱肚子，关注的是桃园、梨园、杏园、西瓜地、甜瓜地、菜瓜地、甘蔗林，关注的是哪片桃园的桃子红尖了，哪块地的西瓜熟了。这是人生存的本能。亦与无数人一样，宋丰年首先想到的是活着。

关于活着和怎样活着，一直是一个争论不休的话题，仁者见仁，智者见智。在这方面，宋丰年没有什么高论，但他知道穷则思变。他用行动来诠释该怎么活着。有人说，穷是极地，极地起大鹏。读《丰年之路》，不禁一次次泪目，为宋丰年多舛的命运，为宋丰年不屈的精神，一副一次次与死神抗争的躯体，却用意志浇铸起精神的骨架，绽放出生命最炫丽的光彩。

工业文明、商业文明、城镇化，是近些年流行的词汇，以汹涌之势，占据当今中国社会的主体。几千年的农耕文明突然之间被挤到历史的边沟。仿佛一台巨无霸压路机，工商业文明不断辗压着农耕文明。或许，这个比喻似乎不太贴切，我们应该把工商业文明比作一个西瓜，这样就贴切多了。渗甜的沙瓤西瓜，多么诱人啊！谁还愿意再抱着农耕文明这颗芝麻不丢呢？宋砦的宋丰年住在西瓜园边，理所当然拥抱西瓜了！从这点上说，应该是时代成就了宋丰年，反过来，宋丰年又推动了时代的发展。

宋丰年以过人的胆略，叩开工业文明的大门，用二十多年的时间，带领宋砦人创造了惊人的财富。我不知道，他少年时到郑州市区卖杏所得的一毛三分钱，是不是他创造财富的启蒙，我只知道，一毛三分钱，在现在的宋砦面前，是多么苍白，多么寒酸！这种寒酸，恰恰就体现在当今中国凋敝的农村和繁华的都市上。邓小平认为，搞中国特色社会主义，就是要摸着石头过河。宋丰年就是一个摸着石头过河的人，他为宋砦开出了一条路，当然，这是一条布满荆棘的路，付出的代价是巨大的。记不清哪个作家说，农民从不是历史的引领者。我对这句话不敢苟同，小岗村农民的十八个手印，就是中国农村改革开放的一面旗帜。而宋丰年的联产承包，更早于小岗村的联产承包四年。我认为，引领历史前进的，只有思想者和行动者，没有农民和帝王将相之分。

毛姆说："小说家使用的材料是人性。"毫无疑问，传记文学就是写人的，却比小说难写多了，因囿于真实的局限，很难跳出苍白的窠臼，挖掘出主人公的精神深度。然而，曾臻的书写是成功的，她的笔触总能直抵主人公的内心深处，更能准确地把握时代脉搏。她写活了一个传奇真人，塑造了一个"文学硬汉"形象后，还抛出一个有关农业、农村、农民与现代化进程的问题，探讨怎样在现代语境下，来抒写中国人的精神状态和生存状态。毋庸置疑，这是一个社会课题，也是一个宏大的、作家们绕不过去的文学课题。

与其说，《丰年之路》是在书写一个人物，倒不如说是在书写一个时代、一种精神———一种开拓精神、拼搏精神！不妨，我把它称为丰年精神。我认为，我们的时代，需要这种精神！

张洁方，河南省作家协会会员，卢氏县作家协会副主席。曾获武汉军区《战斗文艺》奖、首届河南文学期刊联盟奖、第二届《奔流》文学奖。

一部"大"书，一位"奇"人
——简评曾臻长篇报告文学《丰年之路》

张书勇

暮春时节，应我省著名诗人、《莽原》杂志副主编张晓雪女士之荐，我拜读了由南阳老乡、女作家曾臻创作的长篇报告文学《丰年之路》。

报告文学，以前也曾断断续续地读过几部，很遗憾，脑海中基本上没有留下特别深刻的印象。对于《丰年之路》一书，原本也是抱着散淡的心读的，谁承想不过三五页便被深深吸引，竟有双手把牢、不肯释卷之感；接下来，用了六七天的时间，一气呵成，读完了这部二十三万字的报告文学。

《丰年之路》讲述的是郑州北郊一个叫宋砦的小村落里，一个名叫宋丰年的人从少年时代到中年时代，再到老年时代的坎坷曲折、浮沉荣辱的传奇经历。这里说传奇，实不为过：试想一个在童年时代连肚子都填不饱的

人，一个曾被社会长期鄙夷唾弃的"黑五类"子弟，谁能料到他后来竟会成为掌握亿万财富的集团首脑，竟能多次荣获"全国优秀村民委员会主任""全国劳动模范"荣誉称号，并连续五届当选全国人大代表，多次走进人民大会堂跟党和国家领导人参政议政呢？

读完末页，掩卷而思，不觉生出感叹：《丰年之路》是一部"大"书，宋丰年是一位"奇"人！

首先，《丰年之路》的语言文雅中蕴含粗犷，平淡中时见奇崛，如"一束阳光从破漏的屋脊上射下来，洒在他的长衫上""范媛走了。那一汪清泪和玉镯的莹莹翠绿在宋丰年的生命里一直晃着""寒鸦啼号枝头，村子里一派萧瑟"，如"一脸菜色的农民，斗大的字不识一筐，有几个读过孔夫子的书""房前屋后撒上一把菜籽就是一片青绿""那久违了的青梅的花香悠悠浮来，他口腔里有了白馍的香甜"。这些语句既筋道又清爽，读来竟有金庸、二月河小说之酣畅淋漓的快意，同时也更使人觉出作者巾帼不输须眉的气概。

其次，《丰年之路》的故事紧张、结构绵密、人物鲜活、细节感人，真实地记录了大时代背景下一个小人物在贫困线、生死线上的屈辱和挣扎。如写宋丰年和人扒火车去往信阳赶"鬼集"一段，"整个人儿变成了一根冰棍，唯有鼻孔里还冒着纤缕热气。……（他们）抓着生命，抓的是一家人的生计"；如写宋丰年在火车站的煤渣里捡煤核差点被溜放车碾死的一段，"这一刻，宋丰年知道了什么叫魂飞魄散，从来胆气十足的他瘫软得身子竟无一丝支撑的气力，只有冷汗顺着发丝阴凉地往下爬"。很多地方的细节描写，读来都令人倍感心酸，不觉间潸然泪下。

第三，《丰年之路》的主人公宋丰年虽然历经命运摆布、生死考验、世事磋磨，如被划为"黑五类"子弟而饱受糟践，如连续数次因身罹重病而徘徊于死亡边缘，如在创业过程中遭遇到一次次非人的磨难（油漆作坊毁于大火，为了集体利益而四方奔波），但却始终九死而不悔，吃得大苦耐得大劳，始终保持善良天性侠肝义胆，始终深爱并尽力回报着生养他的土地和呵护他的父老乡亲，始终坚持走自己选定的道路，最终达到人生的巅峰，使人真切领悟到了"人间正道是沧桑"的古训，既讽喻人心又劝人向上，很有文以载道的意味。

综上所述，称《丰年之路》为一部"大"书，毫不为过。

说到"奇"人，也自有一番道理。

首先，大凡常人历此苦难百不足一，只怕早便灰心丧气、心如枯槁，或泯然众生或随波逐流，甚而早就"墓木拱矣"，然而《丰年之路》的主人公宋丰年却绝不如此。他是真正应了中国古人那种"穷则独善其身，达则兼济天下"的哲语，即便一次次身陷困境如堕泥淖，即便一次次面临死亡威胁命运拨弄，也总首先想到的不是自己，而是他人。仅此便可管窥宋丰年绝非俗人。

其次，我们在书中处处都可看到，宋丰年是一个拥有深厚家国情怀的人（对越自卫反击战期间召开家庭会议，支持弟弟参军去往前线）；宋丰年是一个对妻子背负着坚实家庭责任的人，"只有这个能一架子车拉800斤白菜，怀着身孕挺着大肚子跪在地里薅草，在地头挖个坑给孩子当摇篮的女人，才能与他风雨同舟"；宋丰年是一个对下属体现出大胸怀大气魄的人，"这个事，我宋砦村不会追究，债务我们承担，慢慢还"；宋丰年是一个从头到脚都充满智慧的人，仅用六根黄瓜七分地就为村里聘请到了大学教授刘贵翘；宋丰年是一个孜孜不倦，既有耐心又有爱心的人，为了乡亲们能够搬住高楼而一而再再而三地不肯放弃说服工作；宋丰年是一个身处基层而能放眼天下的人，在弘润华夏大酒店创办法治展览馆，开设普法讲堂，开展长期公益宣传活动，弘扬依法治国理念……

除此之外，书中的宋丰年擅武功、能赋诗、会饮酒，"神情恬静淡然，透着诗书浸润的儒雅，唯有微微上挑的眼梢流露出桀骜与坚毅"；对于初恋情人，他能在心中默默珍爱，使之保留翠玉一般的晶莹清纯；对于朋友贤士，他能解衣衣之，推食食之，真正和他们打成一片。这也使人不由自主地联想到了古代的奇人侠士。

由此推论，宋丰年自应是一位文武皆备，智勇双全，且极具侠骨柔肠，极具豁达胸怀的"奇"人。不过作为报告文学，《丰年之路》一书在开始叙述宋丰年的苦难史和奋斗史部分着墨较多，用心较细，给人感触极深；而到了后来在叙述宋丰年的经营史和辉煌史的部分则有些平铺直叙，缺乏波折。这未尝不是一种缺陷。

张书勇，河南邓州人，出版有中短篇小说合集《桃花流水美人》，长篇历史传奇小说《萁豆劫》，长篇农村现实题材小说《在希望的田野上》。

你是一颗不倒的心
——读《丰年之路》并致宋丰年

张鲜明

丰年老兄

此刻，在一条开满鲜花的

传记的土路上

我与你迎面相逢

我一眼就认出了你——

你是一粒心形的种子

撑开岁月坚硬的岩层

从宋砦的泥土里

拱出来

发芽，拔节，开花

你把自己长成了

一颗果实般饱满而坚实的心

在天地之间

怦怦跳动

你瞪大满身数不清的眼睛

在熹微的晨光里

为自己，也为迷茫的村庄

把道路探寻

你把二尖瓣当作镢头

遇水架桥，逢山开路

朝着好日子的方向

掘进，掘进

有一天，当你发现

你那火星四溅的二尖瓣

吐着血

瘫倒在生活的山前

你

一把抓出那血块似的肉团

把它炼成一块精钢

对它大声呼喊：

"起来，向前！向前！"

有一天，当你被生活的警棍击倒

你突然明白

世界的路基真硬

即使是钢铁的钻头

在它的面前也会卷刃

你

咬着牙

又一次站起身

"刺啦"一声扒开胸腔

为自己穿上钢铁甲胄

继续上阵

你

用钢铁的支架

支撑起摇晃的腿脚

像山一样站着

对着世界

发出打桩机一样的轰鸣：

"砰砰！砰砰！"

终于有一天，老兄啊

你把自己修炼成了天空

这天空

是一望无际的红彤彤的篮子

盛着村庄

盛着乡亲

盛着村庄里常春藤一样的岁月

盛着乡亲们梦一样甜蜜的光景

这天空

依然在不停地大着大着

大成了一个宇宙

装满了阳光

装满了春风

装下了整个世界

装下了大写的人生

这一切，都因为

你

是一颗永远不倒的

天天生长着的

心

张鲜明，1962 年生，中国作家协会会员，河南省作家协会副主席、河南省诗歌学会会长。现供职于河南日报报业集团。

《丰年之路》杂说

张晓林

　　算起来，还是读人在先，读书在后。三年前的那个中秋节，受墨白先生之邀，参加了在郑州宋砦村的一个雅集活动。这次雅集活动的召集人，就是宋丰年。后来又陆续参加了两三次，对宋丰年的了解也逐渐加深，可以说，宋丰年的丰厚阅历、传奇人生，本身就是一本厚重的书。

　　于是，人与书合二为一，便有了这本《丰年之路》。按体裁划分，这无疑是一部长篇纪实作品，也可称为长篇报告文学，南阳女作家曾臻却写得情感丰沛、透迤环转，毫无枯燥之感。尤其对宋丰年的刻画，多注重典型细节的撷取，完全可以当小说去读。我读《丰年之路》的时候，就有这种感觉，这是一部饶有趣味的小说。把纪实的作品写得文采飞扬，保持人物、事件真实的基础上，在人性的空间进行拓展甚至有分寸地虚构是必不可少的。加西亚·马

尔克斯的《一个海难幸存者的故事》就是这样做的。国内的作家也有这样做的。纪实而又小说，其实古已有之，打开宋人笔记，这样的写法可谓俯拾即是。

事有凑巧，在读《丰年之路》之前，我刚读完宋人惠洪的《冷斋夜话》。一读《丰年之路》，我马上就想起了它，其中有一篇《尹师鲁谪官过大梁》，尹师鲁这个人物是实有其人，不是虚构的，谪官也确有其事，《宋史》中有记载，这些应属于纪实。但整篇的描写，完全是小说家的笔法。不妨略摘于此。尹师鲁贬谪离京时，遇到一个老僧，他向老僧表明了自己的态度："以退静为乐。"老僧却对他说："哪如进退两忘。"这二人的对话，是典型的小说语言。而接下来的叙述，则更属小说家言了：尹师鲁被谪到邓州，就病倒了。他最好的朋友是范仲淹，范仲淹这时在南阳做太守，尹师鲁自觉病重，就修书一封与范仲淹告别。范仲淹接信急忙赶往邓州，可还是晚了一步，尹师鲁已经病逝。范仲淹倒地大哭，尹师鲁却忽然坐了起来，说："不是已写信告别了吗，你怎么又来啦？"真有点拉丁美洲魔幻小说的味道了。我也是很赞同这种写法的，不管纪实也好，虚构也罢，总要写得有趣味，让人喜欢看。做文章，作家不要自己给自己设什么框子，认为文章该这样写而不该那样写。这完全是读书少所造成的一种顽疾，凡是我们想得到的，或者想不到的写法，在先贤那里其实早有了范例。《丰年之路》在写法上，就打破了这种束缚和框子。

20 世纪五六十年代的少年，野性大，调皮捣蛋，难以驾驭，宋丰年却做了村里的"孩子王"，靠的是什么？是一种智慧。这种智慧，在古代先贤的文字中常常闪现，家喻户晓的要算司马光砸缸的故事了。《丰年之路》中也写到了这种智慧，那段扔石头的细节，让本村的孩子与邻村的孩子避免了一场鼻青脸肿的斗殴，显示出了宋丰年解决棘手问题的天才。这一点无疑是重要的，它为事件的发展埋下了伏笔。司马光的故事来自典籍，而宋丰年的故事却来自生活，无疑是生活的真实。读《丰年之路》，感知了宋丰年的少年时代、青年时代，再与现实生活中的宋丰年相映照，这种智慧就显得触手可及，宋砦今日的发展也显得十分的可信，没有突兀之感，宋丰年的形象也更加立体化。

如果拿宋丰年的少年时代和今天相比，彼时的生活物资是匮乏的，农村还相当落后和愚昧，生存环境不容乐观。一个家庭，像《丰年之路》中描写的那样，不是个案，是屡见不鲜的现象。直到 20 世纪 70 年代末，农村的孩子去镇子上读书，两分钱的冬瓜汤还都舍不得喝，大都是星期天下午返校时，母亲给装上一玻璃瓶的豆酱，那就是接下来一个星期的下饭菜了。因此，摆脱贫穷，是那时每个农民的梦想。同样，这也是宋丰年的梦想，更是他寻求致富之路的精神动力。脱贫致富，这个农民几千年来的梦想，今天终于实现了，历史的发展和好的政策让中国农民圆了一个梦。而宋砦，是其中的佼佼者。

《丰年之路》不可避免地触及了农民与土地的关系问题。在中国，农民和土地，不仅是一个生存问题，它还是一个历史问题，是一个文化问题。每一个中国农民心中，都有一尊有关土地的神，每一个村落，都有一座有关土地的庙，不管是有形或是无形的，它都存在着，存在于意念、风俗之中。大到一个国家民族，小到一个村落家庭，在历史上无不把土地视为神祇，为了土地的分寸之争，不惜以命相搏，甚至世代为仇。这样的事情同样在宋丰年身上也发生过，那次宋砦与某政府部门的土地之争，几乎让他搭进了性命。宋丰年做过心脏手术，装有金属瓣膜。争执中，对方保安给他一警棍，宋丰年瞬间倒地，停止了呼吸。金属瓣膜遭受电磁波冲击，停止了搏动。金属瓣膜停止了搏动，就等于宋丰年的心脏停止了搏动，好在宋丰年命大，被抢救了过来。为了土地，宋丰年几近付出生命的代价，这就是农民对于土地的热爱和执着。

还有一点不应忽略，《丰年之路》这部作品写出了中原人的精神、文化信仰和世俗情感。宋丰年深沉地爱着脚下的这片土地，爱着生活在这片土地上的父老乡亲。他对这片土地和这片土地上人的历史、文化、习俗和生活状况再熟悉不过，正如前面所说，他童年时代目睹并切身感受了这里农民的贫困和落后，也许正是如此，宋丰年立下壮志，一旦时机来临，他要寻求一条道路，改变自己和这片土地上的人的命运。这一理想根植于他的灵魂深处，成了一种自觉的担当和责任。他从未敢懈怠过。

阿尔贝·加缪曾说过："如果人类困境的唯一出路在于死亡，那我们就是走在错误的道路上了。正确的途径是通向生命、通向阳光的那一条。"机遇永远青睐执着而有准备的人，宋丰年赶上了好时代。他寻找到了那条"通向生命、通向阳光"的道路，他成功了。宋砦由贫穷走向了富裕，由落后走向了文明，成了中国新农村建设的标杆，是中国农村发展的缩影，从这个角度说，《丰年之路》就是一部当代中国农村的发展史，具有史料价值和研究价值。

作家曾臻是二月河在一次参加全国人代会期间，推荐给同是全国人大代表的宋丰年的。二月河可谓识人。

张晓林，开封市政协常委，文化文史委特聘副主任，《大观》杂志社社长、主编。中国作家协会会员，中国书法家协会会员，河南省书协学术委员会委员，开封市作家协会副主席，开封市书法家协会副主席。

《丰年之路》与《美国工厂》的参照与辉映

张延文

2019 年，由美国前总统奥巴马监制发行的纪录片《美国工厂》上映，受到各方面的关注与好评，并获得了第 92 届奥斯卡金像奖最佳纪录长片。该片讲述的是 2016 年来自中国的企业家曹德旺在美国的"铁锈区"俄亥俄州代顿市建立福耀汽车玻璃厂的艰难历程。在玻璃厂的建设过程当中，中美在文化、价值以及发展模式之间存在的巨大差异被凸显出来，产生了一系列的激烈碰撞，一些看似很小的事都能掀起轩然大波。这让我们不得不去理解不同民族和制度文化融合的艰难，同时也提醒了我们向世界展示中华文明独特性和优越性的必要和紧迫。不同文明之间，只有求同存异，互相理解和宽容，才能走向共荣。这也是我们走向世界的必由之路。

从某种程度上来说，我们可以把《丰年之路》看作《美国工厂》的辉

映性的文本。宋砦村位于中华民族的母亲河黄河岸边，中华文明发祥地的中原腹地。《丰年之路》展示出了宋砦村如何从一个乡村文明、东方伦理，向着城市文明、以市场经济为代表的消费观念过渡的艰辛与辉煌。传统文化当中的仁义精神，在宋砦村的领头人宋丰年身上得到了集中体现。在东方的发展模式当中，领头人的作用非常重要。在历史的沧桑巨变中，东方文化精神所具有的建设性因素以艺术的方式得到展现。这种建设性的元素，在当今巨变的时代里，具有非常重要的世界性意义。东方伦理当中的奉献和牺牲，在个人与集体的利益发生冲突时，也是一剂济世的良药。这本书也向世界展示了在改革发展的历程当中，中国普通民众经历的艰难和奋斗，以及人性的光辉。透过这些，我们可以得到至少两个重要的启示：一是坚持传统文化当中"和而不同，乃为大同"的理想的重要性；二是在经济建设和文化意识形态之间的关系上，马克思主义提出的要以经济建设为中心的重要性。

当然，宋砦作为一个都市村庄，确实是一个独特的社会现象，这也是我们中国当代历史进程中的重要一环。宋砦村民作为改革的既得利益者，确实是享受了大部分人民不能享受的既得利益。这是我们容易忽略了的。其中存在的一些矛盾被繁荣的外表有意无意地遮蔽了起来。

当前，东西方文明价值观的冲突，部分领域存在激化的可能。就不同的文明和经济体之间，必须正视的一个基本原则是：我们应该理解在历史进程的不同阶段，各自所要面临的困难和挑战是不同的，也无法通过统一的模式去化解和模仿。《丰年之路》，如果可以向海外传播的话，或许能够带来基于普遍苦难的、基于更为理想的人性的立场的有益参照，为东西方文明之间搭起一座互相尊重、彼此理解的友谊的桥梁。

张延文，河南方城人，文学博士。河南省作家协会理事，郑州市作家协会副主席。主要研究方向为中国现当代文学、叙事学、诗学、投资学。

一幅乡村振兴的绚丽画卷

赵克红

2020 年岁尾，我接到张晓雪老师的通知，她告诉我，近期要召开一个研讨会，我愉快地接受了邀请，没过几天就收到了女作家曾臻女士创作的长篇报告文学《丰年之路》，我很认真地通读了一遍。

可以说，这是一部令人感奋的好作品。这部作品的成功之处在于作者写好了人物，成功塑造了宋丰年这一人物形象，作者对现实生活深度挖掘，内容可靠，文字质朴，生动鲜活，感人至深，是一种有思考、有情感、有温度的文字呈现，进而增强了作品的艺术感染力。书中既有对人间生活的广博把握，又有从历史、时代中提炼出的精神结构，不仅书写了宋砦村在宋丰年带领下物质层面的发展，而且具有深厚的文化底蕴、丰满的时代生活，同时又有较高的文学性和艺术性，这些都值得肯定和赞誉。

如椽巨笔书写民生幸福，乡村题材荡人心魄，浏览这些文学巨著，共同向我们昭示了一个这样的真理："幸福都是奋斗出来的！"

乡村振兴，别无他途。只有选好一只"领头雁"，带领大家实干苦干科学干，才能决胜全面小康！

一部文学作品的成功与否标志是什么？我认为，最重要的标志应该是：史料和人物是不是真实可信的？是否有成功的"笑点"和"泪点"？

如果一部作品，光有空洞的口号，没有血肉丰满的人物，肯定是失败的！报告文学与小说还不一样，真实是报告文学的生命所系，根脉所在！

读完全书，我能深刻地体悟到，在女作家曾臻的笔下，历史事实是真实可信、有据可查的，人物是真实可信、彰显着人性的。不仅如此，这部作品更有成功的"笑点"和"泪点"，感人肺腑，发人深省！

下边，就本书谈几点粗浅的看法，权做引玉之砖吧。

这本书最大的成功之处，首先，是可贵的真实性、史料性。

历史是真实的，真实是历史的生命。无论文章如何感人，一旦让读者发现是虚假的，就会黯然失色，甚至还会引起读者的极大反感，导致全盘皆输。

在这部书中，真实的历史镜头被一一还原。宋丰年首先是一个活生生的人。这个人，自然也逃不脱历史的羁绊，历史的局限性影响着每一个活在它"手掌心"上的人们。

"大跃进""三年困难时期""文化大革命""1976年"，一个个敏感的时代的名字在作品中被一一提及。此时的宋丰年由幼年、少年步入青年时代，每一个年轮，无不被打上时代的烙印。

在那个"一大二公"的时代里，生活在农村最底层的广大农民们都遇到了"宋丰年式"的贫穷困扰。

"民以食为天"，生活毕竟是严酷的。

在那些荒诞不经的岁月里，有一天，"祸从天降"，出身贫农、善良勤劳的父亲竟然成了"坏分子"！这个"紧箍咒"父亲一戴就是十几年，宋丰年因此成了"黑五类"子弟。

从背上这口"黑锅"开始，宋丰年这位小伙子想当兵，不能！想当干部也不成！

——有一年，他被社员们选举当上了生产队长。他吃苦耐劳，带着群众干，领着群众富；干得有声有色，生产队里大变样。这本该是一件被表扬的好事，但对于宋丰年来说，却成了一场别样的"大灾难"！

——在那个"阶级斗争年年讲、月月讲、天天讲"的年代，有一天，他当队长的事儿还是被上级发现了，上级却做出决定：要批斗宋丰年！

他不愿意遭受批斗的凌辱，只得落荒而逃。逃往远方，逃离是非之地，去寻觅一方生命之外的"世外桃源"……

其次，这部书又是一曲"改革开放"和"新时代"的时代颂歌！

时代造就英雄，英雄成就时代！

"天高任鸟飞，海阔凭鱼跃"，直至到了"改革开放"的"新时代"，春天的故事才开始在神州大地激情演绎！

"脱贫梦""小康梦""中国梦"，一个个激情燃烧的梦想，在华夏大地上激情上演，在我们面前——"蝶变"成真！

宋丰年这位农家子弟，才有了用武之地。他没明没夜地辛勤付出，终于干成了一位令人羡慕的"万元户"，受到表彰嘉奖！乡亲们眼看着，宋丰年有能耐、有本事，他在村里最先过上了"丰收的好年景"，他家光光堂堂地盖起了全村的第一座砖混结构的大楼房。

"'钱'壮英雄胆"，富裕之后，他勇闯深圳，感受特区的特别活力特别魅力，3 万元一亩，在深圳购买了地产；他以一位农民的胆识，顾茅庐招贤士，让河南大学的教授落户宋砦村；他经商办企业，"凤凰"油漆蜚声省内外……宋砦村靠经营企业，发了大财！

新时代，村民们丰衣足食，衣食住行全面"现代化"——家家户户住楼房，家家户户有轿车，人人有手机，天天吃大肉、穿新衣……群众终于过上了富裕幸福的好日子！

再次，作品的"笑点"和"泪点"。

文学作品向来靠"细节"取胜，没有细节的文学作品，在文坛上是难以立身的。

曾臻身为一位女性，以极为细腻的笔触，观察生活，思考生活，表现生活。于是，作品就有了可贵的"笑点"和"泪点"。在那个荒诞不经的岁月，更有了荒诞不经、哭笑不得的"疑点"。正是这样的"三点汇集"，对读者产生了视觉冲击力。这部作品，因而有了让广大读者难以忘怀的"看头"。

关于这"三点"，由于篇幅所限，在此不再赘述。还是请广大读者自己去品味吧！

最后，主人公宋丰年不仅心系自家，心系群众，而且心系国家。他是一位有着家国大情怀、大担当的新时代的一位"新农民"。

在有了钱之后，他依旧保留着农家子弟艰苦朴素的生活作风。请客办事，酒桌上他慷慨大方，保准让客人们吃好喝好。下了酒桌之后，他却蹲在街边，啃着从家里带来的"干粮"填饱肚皮。富裕之后，家里成了集体招待客人的"酒店餐厅"，妻子成了能干的大厨和招待客人的"勤务员"。即使为集体付出再多，他和妻子都无怨无悔！

有了钱之后，他和村干部挨家挨户给村里的老人们发钱。让这些夕阳之年的老者，领上了日思夜想的"工资"。在宋砦村，八月十五中秋节、九九重阳节、春节，每一个中华民族的重要节日，无论再忙，宋丰年都会领着村干部们，请村里的老人吃饭，送慰问品，发"工资"。从此，宋砦村的老人们觉得自己活得有了价值，有了尊严。

宋丰年不仅心系自家和宋砦村，还心系国家。当年，他曾经因为是"黑五类"子弟，当兵的梦难圆。在对越自卫反击战发生的当口，他和父亲、弟兄们决定，送自家的小弟当兵"上前线"，保家卫国！弟弟不负众望，立功受奖。

《丰年之路》情感真挚，故事真实，真实的东西是最能引起读者的心灵共振的。任何体裁的文学作品，情感真实都是第一位的，离开了情感真实，所谓思想性、艺术性便都无从谈起。书中的主人公宋丰年已届七旬，这位来自郑州市金水区宋砦村的党总支书记是宋砦村的光荣与骄傲，宋砦村因他而兴，村民因他而富，村民的小康梦因他而圆！

在他和全体村民共同努力下，宋砦村有幸获得"全国文明村""全国十佳小康村"等殊荣！宋丰年，他那双世代在田里耕耘、指关节变形的大手，也因此有幸与总书记相握！

凭着卓越的政绩，宋丰年当之无愧地成为全国人大代表河南团中连任时间最长的代表之一。他与刘志华、陈国桢代表等人，从第九届开始，一直连任全国人大代表至今。他代表的，是来自最基层的声音；他关注的，也是基层群众最关注的。

女作家曾臻为我们还原了一个血肉丰满的宋丰年，也让我们见证了一条坎坷蜿蜒、布满荆棘的乡村振兴之路！

这条路，在新中国成立之初，从著名作家柳青笔下的农村题材小说《创业史》开始；到发展经历曲折，浩然笔下的农村题材小说《金光大道》《艳阳天》；到改革开放时期，浩然的长篇小说《苍生》，都不同程度地见证了中国农村的伟大变迁；再到今天新时代的长篇报告文学《梁家河》，当然也包括曾臻的这部长篇报告文学《丰年之路》。这一部部农村题材的文学大作，唱响了一曲我国乡村振兴的恢宏史诗！

丰年，丰年，祖祖辈辈向往的幸福生活镶嵌在儿孙的名姓之中！百姓对美好生活的无限祈盼，镶嵌在这个名字之中！

这部书，讲好了新时代故事，定格了新时代场景，镌刻了新时代形象，弘扬了新时代精神。谁又能说，丰年之路，不是一部乡村振兴之路呢？

赵克红，笔名柳笛，一级作家，现任洛阳市文联副主席、洛阳市作家协会主席。中国铁路作家协会副主席，河南省作家协会副主席，河南省散文诗学会副会长。

历史脉动下的"个人史诗"

郑积梅

《丰年之路》既是宋丰年个人的人物传记，又借宋丰年坎坷而又精彩的人生经历折射出新中国社会变革的崎岖前进之路，全书充满了隐喻性书写，曾臻用客观视角、符号隐喻、场景叙事等写作手法，用充满深情的朴素笔墨，刻画了有情、有义、有担当，有勇、有谋、真豪杰的宋丰年形象。《丰年之路》可谓一部历史脉动下的"个人史诗"。

一、好大一棵树——家族之宋丰年

"吃尽人亏真铁汉，做完己事是英雄"，这是爷爷的谆谆教诲；"人家吃了传名，自己吃了填坑"，这是奶奶的良苦用心。贤良之家出孝子，仁厚之家福绵长。正如《丰年之路》的作者曾臻所言："先人的禀性与仁德随着血脉潜润进小丰年的心田……一层一层晕染在他生命的底色

里。""义"的种子一旦在一个人的心中生根发芽，自然会生长出一片蓬勃的森林，此后也必然能够收获丰硕的果实。对于家族来说，宋丰年就是好大的一棵树，为家人遮风挡雨。书中的场景叙事镜头正如一个旁观者的眼睛，用凝视的目光观察发生在宋丰年身上的一切，并真切地讲述了宋丰年从幼年即开始强筋炼骨担当有为。为了让家人的日子能过得好一点，宋丰年一路走来合着血泪咬紧牙关，把生活的纤绳深深地勒进自己的肩背。为了让患病母亲不再受到惊吓，宋丰年不断破坏村里广播设施，这样的细节描写更让人体会到宋丰年对母亲的拳拳之爱。宋丰年虽然经受了种种雷霆风暴般的磨难，但他最终让自己成长为一棵为家人遮风挡雨的大树。弟弟妹妹及孩子们的立业有为，母亲的病愈，都是对这棵大树最好的回报。

二、挺立的撑伞者——父老乡亲之宋丰年

"站着要为百姓当伞"，这朴实无华的言语是宋丰年对于宋砦父老乡亲真情实感的表达，这顶天立地、掷地有声的言语也彰显了宋丰年对父老乡亲的大仁、大义与大爱。对于宋砦的父老乡亲来说，宋丰年就是一位挺立的撑伞者。曾臻就像一个记者，她通过一帧帧闪回的镜头，留存下宋丰年带领宋寨村民发家致富过程中失败、奋起、再失败、再奋起的成功之路的印记：他反复做实验，不拘一格引进人才与技

术；外调考察，为了贷款几天几夜地守候，甚至不惜伤身地豪饮；为谋求发展南下北上东奔西走取经，哪怕病倒了在病床上还在牵挂着宋砦村里产业的发展。规模效应、品牌经营都显示出宋丰年的魄力与眼光。宋丰年的这些经历，总会让人想起孟子的话："天将降大任于是人也，必先苦其心志，劳其筋骨。"备受煎熬的宋丰年终于让一个小小的村落变成中原大地显赫的存在，宋丰年的辛苦付出是值得的！

除了在经济上帮助带动村民发家致富，宋丰年也没有忽视村民们的精神文化建设，宋丰年盘活了宋砦政治经济文化齐头并进的大棋。他痛心于没有投资经验与方向的父老乡亲手里的钱被挥霍，强撑着带病之躯苦口婆心地规劝大家进行长期规划投资。通过多种渠道培养人才，教育从娃娃抓起。他还注重培育大家的精神信仰，促使大家从村民向市民转型……具有侠义情怀的宋丰年实践了自己的誓言："站着要为百姓当伞。"

这些都是宋丰年带领宋砦蜕变的每一个精彩瞬间，宋砦村从一个小小的村落经过不断地蜕变，先后被评为中原明星村、全国文明村和全国十佳小康村，蜕变的引领者宋丰年也因此而获得了河南省优秀共产党员、全国优秀村民委员会主任、全国劳动模范、全国五一劳动奖章等至高荣誉。宋砦堪称当代中国农村走向现代化的典型缩影，"丰年之路"是坎坷的，但最终是辉煌的，这辉煌成就的取得离不开宋丰年这位父老乡亲的撑伞者！

三、鞠躬尽瘁拓荒牛——时代大潮之宋丰年

每个中国人的个体命运都与中国社会的变革紧密相关。曾臻以时代变迁为背景展现时代浪潮下宋丰年的个体命运和社会位置。宋丰年是时代大潮中的优秀个人代表，宋砦是新中国千千万万城中村的缩影，宋丰年成就了宋砦，宋砦又烘托出了宋丰年，宋丰年与宋砦彼此成就共同见证。《丰年之路》再现了中原这片土地变迁的景象、时代前进的景象、榜样示范的景象以及生命丰盈的景象，塑造了一个血肉丰满之立体宋丰年。这部充溢着浓郁抒情色彩的传记不但书写了宋丰年个体生命的成长来路，也借助一个人的坎坷之路彰显了新中国一个时代发展的潮起潮落，宋砦堪称当代中国农村走向现代化的典型缩影，"宋砦模式"也昭示出当代中国农村的未来走向与集体奔赴小康的"丰年之路"。

《丰年之路》既有场景化的情景叙事，又有严谨的社会形势勾勒，既有宋丰年的个人记忆，也有与宋丰年有着千丝万缕联系的他者眼光的审视，形成了宏观历史叙述与个人对于历史记忆的相互补充，从而真实、客观地再现了宋丰年创业的艰辛，也展示出了中国现代化过程中的复杂性和偶然性，以及以宋丰年为代表的千千万万中国人在此过程中的生存境遇，对中国社会文明发展的不同阶段进行了审视，也辩

证地思考了城市与农村的关系。

《丰年之路》在中国改革开放的历史时空视野和新时代的大语境中，描绘人间百态，展现宋丰年书记的性格特征和人格魅力，为我们展现了一个立体全面、有血有肉的真实人物。传主的经历对读者起着巨大的精神鼓舞作用。宋丰年书记的人生经历可以让我们学到很多人生哲理，比如面对人生的态度、解决问题的方法和心态等。阅读《丰年之路》，不仅仅是在阅读宋丰年书记的故事，也让我进一步体会宋丰年书记身上非常可贵的美好品质，从而不断丰盈内心，化作人生的前行力量。

《丰年之路》属于地域人物志书写，审美风格既传承古代史传文学的真实、严谨、通俗易懂的传统，用饱满的热情刻画了一个血肉丰满的立体之宋丰年形象，又在文本中通过精当的评论而展现出新的审美高度和意境。

郑积梅，河南罗山人，文学博士。郑州师范学院副教授、学报编辑。

从《苍野无语》到《丰年之路》：女作家曾臻的中原农民史诗

周若愚

2015年3月，作家曾臻接到二月河的电话，问她能不能为一位全国劳模写传。这位劳模就是宋丰年。二月河是在全国人代会上认识宋丰年的，数年前，宋丰年拜托二月河找人为他写传。

二月河是南阳作家群领军人物，在国内外华语文学界很有影响，认识的作家没有一千也有八百，之所以联系曾臻，二月河后来撰文说："一是我知道她的文笔好，二是知道她做人真实，二者兼备，她会认真地去把这件事做成。"

二十多年前，二月河就曾看过曾臻的文章：《南阳日报》约请二月河就城市文化建设写文，他写的《名城"观光"三思》刊登在报纸副刊版头条，二条就是曾臻的《九华山暮鼓》。当时二月河就认为曾臻的文章"很见分量"。

曾臻接到电话的第一反应是"不能"。

她当时手头正忙着长篇小说《苍野无语》的出版事宜，更主要的是，她惯性地认为，那些被光环包围起来的人物，很少有人能走进他们的内心世界，而一个作者，如果把握不了笔下的人物，捕捉不到他灵魂深处的东西，是无从下笔的。

但她没有拒绝二月河。她知道，二月河性情孤傲，一般不会轻易开口的。她迟疑了一下，只说道："我怕写不好。"

如二月河认知的那样，曾臻"做人真实""做事认真"。她数赴郑州，多次与宋丰年深谈，厘清了宋丰年的人生轨迹，一个有血有肉的人物在心中树立起来了，一部让传主、作者、出版社认可和满意的传记作品也诞生了。

两年后，《丰年之路》书稿完成，《苍野无语》也由北京十月文艺出版社出版。二月河欣然为《丰年之路》作序。2020年10月，《丰年之路》由河南文艺出版社正式出版发行。

从时间上看，曾臻接到《丰年之路》创作任务之日，正逢她为《苍野无语》的出版奔波之时——不一定是身累，心疲是肯定的——在《丰年之路》写作一年后，《苍野无语》顺利出版了。从创作心理看，两书出版与创作上的无缝对接，必定有些一脉相承的东西值得研究。至少从题材上看，那种对农村生活、农民命运的关注，是一以贯之的。

《苍野无语》长达50万字，以周门两族的矛盾冲突为主线，描写了从国统时期、抗日战争、解放战争到新中国成立，从打土豪分田地到"大跃进"，南阳盆地上的恩怨情仇、世相人心。《丰年之路》描写的是郑州城郊的农民和村落——宋丰年这代人，是城郊断掉土地根脉的最后一代农民，见证、参与了飞速城镇化下农村的大变革。都是地处中原，风俗人情、方言俚语相去不远。前者写到20世纪60年代初戛然而止，后者从传主宋丰年诞生的1948年落笔，但自第五章《淬砺》始，即从1961年写起，一直写到当下。从某种角度来说，似乎也能弥补阅读者对于《苍野无语》没有续集的遗憾。

曾臻是一个真实的人。这一点，二月河在《丰年之路》的序文中也写到了。从某种层面来讲，"真实"一词也可以用来评价她的作品。《丰年之路》不去说了，传记嘛，"情真而不诡、事信而不诞"，真实是基本要求。《苍野无语》，除了艺术真实外，曾臻曾数次强调，描写的是被她珍藏了大半生的故事，"书中大多人物命运与事件及生活细节都真实地存在过"。可以说，"真实"，是曾臻作为作家自觉而有意识的追求。

曾臻有个观点，她认为民间的生活笔记、日记、传记会成为官方历史版本的补正。曾臻的认知，和她写作上的真诚踏实，使得这两部书具有一定的史料意义，有心人可以从中读出近百年来中原村落的凋敝、发展和中原农民的苦难、希冀。

《丰年之路》一书的书名，源于传主宋丰年的名字，非常恰切。这大概也是《苍野无语》中苦难的农民朴素的期盼吧。

周若愚，《南阳日报》主任编辑，南阳师范学院兼职教授。

辑四

论宋丰年文学形象的多重建构

陈茜

"天将降大任于是人也，必先苦其心志，劳其筋骨，饿其体肤。"宋丰年一生都将家乡的发展扛在肩上，历尽艰苦，以惊人的速度把宋砦发展为全国文明村、全国十佳小康村。当外界都倾向于讨论宋丰年先生作为村支书的贡献时，曾臻老师在长篇报告文学《丰年之路》中则着重刻画了宋丰年的每个侧面，用一个个生动的侧面给读者呈现出宋丰年真实完整的一生。

一、无私奉献、坚定路线的村党支部书记

1988 年，经过村民大会选举，宋丰年当选为宋砦村村主任。在和村委班子开会时，宋丰年这样告诫大家："要做事，先学做人，一不能自私，二不能怕吃亏，三要把群众的事当成自己的事办。"1995 年，宋丰年先生被授

予河南省优秀农村党支部书记、河南省优秀共产党员，民政部授予其全国优秀村委会主任荣誉称号，并为他颁发一尊铜质"拓荒牛"。1997年，在宋丰年的带领下，一个仅有600多人口，既缺技术、人才，又缺资金的小村子，已经发展为有4.8亿元固定资产，20亿元生产能力，农民人均年收入超过5000元的具有高标准规划、高质量建设、高素质管理的宋砦。2010年，宋砦村民就实现了人均年收入5万元，率先完成了建设小康社会的目标。宋丰年作为村党支部书记，"没有高空虚蹈的大调口号，没有虚妄的梦想，他不虚构生活。他从实际出发，在这片土地上带领村民进行切实的改良，挣脱贫困"，"站着要给百姓当伞，躺下要给百姓当牛"是他作为村党支部书记一直坚守的信念。

二、锐意进取、开拓创新的公司带头人

宋丰年在上小学的时候就只身一人从宋砦跑到郑州市区卖青杏，十几岁时又扒火车到信阳赶"鬼集"，再到后来抓住商机开油漆厂，可见宋丰年的商业能力在很早的时候就展现了出来。在20世纪90年代初，宋丰年就敢为一个远远落后于沿海地区的宋砦引进台资企业。宋丰年有第一个吃螃蟹的勇气，更具有缜密的思考。虽然过程艰难，但在宋丰年的努力下，河南省内首家台资企业——台利铝业有限公司很快就在这片土地耸立起来了。接下来随着饮料厂、面粉厂的

相继建成，多家大小企业也都闻风而来。"宋丰年在改革大潮中稳操舵盘，以国家的宏大改革策略为航标，稳立潮头，破浪前行。"同时，他还加强对宋砦人才的培养，提高宋砦村干部的文化素质和管理水平，与迅速发展起来的宋砦工业、经济、文化接轨，实现宋砦经济的可持续发展。宋丰年以他锐利的眼光、进取的精神、开拓的能力和创新的意识将宋砦一个以单一农业种植为主的村庄发展为第一产业、第二产业和第三产业相互融合的现代化企业集团。"宋丰年不会再打赤膊、拉酒糟车了。上帝给他多少磨难，就会给他多少酬答。"

三、以身作则、传递温情的家族老大哥

"对于宋丰年来说，修身齐家，这是他对生活的基本要求，要求家人都要修身修德，做一个仁义之人，一辈子心有定力，必能少出乱子。"宋丰年是家中长子，弟弟妹妹比较多。在物质贫瘠的时代，为了弟弟妹妹能吃饱，宋丰年不顾危险地去赶"鬼集"、扒火车。后来生活条件好了之后，宋丰年教导弟弟妹妹要学会奉献，时刻提醒他们奉献是善举，是一种精神。1982年，小弟丰岭在大哥的影响下积极地报名参军，想要为国、为家争光。"何为家风，一位才具、器量卓越的人物，他的道德操守在一个家族中生发出一种影响力，久而久之，就会形成家风。"宋丰年十多岁就知道为父

母分忧，挑起家庭的重担，一直是这个大家族的顶梁柱。在进行酒店股份制改造召开家庭会议时，"偌大的房间里，只有宋丰年一个人的声调时高时低地讲着，一大家人都在静静聆听，连声咳嗽都没有"。在宋氏大家庭里，宋丰年不是那个无私奉献的村党支部书记，也不是那个需要日理万机的董事长，他就是一个有责任感、有温度的家族老大哥。

四、从未屈服、勇往直前的"特级战斗英雄"

20 世纪 70 年代，郑州市在西南郊区修建尖岗水库，宋丰年毅然决然地报名去参加，在水库工地上苦干了一年，跟他一起去的人已来回轮换，只有他一直牢记着毛主席的教导，誓要把自己锤炼成为一名坚强的无产阶级钢铁战士，最终评选上了老鸦陈公社战斗营的"特级战斗英雄"。"一个公社数百名民工，仅两个英雄指标，可想而知，他为之付出了何等大的代价。"此后的宋丰年一直保持"特级战斗英雄"从不屈服、勇往直前的战斗精神，跟着公社组织的民工上邙山黄河堤灌溉站挖澄沙地，苦活累活都冲锋在先，而且常常挑战体能极限。但人毕竟不是钢铁，是血肉之躯。在工程的最后，宋丰年的身体不堪重负，被送回家时一直吐血，后被诊断为二尖瓣狭窄。但"宋丰年对于疾病的磨难早已领教过了，他的生命中有着常人难以达到的坚韧"。"沧海横流，方显英雄本色；青山矗立，不堕凌云之志"，可以说是这位"特级战斗英雄"最好的写照。

陈茜，信阳师范学院文学院 2020 级硕士研究生，研究方向：学科教学（语文）。

传记文学的新写法
——《丰年之路》读后感

陈紫鑫

在曾臻的《丰年之路》中，宋丰年一生颇具传奇色彩，他出生在郑州北部一个叫"宋砦"的村落，曾经是被村民鄙夷的"黑五类"子弟，却浴火而生为"全国优秀村民委员会主任""全国劳动模范"，并且获得"全国五一劳动奖章"，受到国家领导人的接见。"历尽世途沧桑道，碎石铺路尤铿锵"是宋丰年一生的写照。宋丰年伴随着新中国成长，历经几番荣辱起落，他一生所经历的一切与新中国发生的变迁，共同构成了一个多面镜，既展现出了宋丰年个人的成长历程，也记录了新中国方方面面的变革。

《丰年之路》竭力描写了宋丰年身上所具有的正义、勤劳、敢于担当的美德。宋丰年智慧超群，对知识充满渴望。家徒四壁，面对贫困的生活，具有强烈责任感的宋丰年帮助家人挖

红薯窖，以至于年仅 14 岁便患上了急性风湿性关节炎。关节变形、失去行走能力的宋丰年不得不休学一年。随后，宋丰年又因为父亲被打成"投机倒把"分子而失去了升学、参军和招工的机会。生活的坎坷、命运的不公并没有影响宋丰年的斗志，他凭借自己的智慧、敢闯敢干的性格走出了别样的人生。乘着改革开放的东风，宋丰年以自己的智慧抢占先机，在商业领域大展宏图。宋丰年不仅是一位商业奇才，也是一位心系百姓的基层干部。宋家家风淳朴，祖辈仁德，父辈忠孝，在获得商业上的成功后，宋丰年没有止步在自己的安乐窝，广阔的视野促使他对社会问题进行更深一步的思考。"文革"结束后，为了报效村民，帮助村民的生活回到正轨，宋丰年贷款通电，开图书馆、活动室。宋丰年不仅给居民的生活带来光亮，更是为他们的精神世界指引了方向。在政治家、商人之外，《丰年之路》还塑造了一位具有浪漫气质的宋丰年。在生活中，文学给予宋丰年莫大的支持与安慰，作为改革的先行者，宋丰年获得了成功，也带领宋砦村民走上共同富裕之路，但年少时积累的病痛却常常折磨着他。在病房中，宋丰年与古人相遇，在字句之间与诗人共鸣、相互抚慰。《丰年之路》从多个侧面刻画了宋丰年的心路历程，使宋丰年这一人物形象跃然纸上，多面立体。阅读的时候，仿佛读者就在宋丰年身旁，与他本人同行。

《丰年之路》的字句之间，透露着对宋丰年的敬重，也散发着一种别样的文学魅力。这首先要归因于曾臻的叙事方式。《丰年之路》虽然是一部个人传记，但是却以小说的结构来谋篇布局。全书以 1977 年十届三中全会为时间线，分为上、下两部，上部以宋丰年少年时在革命风云下的成长、搞副业、被批斗的人生经历为中心；下部以宋丰年在改革开放后带领宋砦村民走上物质富足、精神充盈的生活的过程为中心。《丰年之路》采用了传统章节写作的方法，将宋丰年的成长历程分为 27 个章节，乍一看彼此独立，内在却依然逻辑紧密。这种形式相较更加贴近宋丰年质朴的人物形象，贴近大众的阅读习惯，也意味着曾臻在为宋丰年作传时更注重以情节来结构文本，环环相扣的故事情节不断吸引着读者读下去。书中，宋丰年的人生充满了传奇色彩。患上急性风湿性关节炎的宋丰年扎火针、强忍疼痛把自己倒挂在树上，最终凭借着少年顽强的意志摆脱了病痛。"奇迹终于出现了，腿不疼了，关节肿消了，人能站直了。这是任何一本医学书抑或民间偏方辑录上都没有的治疗手段，他以一个少年难以忍受的刚韧走出了生命的炼狱。"成年后，果敢机勇的宋丰年瞄准商机，敢于率先开办油漆厂。然而好景不长，正当生意如火如荼时，一场大火浇灭了希望。但是宋丰年并不气馁，再一次用坚忍的意志化解问题，一年以后成了宋砦的万元户。曾臻没有细致探讨宋丰年是如何重新振作的，但是对一个事业刚刚起步的人而言，宋丰年付出的努力可想而知。

正是在这种高潮迭起的情节中，曾臻打造了一个多面、立体的宋丰年的形象。宋丰年不仅是一位铁骨铮铮的侠义之士，也是一位机智果敢的改革者，更是一位忠于党、忠于人民的人民公仆。为了强身健体，宋丰年学习打拳，同时也开始阅读《三侠五义》《七剑十三侠》等作品，习武是对肉体的训练，而阅读武侠作品则对他的心灵产生了莫大的影响。在肉体跟心灵的相互影响下，宋丰年成长为一位具有侠义之气的少年英雄。语言形式上，《丰年之路》创造性地采用了两种语言，一是狭义、朴厚的宋丰年的口语，二是作者自身的评论。宋丰年的口语用来描绘宋丰年自身的经历，而作者自身的语言大多起补充、评论的作用。口语化的叙述方式讲述宋丰年所经历的70年，充满世俗性、娱乐性和民间性。但当宋丰年因为在工地上过度劳累而吐血时，曾臻不遗余力地用评论凸显了他为建设事业奉献的决心。"宋丰年看着盆里的血水，心里首先涌起的不是恐惧，而是想，这是要呕出一颗红心来，即便不行了，也无愧于无产阶级伟大的革命事业。"曾臻贴近人物内心的概括将宋丰年的心声娓娓道出，同时又将其形象提升到另一个高度。

正如该书《引言》中所说："一个承载了太多的生命，其实就是一个时代的叠影。"在《丰年之路》中，曾臻有意将宋丰年的经历置于所处的时代之中来叙写，力图通过书写宋丰年个人的生活来折射整个中国社会在改革开放前后的政治、经济、文化等多方面的变迁。《丰年之路》不仅是宋丰年的个人传记，甚至可以说是整个中国社会近70年的变迁史。在作品中，宋丰年个人的反思与忧虑就显得尤为突出。曾臻深入宋丰年的个人生活，探究其面对社会事件时的个人思考。面对蔬菜分配不均，宋丰年想道："都是人，为啥城里人就恁高贵，好的就得挑给他们吃！乡下人咋就恁低贱，吃菜吃拣剩下的，吃粮吃粗的。城里人、机关干部一犯错误就下放农村，牛鬼蛇神都往乡下赶，美其名曰劳动改造，难道乡下人整天都是在被改造吗？"面对无休止的政治斗争，宋丰年觉得委屈，认为："这真是个奇怪的社会，荒谬到了不可思议。自己拼死拼活地干，一心为集体着想，……叫社员吃饱饭成了罪过，有这样悖谬的道理吗？"面对青年人因"文革"失去了成长的方向，宋丰年痛心疾首，立刻思谋在村里建立图书馆。宋丰年"特立独行"的思考，正是一位有胆识、有批判精神的青年对多年前鲁迅所呼喊的"从来如此，便对么？"的高声呼应。

传记本应是一种贴合现实的文体，是对传主一生的近乎实录的描写。但是，不论是自传还是为他人作传，都难以避免对传主的生活的细节加以想象虚构。那这种想象与虚构的限度又在哪里呢？或许把握事件的真实容易，把握细节的真实却显得尤为困难。作者可以通过书信、日记、访谈探寻到历史的大致轮廓，但是细节却无迹可寻，哪怕是传主当下的口述，也很难剥开怀旧的面纱，跨越时空探求细节的真实与否。不容忽视的是，细节是塑造传主面貌时尤为重要的一部分。曾臻以工笔的手法描述了宋丰年的生活细节。比如宋丰年出生时全家人焦急等待的情形、宋丰年第一次上学时饥饿给他带来的尴尬、跟妹妹一起披着星光做小买卖、数九寒天里光膀子扎进泥土里挣工分，等等，这些具体入微的细节能够充分调动读者的感官，使其产生一种身临其境的阅读感受。这些细节的真假，我们不得而知，但是能够确定的是，正是在这些细节的积累之下，宋丰年的人物形象才显得如此饱满。"自传建立在一系列选择的基础上：已经由记忆力做出的选择和作家对于记忆力所提供的素材所做出的选择……最优秀的自传是那些达到这种相关性要求、以丰富多样的人生经历成为一种概括总结因素的自传。"①曾臻从"实"落笔，借"虚"传神，正是在这种亦真亦假、虚虚实实的交织之中，宋丰年传奇的一生才得以勾勒。"诗"与"真"的矛盾关系一直被研究者探索，但是在《丰年之路》中，这个"诗"与"真"的对立似乎变得不那么重要。"真"是宋丰年的人物品质、性格个性，细节的想象也是为了这个"真"来服务的。传记的目的是记人，如果通过想象补充部分细节能够帮助读者更好地理解传主，那又有何不可呢？

如何接近历史，如何探求历史的真相？这或许是在面对历史时，人人都会产生的疑惑。历史学家的著作中，为了展现历史发展的趋势，无数平凡却又精彩的人的生活细节被淡化，最终留下的往往都是主流人物的风采。然而，追究到最后，历史往往是与个人相关的，历史必定是由人来谱写的，人人都有自己的风采，他们或许仅在家国史中占有少量篇幅，但是他们的精神熠熠闪光。像曾臻的《丰年之路》一样，把握住个人生活、成长的历程，并且将个人成长与国家发展相结合，才能透过时间的长河触碰到历史的本质。

注释：

① 勒热讷：《自传契约》，杨国政译，生活·读书·新知三联书店，2001，第11页。

陈紫鑫，2021年毕业于福建师范大学文学院，获硕士学位，现为信阳学院文学院教师。

宋丰年波澜壮阔人生道路的文学呈现

高润思

　　从人均年收入不到 800 元到人均年收入超过 8 万元，从一个默默无闻的小村庄到远近闻名的"全国文明村"，郑州市宋砦村的华丽巨变令人瞩目。这一切，宋砦村的带头人——宋丰年，功不可没。南阳作家曾臻创作的长篇报告文学《丰年之路》，以宋丰年的人生之路映射出了宋砦村的丰年之路乃至中国乡村改革发展的丰年之路，通过刻画基层人物在时代大背景下对命运的求索引起读者的强烈共鸣。

一、成长中知善德

　　《丰年之路》上部分为十一个章节，讲述了宋丰年从出生到 1974 年担任生产队长的故事。这部分的创作植根时代现实，深挖中国故事，追求当时年代生活原本形态的缓缓流淌，营造出热气腾腾的生活质感和百姓情怀。

淳朴的民风和良善的乡亲们让年幼的宋丰年感受到了关爱与呵护，感受到了乡恩乡情，在温馨仁爱的环境中成长，对他后来的人生道路产生深刻的影响。宽厚慈善的爷爷奶奶也言传身教，通过在家请客吃饭这个日常小事，向宋丰年传递了"吃尽人亏真铁汉，做完己事是英雄""人家吃了传名，自己吃了填坑""人过留名，雁过留声"的为人处世之道。在祖辈的训诫指引下，宋丰年逐渐懂得了做人之道，交友之道，树立了正确的价值取向，更坚定了想要做大事、赢功名的人生理想。父老乡亲的生活现状让宋丰年不断思考，什么时候父老乡亲的馍篮子里的窝头能变成白馍，什么时候能让乡亲们安居乐业，这样的问题一直萦绕在宋丰年的心中，激励着宋丰年不断进步。

二、磨炼中知坚韧

"天将降大任于是人也，必先苦其心志，劳其筋骨，饿其体肤。"他小小年纪挑起家庭重担，身单力薄的他一连五六天挖红薯窖，患上了急性风湿性关节炎，医治伤病让他承受痛苦、一瘸一拐让他愈挫愈坚，他将自己倒挂在树上，不断拉扯自己的关节，他用刚韧的意志战胜了病痛，磨炼了心智。"黑五类"子弟的身份，让宋丰年失去了参军、招工的机会，只能在郑州肉联产做工，心中不免有一些不甘与愤懑。但他也在时代氛围的裹挟下不断思考与成长，有着清晰正确的价值取向，知道有所为，有所不为，敢于逆流而上，在外界鸡犬不宁、武斗打砸抢时，做篮球架，组织篮球赛，拥有自己的一番净土。他扒火车，赶"鬼集"，走南闯北，捕捉商机，为一家人谋生计。他在尖岗水库工地苦干一年，获得"特级战斗英雄"荣誉，后来又秉持着"一不怕死，二不怕累"的精神在数九寒天之时，跳入满是淤泥的澄沙池，连续战斗三天三夜，无愧于"特级战斗英雄"的称号，起到了队长的模范带头作用。

三、改革中知开创

宋丰年早年走南闯北的经历与成长道路上的不断反思，让他拥有更广阔的眼界与开创精神。"天高任鸟飞，海阔凭鱼跃"，改革开放迎来了新时代，也让宋丰年在这广阔天地中大有作为。改革开放之初，他就敢于开拓创新，在村里搞承包，用自己的人情练达打通了村民们的富裕之路。他敢于开创，兴办油漆厂。他肿着双腿赴东北学习经验开辟葡萄园，审时度势开办面粉厂，身患心脏病却为了父老乡亲与他人豪饮，在病床上也依然牵挂宋砦的发展。自己富起来的同时，带领乡亲们共同富裕，将自己的油漆厂无偿捐献给宋砦村集体，将自己的酒店进行股份划分，让父老乡亲参与经营。宋丰年有着无私奉献的精神和乡土情怀，心中始终装着父老乡亲。他有着敏锐的眼光，不断寻求新的发展机遇，同时他也有着敢想敢干、敢为人先的开创精神，紧跟时代的脉搏，造福群众，成为村民心中的领头羊和主心骨。

四、求贤中知协作

"富不学富不长，穷不学穷不尽"，一个村庄的富裕与发展，仅仅靠某一个人或某几个人的努力是无法长久的，只靠面朝黄土背朝天的农民，是无法得到长足发展的。宋丰年深感发展的重要、人才的重要。宋丰年开展"借脑计划"，以独到的眼光、自身的奉献精神和坚毅诚信的品性，将大学教授、企业高管、法院法官、青年大学生等一个个贤才引进了宋砦。他为所有引进的人才解决住房问题以及家属子女的就业问题，让各种思想交汇，思维碰撞，为宋砦谋发展。一批一批的大学生走进宋砦，宋砦人也心怀感激为他们提供良好的生活条件和发展空间，更为难得的是，他支持大学生继续深造、鼓励他们发展自我，并鼓励大学生考取研究生，考上后带薪学习。正如宋丰年所说："你从这个人身上学点儿，从那个人身上学点儿，把他们的智慧归纳起来，经过思考变成自己的，你不就越来越能了？你听听这个人的意见，听听那个人的意见，你从一百个人的意见中，条分缕析，提取拓宽，你的决策不就高明了？"这正是宋丰年的旷达胸襟，也是一个领导者的卓越才能，能够虚心请教，时时反思，团结协作。

五、发展中知进步

在宋丰年的带领下，宋砦从一个小村庄变成中原明星村、全国文明村、全国十佳小康村。百姓的生活有了翻天覆地的变化，但朴实的农民心中的阶级观念根深蒂固。给郑州市民送菜时宋丰年就有所思考，为什么市民挑好的菜吃，乡下人就只能挑剩下的呢，决心改变村民心中自轻自贱的意识。因此，在宋砦得到了长足发展后，宋丰年将工作的重点转移到了乡村融入城市的工作中来。宋砦"第一家园"建成后没有村民愿意搬迁，宋丰年就召开动员大会，晓之以理动之以情，带头把自家房子拆掉，搬进了单元楼，然而村民们长久以来的生活习惯以及固有的眼界，让他们一次次拒绝搬迁。宋丰年拖着病体，挨家挨户宣讲，耐心开导，终于感动了所有人，家家户户住上了单元楼。他更懂得不仅要让村民们经济富裕，更要让他们精神富足。他为村委建图书馆，定村民自我修束二十字基本道德准则，将最好的教育引到宋砦，举办普法讲座，让更多人知法懂法，促使大家从村民向市民转型，缩小城乡差距。

宋丰年是一个具有典型意义的基层乡村领导者，宋砦也是中国乡村发展变迁的典型缩影。作家曾臻借助宋丰年的个人成长之路彰显了新中国的发展之路，为我们再现了中原的变迁、时代的进步、人民进取的历程。《丰年之路》消解了美与丑、真与假、善与恶的简单化区分倾向，通过宋丰年这一人物的生动塑造，对社会变革中人性的多变复杂和精神的觉醒做出全方位的描摹。以小见大的艺术表达，往往会带来别样的审美冲击，从小人物身上折射出时代意识与社会观念的更迭和嬗变，往往最能引起读者的关注与共鸣。《丰年之路》对于宋丰年奋斗历程的描摹与书写，是极具当下意义的。面对初心的矢志不移、面对理想的坚韧不拔、面对挫折的百折不挠，都是那个年代人有梦想、有追求、有勇气的精神品质的真实写照；面对亲情的包容感恩，面对友情的真诚坦荡，面对乡情的无私奉献，更是对中华民族漫漫历史长河中重悌道、重情意、重信义的伦理纲常的有力折射。通过小人物体现大智慧，传递出身处时代潮流中的人物身上的坚守、坚毅、坚韧。阅读《丰年之路》，不仅仅是在阅读宋丰年书记的故事，重温那段历史，也让我们进一步体会宋丰年书记身上的美好品质，以宋丰年书记为榜样，不断反躬自省，开拓进取。

高润思，信阳师范学院文学院2020级硕士研究生，研究方向：学科教学（语文）。

《丰年之路》
——英雄的成长之路

李凡凡

　　何为"英雄"？关于"英雄"一词的含义，《现代汉语词典》（第7版）中有三个解释：①本领高强、勇武过人的人；②不怕苦难，不顾自己，为人民利益而英勇斗争，令人钦敬的人；③具有英雄品质的。读完南阳作家曾臻创作的传记文学《丰年之路》，我深切地觉得宋丰年当之无愧于"英雄"的称号。他有胆有识，会武术、扒火车、跑新疆、赶"鬼集"。他意志坚定，历经苦难，几番荣辱起落，仍然能够坚守初心，走出自己的人生之路。他锐意创新，带领宋砦人大胆改革，努力拼搏，其间更是不计较个人得失，把集体的利益放在个人利益之前，历经艰辛，最终使得宋砦由省城近郊的一个小村庄成为全国十佳小康村，宋砦也逐渐完成了融入都市的时代性跨越。由此可见，宋丰年

是一位英雄，是宋砦的英雄，也是时代的英雄。

《丰年之路》分为上、下两部，上部记录了宋丰年的成长经历，下部记录了宋丰年的奋斗经历，跨越了宋丰年70年的人生经历。从幼年到少年，再到中年、老年，宋丰年一直在成长着，这个成长不仅是身体上的，还有身份上的，他完成了从"黑五类"子弟到全国人大代表的蜕变，成长为一位英雄。读完这本书，我们可以从他成长的过程中，看到他很多优秀的品质。

一、幼年时期

1948年，宋丰年出生于民风淳朴、人情敦厚的宋砦。宋丰年作为宋氏一族中辈分最低的孩子，从小就在家人和父老乡亲中尽享宠爱，这也就使得他的童年颇为悠闲自在。此外，宋丰年在祖辈的训诫开导下，也逐渐懂得了做人之道、交友之道和待人接物的规矩，树立了正确的价值观念。

心存善意。环境对一个孩子的成长是潜移默化的，而且影响深远。爷爷奶奶的仁德，乡邻们的关爱，给宋丰年营造了一个温馨的环境，宋丰年在这个环境中成长，自然而然也就成为一位心存善意之人。如家门口来了乞讨者，奶奶就会掰半个窝头让宋丰年送去，宋丰年也很乐意地去传递这份善意，从不鄙夷地驱赶他们。此后，渐渐养成习惯，只要看见有乞讨者来了，他就会问奶奶要馍，善意就这样慢慢地在宋丰年幼小的心灵中生长着。还有爷爷给乡邻分享榆叶肉汤，奶奶收养"丑孩儿"，抚养其长大直至成家立业。爷爷奶奶的仁厚、善良，在宋丰年的心中埋下了一颗名为善意的种子，对他今后的人生道路产生了深刻影响。

懂得自省。自省，是中国的传统美德之一。《论语·学而》中，曾子曾说道："吾日三省吾身。"人并非十全十美，但是我们可以通过自省发现自己的不足从而改进，不断进步，慢慢地成为一位"完美"的人。自省能力是一个人重要的人格特质，古往今来，能自省的人，都是有成之士。由此，也就可以看出，自省是宋丰年有一番成就的原因之一。宋丰年在孩童时期，偷吃了邻居老爷的点心，但老爷没有责骂他，而是给予爱和宽容，最后他的羞愧在老爷的宽容和善意中融化，宋丰年稚嫩的心灵由此掀起了一层浅浅的自省意识。几岁的孩子，对偷吃点心这种行为是不对的并没有特别清晰的概念，而宋丰年能通过此事，心中有了自省意识，由此可见，宋丰年已经颇具英雄品质的特征了。此后，他在自己的成长路上常常自省，有了更深沉的思考，再结合他早年走南闯北的经历，他的眼界更为开阔，思想更为进步。

二、少年时期

少年时期的宋丰年不仅有胆有识，以自己的智慧和胆识，成了孩子王，而且意志坚定，用常人难以忍受的治疗手段对抗病魔，最终创下了奇迹，走出了生命的炼狱。

有胆有识。在那个贫乏的年代，吃仍是人们的第一需求。为了满足这群正在生长的少年的口腹之欲，宋丰年带领小伙伴们在梨园摘梨、瓜田摘瓜、甘蔗地里撅甘蔗，在他有策略地指导下，大家总能大快朵颐，充分地展示了宋丰年的聪慧。宋丰年在儿童时期就已显现出其胆识了。小小孩童的他，敢于尝试爷爷的老烟杆，敢于在客人面前喝酒，颇有一种豪气在里面。"大跃进"时期，一切权力归公社，一切东西都为公家所有，每个人都要成为无产者。在这个情形下，宋丰年敢于摘取校园后面的苹果给老师吃，可谓胆识过人。正如作者文中说的："这个在淳朴温情中放野生长起来的孩子，有着本然的纯真，从不矫饰，自己认准了的事就敢去做！"此后，他扒火车、跑新疆、赶"鬼集"，包田垄到劳力等，都体现出了他过人的胆识。

意志坚忍。《孟子》中写道："天将降大任于是人也，必先苦其心志，劳其筋骨，饿其体肤，空乏其身，行拂乱其所为，所以动心忍性，曾益其所不能。"古往今来，成大事者，总要经历一番磨难，方可取得成功。宋丰年即如此，他面对生活中的艰难困苦，不曾气馁、消沉，仍然以钢铁般的意志去对抗一切磨难，最终由一个"黑五类"子弟成为一名全国人大代表，获得了农民少有的荣誉。宋丰年十几岁就患上了急性风湿性关节炎，为了治疗它，面对几寸长的火针丝毫不惧，甚至看着医生将火针扎进他跟腱旁的皮肉里。为了更好地恢复，他依靠门前的老槐树，压腿、倒挂身子，两手撑地，一次又一次忍受着结缔组织中的炎性粘连被撕裂的痛楚，最后得以恢复。正如文中提到的，宋丰年以一个少年难以忍受的刚韧走出了生命的炼狱。之后，他把自己锤炼成了坚强的无产阶级钢铁战士，荣获"特级战斗英雄"的称号。在宋丰年以后的人生中，生活的艰辛困厄更是在他的身体上刻下了一道又一道的生死痕迹，但他依然以自己坚忍的意志对抗着病魔，继续带领宋砦发展经济。

三、青年时期

青年时期的宋丰年逐渐变得成熟稳重，思想有了更深层次的进步，对责任也有了更深刻的理解。这份责任不仅是对家庭的责任，还有对宋砦的责任，他希望用自己的能力改变宋砦的贫穷，让宋砦的人们生活变得更好。所以他搞副业、办厂子、引人才，有所成就就惠及乡邻，买书建图书馆，为老人发补助，赎回土地等。

敢为人先。宋丰年是具有超前眼光的。1978年安徽凤阳小岗村的"大包干"事件震动全国，而宋丰年早在1974年担任生产队长时，就做出包田垄到劳力的决定。紧接着，他办厂子，求人才，调整种植结构，宋砦的经济得到大幅度提升，宋砦也由名不见经传的小村落成了远近闻名、万众瞩目的"新贵"。之后，他创办了河南省内首家台资企业，成为第一个敢于吃螃蟹的人。宋丰年以他超前的眼光和过人的胆识，使得宋砦的经济水平远远超过其他村子。

甘于奉献。如果说奉献是人类自身道德修养的一种境界，而宋丰年俨然已经达到了这个境界。1988 年，大部分人们的生活仅仅达到温饱，此时宋丰年的油漆厂价值百万，他却义无反顾地将厂子无偿捐给了村集体，这种品德不可不令人赞叹。为了让宋砦更好地融入城市规划中，必须修路，他不辞劳苦一次次地劝说反对的村民，却从未喊过一声苦。而此时的宋丰年已经做过一次心脏手术，他是在为宋砦透支着自己的生命能量，他希望宋砦能够越来越好。

四、中老年时期

此时的宋丰年，已经取得了较大的成就，宋砦也从一个小小的村落变成了灯火通明的工业城。但他没有被眼前的光景迷惑，依然殚精竭虑地为了宋砦付出，他不仅希望能够提高宋砦人的生活水平，而且希望提高他们的文化素养。所以他建设"第一家园"，设立图书馆、美术馆、俱乐部、老年活动中心等。

精进不休。宋丰年的一生都在不断进步，幼年时他就在祖辈的教导下，明白了光吃鸡蛋是没有出息的，有比吃鸡蛋更重要的事需要做，要成就大事，赢得荣名。所以到了青少年时期，他大胆改革，办厂子，引进人才，想出"借脑工程"，引进外资，重视教育等，带领宋砦人从人均年收入不足 800 元发展到 8 万元，也带动了周边乡村的改革步伐，早早实现了他让宋砦人吃上白面馒头的想法。到了中老年时期，他也常常反思自己，寻求进步。城市快速发展，他认识到宋砦发展转型和改造的必然，所以他卓有远见地对村庄进行城市化改造，建立第一家园、第二家园，使得离开土地的宋砦人也能有丰厚的生活保证。时代在进步，宋丰年也紧跟时代步伐一直在进步，最终完成了自己的蜕变。

不忘初心。不忘初心，方得始终。宋丰年始终记得要带领宋砦人过上城里人的生活，并一直为此努力着。经过几十年的艰苦奋斗，宋砦人终于从泥土中走了出来，过上了城市人的生活。正如文中所说："各安其居而乐其业，甘其食而美其服。"宋砦人的生活已经得到保障，宋丰年也开始了二次创业，创办了弘润华夏大酒店。经过苦心经营，酒店已经进入良好运营阶段。宋丰年又开始推动对自己的企业进行股份制改造，让村民参与其中，给他们稳定的物质保证。创业不止，惠济村民，宋丰年一直牢记初心，将生命的全部能量倾注在生养他的这片土地上，最终走出了自己的人生之路。

正如《序》中所说："宋丰年天性善良、侠肝义胆，深爱生养他的这片土地和父老乡亲。他善仁、善信、善治、善能。"他以其才智、胆识、仁心带领宋砦走上富裕之路，所以他理当是一位英雄。因此，《丰年之路》不仅仅记录了宋丰年带领宋砦奋斗的历程，也记录了一位英雄的成长之路。

李凡凡，信阳师范学院文学院2021级硕士研究生，研究方向：学科教学（语文）。

稻花香里说"丰年"

李国栋

　　河南南阳作家曾臻的长篇传记文学《丰年之路》一书以宋丰年先生的人生履历为横轴，为读者塑造了一个有血有肉、血气方刚，又刚柔并济的主人公形象，其思想、品质、情怀、智慧、风趣等方面都通过文字的形式加以传递表达。此外，更具代表意义的不仅仅是人物本身，宋丰年先生在其家乡郑州城郊宋砦村所做出的卓越贡献以及个人的奋斗史带给社会的进步历史意义和导向作用是值得肯定的。撰写传记文学，难处就在于细节描写的笔墨分配不均，或易落入个人英雄一般的歌颂与赞扬的模式，失去文学作品的可读性与价值意义。而此长篇却能举重若轻地将细节描写分配均匀，并以多方面的视角和维度观察人物。在文本中增添许多相关的逸事趣事使得人物形象更加丰满。

　　宋丰年这一形象是特定的历史环

境之下的突出典范。

在《丰年之路》的上部中，作家以详细的笔墨主要描绘了宋丰年从出生到青年时期的人生经历，在表层之下，也隐含了他在后期能够做出大事的气魄、胸怀与决断的品质来源。良好的家风和适当的教育对个人的成长是十分重要的，是一种潜在的无形力量，父母等长辈作为启蒙老师给孩子的最初教育会形成特定的刻板意识潜隐在内心的最深处。在书中，我们能够感受到其家风对传统优良品质的继承，在现实中能够找到仁、义、礼、智、信的影子。在学校荒芜的土地上，老师问学生谁能找来南瓜子，宋丰年的爷爷费半天劲儿找到了种子，并嘱托："记住，再饿，也不能吃掉种子！"这位善良豪爽而又十分理性的老人，一直在引领着孙子成长的脚步。人生的种子就是在宋丰年幼时播下的，并跟随着长辈一步一个脚印，给心中的种子施肥、浇水，种子长成幼苗直至参天大树，这一路的茁壮成长离不开环境的作用。

树立高大长远的理想信念，需要有现实的偶像精神指引。宋丰年的高彬超老师对学生的教育不仅仅是书本知识，更重要的是对学习意义、生命意义的启迪与培育，让学生受益终身。这些榜样的教育意识始终在宋丰年先生心中留存，教师对待学生的功课学习不敷衍，这是一种敬业的精神力量。这种精神力量之后在宋丰年先生作为董事长开拓事业时、作为宋砦村党支部书记在乡村自我管理教育时体现得淋漓尽致。

因为他心里清楚，作为企业领导要为企业和员工负责，作为党支部书记要为人民群众负责，不敢有半点敷衍之心。

宋丰年一直认为，人不能等穷，只要勤勉，日子终究是会过好的。勤勉、奋斗等一类品质可谓贯穿于宋丰年的一生。作为家中长子长孙，宋丰年从幼时就担起担子，像拖拉机一样不同程度地拉着一家子的生计。虽然现实的生活环境是贫困和艰苦的，生活条件是简陋的，但是其生命活力却总是活泼的。扒着火车到信阳赶"鬼集"，宋丰年身上特有的敢打敢拼的冲劲支撑着他，且他灵活的经商意识从彼时就已经展露。因爷爷年龄大、父亲忙碌、弟妹尚小，挖红薯窖的重担就落在了宋丰年身上，八十厘米左右的窖口下挖两米多深，一连干了五六天，红薯窖挖好了，但宋丰年却病了，被诊断为急性风湿性关节炎。为了除去体内严重的湿毒热毒，宋丰年需要火针治疗。年纪轻轻的宋丰年在诊疗床上眼看着烧红的长钢针扎入身体。他多年来与病魔对抗的坚强和韧性是令人佩服的。

在更贴近于现实的纪实性文本中，我们还能读到一些与其他文学作品相似的人物或场景。例如，那个年代的学生都是自带干粮，学校食堂只为学生加工饭菜，提供开水。宋丰年在食堂打饭，自己的饭是红薯。他的女同学范媛用白面馒头跟宋丰年交换。甜丝丝的香味飘进宋丰年的鼻腔，此时，香味四溢的，不仅仅是馒头，更是心中花开的香味。在心理斗争之下，宋丰年还是过于腼腆而不敢动，最终范媛执意将馒头送到宋丰年的手里。这些经历也在宋丰年心里留下，久久挥之不去。三十年后，宋丰年别着大哥大，开着桑塔纳出现在开封纱厂门口，找她想要帮助并感谢她的场景，与三十年前让白面馒头的场景相对。对于白面馒头的幻想和对未来的无限期许，也被宋丰年埋了起来。这种城郊农村的小伙大都对未来、对生活有无限的遐想并付诸实际的行动。而在路遥先生的《平凡的世界》中，小说开篇便是这一场景的描绘：孙少平将盆里剩下的那些菜汤倒进自己的碗里，拿着自己的那两个黑馍馍，大雪的天气里一滴檐水掉进了孙少平的碗里，菜汤溅到了脸上，和着眼里的泪水一起流了下来。这一幕我们看到了孙少平内心的苦楚，也让人看到了心酸，在那样一个年代里，他一个十七八岁的学生每天都要承受着饥饿的折磨，那一滴泪留下的时候真的让人觉得心酸又十分的难忘。不同的是跟孙少平分享馒头的是田润生。所以，此传记文学也拥有时代的记录功能，那个年代的学校食堂以及黑窝头、菜汤、红薯如今只存在于文字记录之中，也是珍贵的记忆和史料。

孙少平是位热血青年，纯朴而又倔强，举止中让人感到铁骨铮铮，眉宇间总显示出内心的坚毅。他作为一名矿工以忘我的劳动和高度的责任心而获得嘉奖，在成绩面前更加忠于职守，在突发事故中舍身抢救别人而身负重伤，尤其是女友田晓霞遇难后的一段故事，将孙少平的悲痛心情表现出来，给人以强烈的艺术震撼。而孙少平的哥哥孙少安，虽然与弟弟一样有着纯朴倔强的共性，但又显示出农民的憨厚和粗犷。他体格魁梧，令人感到浑身有着使不完的力气。在与牲畜一起拉砖上坡路时，从他宽厚的后背，紧拽着套绳的手臂，还有那头与他并驾齐驱奋力奔挣的牲口，使我们感到他胸中燃烧着不甘于贫困生活的火焰，正是这种倔强的力量，给荒瘠的山区带来了发展生机。他带头实行农村生产责任制的改革，遭受了种种打击，给山区带来极大的震动，使山区面貌发生了翻天覆地的变化。他的大悲大喜，从小说中表现出来，使我们体会到正是这样宽厚的脊梁，才扛起了中国农村摆脱贫困、迈向富强的大旗。宋丰年好像是少平少安兄弟二人的结合体，或者说宋丰年幼年时与孙少平相似，而在创业奋斗阶段与孙少安相似。

《平凡的世界》里所体现的：黄河水总有清的一天，人不能穷一辈子！与宋丰年先生所秉承的个人奋斗观相似。人的生命力，是在痛苦的煎熬之中强大起来的，在一次次重病中挺出，在一次次磨难中坚强，在一次次机会中寻找，不曾停下前进的脚步，而终止伟业。

宋丰年这一人物形象在更深层次体现了改革开放年代的豫中平原企业家的典型奋斗史和改革潮流的时代变革意义。

在古代，求贤若渴是贤达人的一个重要特点。如三国时期的曹操，他为实现个人的理想抱负、政治伟业而广纳贤才，并不惜一切代价。由此，曹操写的诗歌就有表现："月明星稀，乌鹊南飞。绕树三匝，何枝可依？山不厌高，水不厌深。周公吐哺，天下归心。"宋丰年作为宋砦经济发展的带头人，面对贫穷落后的村庄，面对农民保守的小农意识和文化缺陷，他想到了引进人才。他先后引进了多位教授、律师、企业家、大学生，以土地引进人才引进资金，开发具有市场优势的产品，宋砦村的发展离不开宋丰年所引进的人才。另外，宋丰年把郑州的名校实验中学、外国语学校都引进了宋砦，把最好的幼儿园也引进了宋砦，无偿为他们提供校舍，建起了分校、分园。在宋砦的土地上，多种气氛交融在一起，形成良好的乡村文化环境。求贤，也会培贤。在村委的集体商量下，给村中能够考出去的学生以资金奖励，这在侧面也反映出他重贤、尊贤的一面，秉承着知识改变命运的理念，宋丰年对当地教育事业也有很大的贡献。

面对着全国范围内的产业结构转型和变化，宋丰年主持的宋砦村企业也做出了许多改变，而且有的还有壮士断腕之势。城市在狂热扩张，宋丰年听到了城市的喧嚣。但是省会城市是不可能将工厂工业纳入的。在这一方面，宋丰年请郑州市规划局为宋砦科学地设计居民小区，卓有远见地对村庄进行城市化改造，宋砦可谓中原改造的第一村。为了符合城市环保的要求，集团毅然决然地砍掉了多家污染企业。面对被砍掉的企业，这个扛过命运中一个又一个劫数的汉子，没能抑制住眼泪。但作为宋砦村党支部书记，作为市人大代表，他以身作则，树立了良好的榜样，发挥党员的先锋模范作用。

众所周知，家庭联产承包责任制实行后，个人付出与收入挂钩，使农民生产的积极性大增，解放了农村生产力。1978 年之前，在郑州北郊宋砦村，作为生产队长的宋丰年就具有类似的"敢为天下先"的精神，他心里时刻思考琢磨着怎样让队里富起来，但是现实情况是普遍存在着懒、偷、靠、绝对平均的症结。经过多次心理斗争，宋丰年最终做出大胆的决定：包田垄到劳力，劳动责任与产量报酬联动。但是，在当时这样的思想和行为是与社会大环境下的主流意识相违背的。而作为智者的宋丰年召集社员逐条逐句地解说如何使产量与报酬联动，并表明此行是为了保证社员的利益并克服劳动中的懒惰行为的良好措施。这得益于宋丰年与人民群众之间的高度相互信任感，也得益于宋丰年敏锐的政治嗅觉。所以，宋丰年不仅仅是宋丰年个人，在他的整体形象中，我们还能看到其背后历史向前发展的轨迹，他本身也是社会主义建设时期的河南奋斗者的缩影。

宋丰年重视中华优秀传统文化传承，兴业惠乡邻。在集团旗下的弘润华夏大酒店，极具独特的文化主题，弘扬国粹、润泽华夏，楼外墙体上生动浮雕刻画着《孔子七十二圣讲学图》，宽敞的大厅总台后面墙壁上是大幅浮雕《大禹治水图》，厅堂内外氤氲着中华文化的高雅气韵。对中华优秀传统文化进行传承，关系着国家文化强国的战略要求，每一位华夏儿女都应怀有传承意识。20世纪80年代，社会闲散待业人员多且返城人员增加，刑事案件时有发生，严重危害社会治安。宋丰年常有忧患意识，对此类社会治安事件中所存在的社会问题持续思考，为了应对社会问题并丰富村民的乡村生活，他带着团委书记四处买书，将中外名著装满图书馆，并且增添乒乓球、羽毛球一类的运动器材等。文化气氛从那时起就在宋砦村充溢着。

正如该书后记中所说："是宋丰年成就了宋砦，还是宋砦成就了宋丰年？世上的一切皆因人而有了意义。一个倾心创造的人，无论处在何种境地，都会耕播出一片欣欣向荣的园地来。"从政治社会学上看，宋丰年算得上真正的人民群众，他是一位对社会历史起着推动作用的人，且是始终从事于物质生产资料的人。同时，时势造英雄，改革开放后社会主义建设的大环境让宋丰年的拳脚得以施展，他才会在特定的历史发展进程中留下光辉的足迹，且一步一个脚印。

李国栋，信阳师范学院文学院2017级学生。

丰年背后的生命之重

李曼

大家已从各种新闻媒体了解了宋砦党总支书记宋丰年的英雄壮举，但大家又不满足于仅仅了解他的壮举，迫切希望对他做全方位、多侧面的了解。曾臻的《丰年之路》非常及时地适应了人们的这种企盼，曾臻用饱蘸激情的生动笔墨，向我们描绘了立体的、血肉生动的宋丰年，使宋丰年如浮雕般立在读者眼前，读者既可以仰视他，也可近距离触碰他。

《丰年之路》展示了宋丰年这位党的优秀干部身上的优秀素质，表现了宋丰年的英雄气概与公仆情怀。《丰年之路》没有抽象的歌功颂德，没有停留在宋丰年的英雄形象这一单一思维和形象的塑造上，而是将宋丰年这个先进人物还原成生活里有血有肉、丰富立体的"人"来书写。除了是成功的改革家、实业家，他还是一个家庭的丈夫，是父母的儿子，也经历过初恋的青涩和甜蜜。宋丰年在青

春悸动的时期里，遇到了他一生的"白月光"范媛。宋丰年和范媛就像话本中常见的穷书生和豪门千金一般，宋丰年家境清苦贫寒，每日只得吃红薯果腹，善良的范媛既想帮助宋丰年提升他的生活质量，又想保护这个青春少年的自尊，就撒了善意的谎言——"咱俩换换吃，我喜欢吃红薯"。近在眼前的范媛，瘦挑挑的身上飘散着一缕一缕青春的气息，这气息被轻风吹进宋丰年的灵魂，像是青梅的花香，袅浮起灵虚的优美，让宋丰年的灵魂安然。

事业工作领域，宋丰年可谓叱咤风云，但内心深处却有着十分细腻甚至有点脆弱的情感，在老百姓面前，他总是表现出一种真诚的人道关怀。在改革开放后发展社会主义市场经济的形势下，出现了社会利益的多样化和价值观念的多样化，但作为真正的共产党人来说，人民的利益应该始终是自己的最高利益，坚持全心全意为人民服务、做人民的公仆就是自己工作的价值和意义所在。宋丰年正是这样一位具有真诚的公仆情怀的新时代的领导干部。宋丰年能够在错综复杂的现实中成功，做出一番史无前例的事业，自然需要手段和技巧，但他成功的决定性力量却不在此，而是深层次的人格力量和人性光辉。

首先，是他超越功名利禄的、发自真心的呼唤，一种为百姓解决问题，带领大家解决生活问题的责任感。曾经宋丰年要修路，村子中有人说："你修啥路哩？有钱了给大家分分，路赖好都能走。"听到这些令人哭笑不得的话，宋丰年知道这不是一两句话就能给村人讲得通的，在巨大的文化鸿沟面前，他秉持责任感，解决一切困难，只为修路。后来的宋砦，电有了，路开了，一个城郊小村与郑州市的通衢大道贯通了，城市的路网、下水道、自来水、公共交通、通信设施水到渠成地进入了宋砦，基础设施的提升为后来宋砦实力的增强做了极好的铺垫。用宋丰年自己的话来讲，那就是"俯首勤耕不问岸，苦乐无悔拓荒原。心血换得芳草地，日日月月盼丰年"。他用他的担当、责任感换来了宋砦人的丰年之路！

其次，是他在管理者岗位上展现出的正直、廉洁、公平、自律。真心换真心，宋丰年用自己的真诚换取他人信任，大家愿意和他一起并肩作战。正如何其芳说的："去以自己的火点燃旁人的火，去以心发现心。"自宋丰年 1974 年当上生产队长至今，他领着父老乡亲踏踏实实干了几十年。在一次家庭会议中，宋丰年说出了自己的筹划——对手下产业进行股份制改革。先后召开党总支会、新老村委班子会、党员村民代表会等，他让弘润华夏大酒店支委、宋砦新老村委班子和全体党员，向所有村民、职工做好细致的传达，一股 5 万，一人最多可以买 10 份。明明白白往老百姓手里送利益，没有哪个股份公司会有这样的承诺。法度之外，宋丰年一如既往地倾注着对乡亲们的融融情意。正是宋丰年的正直与廉洁，才有了乡人们的全部信任。"地势坤，君子以厚德载物"，宋丰年创业不止，时刻不忘惠济百姓乡人。

显然，单凭宋丰年一个人，无法完成改革的使命。曾臻主要从两个方面为宋丰年的大刀阔斧注入能量源泉：一是中国改革开放的大势所趋，新时代的洪流已经势不可挡。1978年十一届三中全会翻开了中国历史的新的一页。党和国家的工作重心从阶级斗争转向经济建设，开始了全面改革开放的新时代。历史开始拨乱反正，春风化雨洒江天，宋丰年摘掉"黑帽子"，再度当选生产队长，终于可以没有顾忌地施展自己的才能了！二是宋丰年对理想信念的执着追求、把握大局的超前思维以及敢为天下先的开拓精神。相比1978年安徽凤阳小岗村十八位秘密签下"大包干"契约的农民，宋丰年早在1974年担任生产队长时，就搞产量、报酬联动，包地垄到劳力，提留分配与地垄收成直接挂钩，从而激发生产活力，省出劳力搞副业，给社员分红，比小岗村的"大包干"整整早了四年。在实践的过程中，面对公心沦陷、人性变异，宋丰年秉承"大道至简，道法自然"的原则，不强扭，不鞭笞，把着人性的天然根脉，经过深思熟虑，大胆改革。"民生在勤，勤而不匮"，让人们充分领会到劳动是生活富足的根本，而且富有活力的创造性劳动将产生更高的价值。虽然改革开放已经开始，但大多数人还停留在计划经济的定式中，如很多商品仍在凭票供应，吃饭凭粮票等，但那时的宋丰年已经锐意进取，学会"空手套白狼"！他从书上学会了油漆的传统制作方法，工艺简单，成本低廉，盈利空间大。租了三间闲房当作坊后带领几个人办起油漆厂，成为村子中最早的万元户。后来在深圳、广州的经历又让他内心的世界大门敞开得更大，南方之行，眼界大开，他在深圳以3万一亩的价格买下了100亩地，以他特有的经商智慧抢占先机，为之后的大展宏图打好"地基"。

曾臻的写作植根于日常性的生存形态里面，并且她对宋丰年的日常有着一种独特而深刻的理解和认同。日常并不是表象，不是浮泛的表象生活，它是由人的行动、行动结果、行动意义等统一组织起来的。曾臻笔下的宋丰年，清晰、平凡、血肉分明。曾臻将日常性处理得不再流于生活表面的纷繁热闹，而是将叙事深入宋丰年的经历及心态变化。把横向的生活与纵向的内心变化交织起来，横、纵两种力量互相碰撞，塑造出真实、灵动、有温度、有色彩的宋丰年形象。曾臻在局部描写方面，也有着独具匠心的设计。比如，宋丰年出生时的奇特景象描写：父亲在耿爷家正愁如何给刚降世的孩子起名时，只见"呼———一股狂风破门而入，裹进一地雪花，灯苗儿险些被吹灭"。天降瑞雪，吉兆是也，故取名宋丰年。这一处并不是为了给宋丰年这个人物增添多少神秘或强大的主角光环，而是通过名字奠定了宋丰年伟大而不凡的一生，他用六十多年的长度为宋砦人丈量了丰年之路，为宋砦村照亮前方的每一寸。

曾臻的《丰年之路》，对全国劳动模范、宋砦村党支部书记宋丰年的人生给予了完整再现和深度挖掘，同时艺术而真实地展示了宋丰年立体多维的人生实践及其感人至深的人格力量。无论是宋丰年领导的多种改革，还是他不断地人生实践，《丰年之路》都做到了从"报告"向"文学"的升华，有着较强的文学意味。二十三万字的厚重，我想支撑曾臻写下去的并不是文学形式，而是她真正做到了由人及己，再由己及人地对丰年之路的体认。

一个人只有真正面对过自己，真正地和自己的心灵对话，他才能够对生活抱持一种踏实深刻的耐性和冲劲。地球相对于宇宙是渺小的，我们相对于地球如同尘埃一般，甚至连构成尘埃的一颗原子都算不上，可即便如此，宋丰年依旧将毕生心血都投入了宋砦这片土地。他将内心对于美好、温暖、光明、崇高等执着的追求都献给了宋砦的土地和人民。

李曼，郑州大学文学院 2020 级硕士研究生，研究方向：中国当代文学。

宋丰年精神品质的解读

王琳

《丰年之路》以时间为序，真实地记录了宋丰年带领宋砦村村民从贫穷走向整体富裕的风雨历程。宋砦村从一个偏僻落后的小乡村到成为现在的全国"十佳小康村"，宋丰年付出了巨大的努力和牺牲。正如书中所说："卑屈不以为贱，艰难不以为苦，迫害不以为意，利众不以为烦。"这四者皆表达于宋丰年的人生命运里，也是他成功的主要原因。

一、善良仁厚的心灵

原生家庭会对一个人的人生观、价值观产生很大的影响。1948 年，宋丰年出生在一个叫宋砦的小村落里，虽然生活不富裕，但爷爷奶奶的仁德，给小丰年酿就了温馨的生长环境。祖辈的训诫开导，使他懂得了做人之道、交友之道和待人接物的规矩。宋丰年就在这样宽泛仁

爱的环境里自由自在地成长，善良仁厚的种子也在他生命中生根、发芽。童年时期从父老乡亲身上享受到的温暖与呵护成为他后来人生中不停地报答乡情乡恩的浓重情结。宋丰年始终把村民的利益放在首位，他要实现的不是个人富裕，而是带领村民走向共同富裕。改革开放后，宋丰年将自己的油漆厂无偿捐献给宋砦村集体，将人才和最好的教育资源引进宋砦村，为村委建图书馆，对村民进行普法宣传。宋丰年生活简朴，只吸廉价烟，喝一毛烧，却愿意出钱给六十岁以上的老人发生活福利补助。在"第一家园""第二家园"建成后，他主张在小区里设立多项文娱活动，改变管理模式，真正让村民过上了少有所教、壮有所为、老有所养、病有所医、和谐丰裕民主的生活。

二、坚韧不拔的意志

"天行健，君子以自强不息"，宋丰年的一生就是在与命运的"不可能"做斗争。1961年，为了缓解家里劳作的负担，宋丰年一连挖了五六天红薯窖。红薯窖的潮湿闷热再加上宋丰年身子单薄，几天后，他被诊断为急性风湿性关节炎。面对疾病，宋丰年并没有被打垮，他将自己倒挂在树上，每挂一次，就像经历一次酷刑，结缔组织中的炎性粘连被一次次撕裂、弥合、再撕裂……宋丰年以坚强的意志战胜了疾病，走出了生命的炼狱。为了洗刷"黑五类"子弟的身份，宋丰年在水库工地上苦干了一年，抢着做最危险的事，以全心全意为人民服务的道德标准要求自己。为了清理泥沙，他又在寒冷的冬天带头跳进澄沙池，连续战斗了三天三夜，无愧于"特级战斗英雄"的称号。中华民族有许多具有坚韧不拔意志的人物，古有大禹、后羿、司马迁，现有张海迪、邓亚萍、宋丰年等，他们身上呈现的是中华民族优秀的文化沉淀与精神特质。

三、乐观豁达的胸怀

乐观豁达的人，不计较一城一地的得失，得之淡然，失之泰然，故能成大事。李白的诗和苏轼的词对宋丰年乐观性格的形成产生了很大的影响，从李白的诗中，宋丰年读出了一种积极用世的情怀；从苏轼的词中，宋丰年体会到了超然洒脱的情怀。改革开放之初，宋丰年成立了自己的中州油漆厂，当生意越来越好时，厂子却意外失火。这对刚创业的人来说是个巨大的打击，可宋丰年不同，他只淡淡说了声"没事，火烧财门开"，不久后又盖起了新房，成了万元户。"春夏秋冬当自然"是宋丰年常说的一句话，也是他对人生领悟之旷达。宋丰年用人一向"英雄不问出处"，他亲自请"文革"时被打成"反革命"的大学教授刘贵翘到宋砦村讲课，两人意气相投，成了莫逆之交；他还聘用坐过牢的耿景武做自己的助手。比起这些政治身份，宋丰年更看重的是一个人的能力和品性。宋丰年经常开导村委会成员，告诉他们要有开阔的心胸，要领着村民往好处去。在宋丰年的感召下，每个村干部都"俯首甘为孺子牛"，活出了生命的意趣和高尚。

四、无私奉献的精神

"站着要给百姓当伞，躺下要给百姓当牛"是宋丰年作为村干部的座右铭。他的所作所为也体现出了"拓荒牛"的精神。1979 年，宋丰年成立了自己的中州油漆厂，后来他以油漆厂做抵押，解决了村里的用电问题；又和刘贵翘"程门立雪"，连续几天守在供电局局长家门口，用诚心感动了局长，解决了企业的用电问题；再后来他说服村民拆掉宅院，为村里修路。为了改变宋砦村落后的面貌，让村民都过上好日子，他改变了传统的耕种模式，发展庭院经济，并出资为村民买了一万株葡萄苗儿；为了让乡亲们转变观念，改变种植结构，他拖着浮肿的双腿去辽宁营口葡萄基地做实地考察取经；为了如期参加佛寺开光仪式，他刚做完手术就要离开医院。即使犯了心脏病，他也要严格把控"第二家园"工程的质量关。宋丰年永远都把宋砦村放在第一位，让村民摆脱贫困是他最大的愿望，他创立了弘润华夏大酒店，坚持让所有村民参股，实现利益共享。宋丰年认识到不仅要实现村民的物质富裕，也要实现他们的文化和精神富裕。他用自己的钱买了上百套台湾漫画家蔡志忠的经典文化漫画集，给每家都送过去，让村民学文化长知识。他把教授、高管、法官等人才引进宋砦村，推动了宋砦村的文化发展。他重视文化教育，鼓励青年人努力学习，提高学生升学激励奖金，准许从宋砦考上的研究生带薪学习，为引进的人才解决就业问题和子女的上学问题。正如宋丰年所说："一个人没有精神不行，不学文化不行。任何一个有成就的人都是饱学之士。有了文化，精神世界也就丰富起来，知道该怎样活在世上。志士不饮盗泉之水，廉者不受嗟来之食，人要活得有骨气，明荣辱知廉耻，得活出个好名声。"

五、超前发展的眼光

宋丰年的思维是活跃的，眼光是独到的。他喜欢按自己的想法做事，对人和物都有自己独到的见解。在统购统销政策不允许自由买卖的情况下，他冒着风雨从郑州带些针线扒火车跑到驻马店乡下，挨门叫卖，还约青年人扒火车赶"鬼集"。1974 年，宋丰年当上生产队长，实行包地包产到户，调动了社员的劳动积极性，迈出了大胆改革的第一步。随着中国经济改革发展，宋丰年抓住了机遇，成立了油漆厂、福利化工厂、玛钢厂、耐火材料厂、农工商贸易公司等工商企业，后来又创建了弘润华夏大酒店，带动了整个村子的经济发展。同时他带领宋砦人走"以二带三"的路子，以土地引人才引资金，开发具有市场优势的产品，发展工业经济，从而带动第三产业的繁荣，继而发展商贸经济，完成了由农业向工业的全面转型，全村人的思维都在随着宋丰年转变。宋丰年没有高空虚蹈的大调口号，没有虚妄的梦想，他从实际出发，脚踏实地地带领村民进行切实的改良，摆脱贫困，让百姓都过上了好日子，将一个泥水杂草连蓬荜的贫陋村落创建成"中原明星村""全国文明村""全国十佳小康村"。

《丰年之路》用大量真实生动的语言写出了宋丰年的智慧和品格。面对众多的困难，宋丰年始终不放弃，实事求是地探索前进的道路，他改变了村民固守僵化的思想，缩小了城乡差距，推动了村庄的转型发展。《丰年之路》不仅是宋丰年的个人发展史，也是宋砦村的发展史，更是中国农村发展的缩影。习近平总书记曾说："做好基层基础工作十分重要，只要每个基层党组织和每个共产党员都有强烈的宗旨意识和责任意识，都能发挥战斗堡垒作用、先锋模范作用，我们党就会很有力量，我们国家就会很有力量，我们人民就会很有力量，党的执政基础就能坚如磐石。"宋丰年践行了习近平总书记说的话，他作为一名共产党员，时刻严格要求自己，并与村委班子成员约法三章：一不拿群众的，二不吃群众的，三不让群众担风险，努力践行全心全意为人民服务的根本宗旨，在平凡的岗位上实现了不平凡的人生，赢得了百姓的尊敬和社会的荣誉。"俯首勤耕不问岸，苦乐无悔拓荒原。心血换得芳草地，日日月月盼丰年。"这是宋丰年自己写的诗，也是他的情怀。我们要以宋丰年书记为榜样，学习他身上美好的精神品质，为祖国的繁荣富强贡献自己的力量。

王琳，信阳师范学院文学院2021级硕士研究生，研究方向：学科教学（语文）。

瑞雪兆丰年，丰年留客足鸡豚

王若凡

　　因自己才疏学浅，不敢也没有能力对曾臻老师的《丰年之路》这本书妄加评论，只能借此契机说一些自己对"丰年之路"的感受罢了，也算是我读研期间非常珍贵而又愉快的一段经历了。这是我第一次做学术会议的志愿者，非常幸运也非常感谢能有这样的一次机会，遇到了很多厉害却又亲切的老师和同学，更有幸借此机会认识了一个我以前从未了解过的宋丰年先生。读了曾臻老师的《丰年之路》，我对宋丰年这一人物的感觉变得既亲切，又遥远和陌生，亲切的是自己真的见过宋丰年先生几次，还有喝过一杯酒的"交情"。第一次见宋丰年先生有种眼前一亮的感觉，他的衣服和头发都非常整洁讲究，步伐坚定而又沉稳挺拔，见到我们这群志愿者跟他打招呼，宋丰年先生都会点头微笑致意，给人比较平易近人的感觉。儒雅与桀骜奇妙地融合

在了一个人身上，眼神中透露出的是坚毅与看透世事的淡然，深邃的令人琢磨不透的目光下是宋丰年先生丰富多彩的经历的积淀，所有过往的沧桑云烟或许都留下了一丝难以磨灭的痕迹。

读了《丰年之路》，这本书的确像是宋丰年先生一生的缩影，一个人的经历能如此丰富并有如此的成就，让人佩服不已，这不是常人能承受的。正因如此，书中的宋丰年先生才会给我以更高更远的感觉，这样的奇人是我只能在书中才能看到的，与现实生活联系起来，或多或少有一种不真实和奇妙的感觉。宋丰年，送丰年，这名字可真好听，仿佛一听见"丰年"两个字，脑海里就出现了冬夜屋外下着鹅毛大雪的情景，这情景给人以静谧，给人以惬意，给人以遐想，"瑞雪兆丰年"这句话说得可一点也没错。二月河先生作的《序》中有一段话我觉得很能代表宋丰年先生的人生写照："他常说，一个人活在世上，能享用多少？因此，不是你占有了多少，而是创造了多少。不能让生命闲置着变得无用，不要让能力浪费掉！"从宋丰年先生为宋砦村所作的努力，为全村百姓"撑伞""做牛"的奉献精神都可以看出来。在宋丰年先生和全村人的共同努力下，一个贫陋村落摇身一变成了"中原明星村""全国文明村""全国十佳小康村"，这不仅是一个城中村从贫穷走向共同富裕的致富典型，更反映了一种城郊农村融入都市的时代性跨越。书中《雪舞丰年》这一章读来很有《白鹿原》的感觉，亲情、血脉的延续，村里的风俗，淳朴的人情，村里的人与事都无形中让小丰年懂得了做人之道、交友之道和待人接物的道理，也或多或少影响着他以后的人生之路。小丰年的童年感受到了周围人的爱与善意，难得的是他也学会了如何去爱别人，如何给予，舍比得更难，小丰年的爷爷在小丰年的童年启蒙中扮演了至关重要的角色，质朴的话语中却是最为温暖有力量的告诫："朋友来了，好酒好肉要尽着朋友吃，那样，朋友才能跟你交得长远。一个人要光顾自己，不顾别人，那谁还跟你交朋友哩？"小丰年的童年精彩又充满活力，才造就他体魄与心灵的全面成长。小丰年不愧是以后要做大事的人，"孩儿们无论大小，对宋丰年都言听计从。宋丰年以智慧和敢于担当的义气，成了'猴王'"，从小就显示了他的有勇有胆、有领导能力和远见的卓识。之后的宋丰年经历过"文化大革命"和阶级斗争等一系列与时代个人命运息息相关的磨炼，智慧、经验和胆识的逐渐积累为宋丰年以后敢于开创、拼搏的精神打下了基础，宋丰年先生不仅有勇，也有谋，"宋丰年认为一个人应该智慧地生活，把自己的聪明才智发挥到淋漓尽致，把要做的事情做好。如果有能力而不去发挥创造，那就等于浪费生命，白活了"。这种见识是非常难得的，许多人平庸一生，碌碌无为，正是因为安于现状，不思进取，这种冲劲、干劲对我们来说是一个很好的启迪。也正如作者在书中所说:"人活着,暖阳熏风、冰雪寒霜,经历着,是为人生;放怀拥抱一切,将生命潜能发挥到极致,当为无愧。"改革开放后,宋丰年迈出了大胆改革的第一步,敢想敢干,虽然屡经挫折,自己也饱受疾病折磨,做手术、置换心脏瓣膜,每次都是从鬼门关走了一遭,但他仍坚定不移地带领全村人民往致富的道路上前进。

除了在事业上敢于奋斗拼搏,宋丰年先生对待百姓和亲朋好友都是重情重义,既是"拓荒牛",又是百姓和家人的"伞",不仅让宋砦村的百姓在物质上富裕起来,宋丰年先生更注重宋砦村的文化和法治建设,成立以中国传统文化为主题的大酒店、举办村级法治论坛、注重教育等行为,都是宋丰年先生呕心沥血为宋砦村人的贡献与付出。宋砦村的父老乡亲用自己的爱和善意滋润了小丰年的内心,他是吃百家饭长大的啊,现在正是需要他为百姓做事的时候了。"这一刻,宋丰年觉得自己的生命是属于整个宋砦村的,宋砦人需要他,倚重他,指望着他。他必须挺直脊梁站起来,站着要给父老乡亲当伞,躺下要给父老乡亲当牛,甘为乡亲们鞠躬尽瘁!"在现在这个人人为己的时代,为官一方而能真正为了百姓的幸福考虑、奋斗的人能有几个呢?改革开放后,面对城郊村未来发展的困境,城市飞速地扩张,而郊区的乡村是否能搭上城市发展的快车,如何发展转型成了宋丰年先生必须思考、决断的问题,他大胆地规划了之后宋砦村的发展前景要与城市全方位接轨，"请市规划局为宋砦科学地设计出与都市相协调、布局科学的居民小区。卓有远见地对村庄进行城市化改造，宋砦可谓是中原改造第一村"，并在之后解决了一系列动员村民搬迁的困难阻挠，让宋砦人终于从泥土中走了出来，过上了城市人的生活，这一过程当然要经历无法言说的不舍和苦痛，让世代依附于土地的宋砦人离开祖祖辈辈居住过的土地，搬进钢筋水泥的楼房，其中必定要做出巨大的牺牲。而为了让宋砦人真正内化为文明守法的城市人，宋丰年先生在居民小区内设立了图书馆、美术馆、老年活动中心等各种提高宋砦人精神文明的设施建设，全面提高宋砦村民的文明素质。功夫不负有心人，2002 年 8 月，宋砦被纳入郑州市金水区东风路街道办事处，设立了宋砦社区，改宋砦村委会为宋砦居委会，宋砦村终于迈向新的时代发展之路。在宋丰年先生的人生哲学里，让百姓过上好日子是为大道，即"百姓日用即为道"。而在宋丰年家中，他既是家里的大哥，长兄如父，又是家里的一家之主，是兄妹几人的精神支柱和依靠，宋丰年先生承担了太多。

2021 年 5 月 13 日，作为《丰年之路》新书发布暨研讨会的一名学生志愿者，我跟几个同学提前来到了弘润华夏大酒店，做了两天会议志愿者，认识了很多可爱又亲切的老师同学，这是一次非常难忘的经历。虽然只是一名学生志愿者，但也能处处感受到宋丰年先生举办这场活动的热情用心和对到场嘉宾的尊重，宋丰年先生对待我们这群学生也是如此，非常感谢。我也有幸见到了《丰年之路》的作者曾臻老师，并说了几句话，非常开心，给我的第一感觉是曾臻老师应该是一个非常谨慎认真的人，她非常认真用心地对待这次会议。《丰年之路》这本书的封面设计得非常吸引人，大面积的黄色麦田，颇有凡·高《向日葵》《呐喊》《星空》这类画作的感觉，中间有一个佝偻着背往前走的人，"丰年"与宋砦村都与土地有着分不开、斩不断的联系，这是"丰年之路"很好的写照。另外之所以用"丰年留客足鸡豚"这句不太恰当的诗句作为题目，纯粹是因为我自己本人对那两天吃的东西印象比较深，既有非常丰盛的自助餐，也有宋丰年先生亲自请我们几个学生志愿者吃的大餐，这种热情与尊重让我非常感激。因此，非常衷心地祝福宋丰年先生身体健康，在他带领下的宋砦村能越来越好！

王若凡，河南大学文学院 2020 级硕士研究生，研究方向：中国现当代文学。

从改革开放实践中走出来的农村"新人"
——评报告文学《丰年之路》

席新蕾

　　《丰年之路》由南阳女作家曾臻执笔，二月河作序，主要记述了全国劳动模范、郑州北郊宋砦村党支部书记宋丰年的人生之路。"丰年"是宋丰年的名字，也寓意着他带领全村人民脱贫致富、走上幸福的丰收之年的美好图景。《丰年之路》作为报告文学，它的独特魅力在于文字背后有着充实丰盈的现实材料做支撑，故事有具体可感的生活细节为凭依，所以这里论述的农村"新人"宋丰年的"新质"，与一般意义上乡村小说中虚构的"新人"形象相比，更多了一层鲜活性、真实性和探索性。本文所谓的"新人"指的是走在时代前列，具有特定时代精神的理想人物。"时代同构、精神引领是农村'新人'形象的基本文化内涵。"[①]对《丰年之路》中宋丰年身上的"新人"特质进行挖掘和

探讨，一方面，可以加深对改革开放进程中以宋丰年为代表的农村带头人在时代变迁里所经历的抉择、蜕变和成就的理解和感悟；另一方面，宋丰年推动宋砦变革的宝贵经验某种程度上也可以为我国的社会主义乡村振兴提供一些借鉴和启发。《丰年之路》的文学之"用"体现在，它不仅仅是一部关于乡村带头人宋丰年的人生传记，更重要的是一个关于时代、乡村的缩影。我认为，宋丰年身上所蕴藏的巨大生命能量和宝贵精神财富，正具备了社会主义建设新时期乡村振兴所需要的"新人"特质，这是开启我思考与写作的逻辑起点。

《丰年之路》中的主人公宋丰年距我并不遥远，在阅读过程中我不断地将传记中的他与我见到的他进行照应与补充。初逢宋丰年书记是在 2019 年冬季，那时的我作为学生志愿者代表有幸参加了田中禾先生创作六十年暨《同石斋札记》研讨会，会上他与田中禾先生同坐在前排，印象中是一位精神矍铄、风度翩翩、不善言辞、极富人格魅力的长者。他为人温和宽厚、低调谦逊，他身后的"全国十佳小康村"宋砦生机勃发、欣欣向荣，这引起了我强烈的好奇心。再次见到宋丰年书记是在 2021 年春天，恰逢《丰年之路》新书发布暨研讨会之际，会前收到由曾臻女士创作的装帧精美的《丰年之路》，带着最初的好奇和仰慕一口气读完此书，发现宋丰年的人生经历比我想象的还要坎坷、复杂和精彩，宋丰年的形象也更加丰满、立体、亲切。读罢此书，我脑海中出现了两个宋丰年形象：一个是有人间烟火气的农民宋丰年，这主要集中在该书的上部，他是一位有情有义、有血有肉、有侠义风骨和诗情雅趣的北方男人，他曾经体验过青涩爱情之苦，也曾因繁重体力劳动而患病，青春期的宋丰年有着极强的叛逆精神，他敢于打破常规解救被批斗的老干部，成为一方一个响亮的名字。另一个是具有英雄主义色彩的干部宋丰年，这主要集中在该书的下部，改革开放之后，宋丰年迎来了人生的春天，他在任宋砦村干部时，无私奉献，锐意改革，敢想敢干，带领宋砦村村民一步步走上了文明致富的发展道路。这两个宋丰年形象其实是融合交叠在一起的，因为没有发自内心对人性本然的理解和尊重，就不会有怀着悲悯之心，懂得顺应人性进而能充分调动村民积极性、带领村民发展致富的干部宋丰年。同时，我也在思考，作为农民的宋丰年和作为干部的宋丰年两者是如何融为一体的？两者在融合的过程中是不是也会有冲突和矛盾？正如有评论家对《创业史》中梁生宝的农民形象和革命者形象进行分析时，认为人物身上的"这种冲突也才是融合真正深入的体现"。②确实如此，像宋丰年这样在改革开放浪潮中奋勇搏击几十年的乡村干部，他们身上必然会凝聚着时代赋予的丰富故事和复杂性格。《丰年之路》虽然也涉及了主人公身上"新"与"旧"的特质在融合中的冲突和矛盾，但是对这一复杂辩证过程展现得并不多，也许是因为作者在主人公身上寄托着对村镇干部的理想。

总体来讲，我最深切的感受是：世间真英雄，皆由凡人出。《丰年之路》中的从实践中走出来的宋丰年正印证了这一点。

"英雄"是研讨会上专家学者评价宋丰年时使用的高频词之一，一位出身贫苦农村的人能够在改革开放时代成为英雄和楷模，身上必然存在着超越一般农民的眼光见识和性格气质，也可以说这些特质构成了一种农村"新人"。我认为，农村"新人"宋丰年之"新"，首先体现在他对文化和法治教育的高度重视上。20世纪七八十年代，中国进入改革开放以后，乡村也在大踏步向现代化迈进，但在谋求乡村发展的过程中，有些乡镇干部过于重视可量化考评的经济发展指标而忽略掉文化法治建设。宋丰年作为宋砦村的党支部书记，对文化和法治教育格外重视，这不禁引起我的好奇，宋砦奇迹是否也与这一因素有关？据《丰年之路》记述，宋丰年本人喜爱文化、喜欢吟诗作赋。文化也给予宋丰年生命的韧性和能量。宋丰年出生在郑州北郊宋砦村，家境贫寒，青年时操劳多病，曾被划为"黑五类"子弟，走南闯北，吃尽苦头的宋丰年在改革开放后能够顺应历史潮流，带领着宋砦村村民走上现代化的道路。这说明宋丰年首先打破了自身的小农意识和文化缺陷，其思想见识已经超越了一般农民水平，具有了"新"的素质。例如，他能够认识到农民进城，不是简单的身份转变，更是思想方式和生活方式的转变。他带领宋砦村民创业时，把人才任用放在首位，兴办"借脑"工程。

他求贤若渴，知人善任，亲自到北大高才生刘贵翘家中做客，用真心诚意将其引进到村委会班子中。他还善于发现问题和解决问题，看到"文革"后年轻人的精神贫瘠现状，他认识到要以文化浸润年轻人的品性，在村里兴办图书馆，甚至自费添置图书，等等。这些实实在在的事例正反映出宋丰年对文化和精神的重视，这些措施也为宋砦村的持久发展提供了源源不断的精神动力和智力支持。宋丰年对宋砦的文化建设有独到的认识："这也是社会主义新农村建设进入一个更高阶段必须跨越的阶梯。我们已经完成了从贫穷宋砦向富裕宋砦的转变。现在需要的是如何将富裕宋砦打造成文化宋砦，进而实现和谐宋砦的目标。"③只有坚持经济建设和文化建设"两条腿"走路，宋砦才能走得远、走得好。在《普法倡德》中，重点讲述了宋丰年勉力推动法治宣传教育，对村民进行普法宣传教育的故事。《丰年之路》中写道："他决定在弘润华夏大酒店创办法治展馆、开设普法讲坛，对社会和基层百姓进行学法、知法、守法、尊法、用法的长期公益宣传活动，弘扬依法治国的理念。"而使宋丰年下定决心重视法制宣传的原因是看到有些村民把自己的毕生储蓄丢进了非法融资的陷阱里，导致血本无归，倾家荡产，他意识到村民们法治意识淡薄、政府监管不力给宋砦发展带来的风险。对风险的准确预判和对新事物的积极接纳和学习，正说明了宋丰年这位农村"新人"身上有着超越一般人的眼光和魄力，他始终能够走在时代前列，具有时代精神。

农村"新人"宋丰年之"新"还体现在现代化发展道路面前敢闯敢干、行事坚毅果决的特质上。面对改革开放带来的利好政策，他没有瞻前顾后、踟蹰不前，而是激流勇进、敢为人先，体现出作为乡村干部极强的执行力和领导力。例如，面对城市狂热扩展的趋势，宋丰年意识到乡村发展转型的必然与改造的必然，就大胆地把宋砦建设往前推进一步，与城市全方位接轨。他更认识到农村在与城市接轨的过程中必然伴随阵痛，为了生态发展他忍痛大胆砍掉污染企业，改造或淘汰无法适应市场竞争的低能企业。这些措施实施以后，宋砦发展面临了严重的资金的短缺，这对当时的他来说是一场巨大的考验，但他深知开拓创新是要冒险的，并始终认为要实现人生价值，还是要坚持开拓创新。

其实，宋丰年身上既有改革开放时代的"新"特质，也具有传统文化的"旧"积淀。宋丰年书记带领乡人共同致富的理念就契合了古代文人的大同社会理想；他大公无私、舍己为人的好品质也是农民文化的典型体现；他不把自家富裕作为最终目的，在富裕之后义不容辞承担起社会道义，体现了儒家的"仁爱"思想；他品行高洁，上善若水，践行着道家的做人智慧。例如，在创办法治展览馆时，酒店要拆掉客房腾出一千多平方米的场地，这是一笔巨大的经济损失。但是他却告诉儿子："一个人如果只把赚钱作为目的，生活的境界就太过狭隘了；这个酒店如果纯粹只为赢利，那就不是我要建酒店的初衷。"再如，他在晚年对手下的全部资产进行股份制改造，让宋砦的父老乡亲们入股，实现酒店发展与村民理财之间的互惠互利。宋丰年在大刀阔斧砍掉污染企业后，面临着集团无力偿还巨额债务的窘境，当时除了老同学出手相救，再没有其他人给予资金上的援助，曾经一腔厚重的情义撞到了冰冷的钱币上，他最终却能以善良平和的心态对待人和事。这些思想和行为背后，浸润着厚重的中国传统文化和传统道德，这也许是农耕文明和传统文化在中原具有顽强精神基因的一个佐证。

宋丰年是一位在改革开放浪潮中奋勇搏击、充分释放自身能量的乡村干部，他经过不懈探索与努力，带领宋砦村村民走向了整体富裕的丰年之路。在他身上，"新"与"旧"的文明特质进行着巧妙地融合、重构，在新的时代语境中产生了丰富的内涵与意蕴。《丰年之路》某种程度上可以看作一面对中国乡村振兴进行路径探索的镜子，主人公宋丰年身上具有的丰富性、复杂性和探索性的可贵之处在于他是一位从实践中走出来的，并且能够切实指导乡村发展的领路人。正如温铁军等在回顾改革开放40年与乡村振兴时所论述的那样："20世纪的遗产里面有两个部分：一部分是西方强加给我们的殖民化的产物，例如，工业化、城市化、私有化、市场化、全球化、普世价值等；另一部分是从我国五千年传统里面传承下来的以被压抑的方式存在的由内而外的自主创新的产物，例如，农耕文明、农村土地集体所有平均分配使用权、集体英雄主义、人民代表大会制度等。在中国生态文明对西方工业文明的反攻阶段，我们必须认真清理 20 世纪的思想遗产，改变过去跟着西方亦步亦趋的状态，建立思想理论上的自主性。"[④]中国的乡村振兴要走自己的路，乡村的发展和未来命运靠的是自己，乡村振兴也需要有更多像宋丰年这样有眼光、有胆识、有理性判断力和极强执行力的乡村干部。虽然"宋砦模式"不是现成的，也不可复制，但是宋丰年书记这种开拓进取的精神和与人为善的胸怀却可以久久传承。如果非要追问"宋砦模式"是什么？那么可以说，宋砦人不伸手向政府要钱，只向政府要政策。没有党的富民政策，就不会有宋砦现在的面貌。而如今，乡村发展正赶上国家提出乡村振兴战略的良机，我国的乡村发展有望勃发出更多的希望图景。

注释:

① 陈国和:《近年来农村"新人"形象书写的三个维度》,《中国文学批评》2020 年第 3 期。

② 贺仲明:《论 20 世纪 50 年代至 80 年代文学中的农村"新人"形象——从人物主体性角度出发》,《文艺争鸣》2020 年第 1 期。

③ 贾靖宏:《宋丰年：从思想文化上真正进城的农民领军人》,《中华儿女》2009年第11期。

④ 温铁军、邱建生、车海生:《改革开放40年"三农"问题的演进与乡村振兴战略的提出》,《理论探讨》2018年第5期。

席新蕾，郑州大学文学院2019级博士研究生，研究方向：中国当代文学。

丰年之路究竟是条什么路？

叶可贤

《丰年之路》是一部传记，由曾臻为宋丰年所作，因而是一本他传。现代传记对象具有大众化的特点，并不限于古代的王侯将相。宋砦村作为河南的一个小小村庄却能牢跟时代步伐，未曾被政策抛下，反而多有先政策而行之时，这在全中国也是少有的。而这一切都离不开宋丰年。这本书以宋丰年为中心人物，将他生命中的重要事件与重要人物皆网罗了进来，按照时间线描述了他带领宋砦村走向富裕、开放的故事。

面对不同的情节，作者笔墨有浓淡之分，叙事详略得当，例如关于宋丰年本人婚姻爱情的篇幅在整本书中的占比就比较小，但这些小篇幅的内容同样揭示了宋丰年的人格特点。在事实的考究上，作者曾多次拜访主人公，这使得书中的内容更加真实可信，立论有据有考。作者的议论不时穿插在叙事中，鲜明表达了作者的感情态度，

叙议结合自然。语言上通俗易懂，在人物对话时还原地方语言，颇有河南地方特色。

该书以《丰年之路》作为书名，那么，丰年之路究竟是什么路呢？要谈这个问题，不如先谈谈"路"本身。

路好不好走，和时代有关系。

身处环境之中，人不可能不被影响，人是社会性的产物。

人的成长进程亦是他社会化的过程。幼年的宋丰年，深受先人的影响，爷爷奶奶为人仁厚，他们的仁德为小丰年创造出了温馨的生长环境，从此，善良与付出成为他生命的底色。童年的宋丰年，唱红歌、参与"大跃进"运动，被红色文化浸润，他开始生出了为共产主义而奋斗的意志力。青年的宋丰年，在学校学习知识，他学会重视知识与文化，体会学习与生命的意义，埋下了未来用知识育人的火种。过往简单温馨而美好的生活，使善良、付出、奋斗、知识成了他生命的主旋律。

人不能不被环境影响，那么任何一个人就都无法逃脱自己生存的社会环境。宋丰年的生活，并不总是如他的幼年童年时期一般，充满天真与浪漫。事实上，自青年时期开始，宋丰年就开始领略人生的艰难，此时开展"大跃进"运动，年少的他尚只是疑惑：为什么明明是做好事，干革命，却令宋砦人失去了农民赖以生存的土地呢？

而那只是开始，生活的幕布慢慢掀开，露出了它充满艰辛的真面目。肃清运动开始了，历史书上如此轻描淡写的一句话，但落在一个人、一个家庭身上，就是一座沉重的大山。宋丰年的父亲宋福保戴上了帽子，"坏分子"帽子不仅仅让父亲承受批斗，也让他母亲精神失常了。宋丰年也成了"黑五类"子弟，从此游离在主流之外。此时的他开始质疑：口号天花乱坠，但百姓却食不果腹，衣不蔽体，这怎么能算好呢？

时代终于还是给予了他一个可以大展身手的舞台。改革开放后，宋丰年的生活得以回到正轨。人终究是依托时代的，这久违的春雨，终于落到了宋丰年身上，终于降到了宋砦村的土地上。若不是改革，他的能力应该往哪里使呢？而改革开放后，经济发展起来了，到处都是商机，从此，宋丰年带领宋砦村走上丰年之路。

路能不能走，和人有关系。

时代给人的限制不能说不大，但却不能将一切都归咎或归功于时代。人，渺小又坚强，即使在风暴中，也总有一些人能够抓住生活给予的机遇。

在家里生活最艰难的日子里，宋丰年凭借着自己的一双手与两条腿，硬生生地踏出一条小径，这小径通向的是他们小家的果腹。父亲年迈，母亲生病，几个弟妹尚嗷嗷待哺。宋丰年虽还年少，但已担起生活的重担。寒冬夜半时分，他带上妹妹去山里买能填饱肚子的红薯，路上就靠将冷窝头泡热汤来填饱肚子。他常去火车枢纽站扫车厢，以求捡些煤核当作灶膛里烧火的补给，这是在钢筋里讨生活了，一不小心就有生命危险，但他还是得这样干。人不能等穷，他冒着风雨扒上火车，带上东西去信阳赶"鬼集"，火车飞驰间，将人冻成一根冰棍。赶上"鬼集"，买下大米，转手卖出，倒手成粗粮。宋丰年的生意头脑自这时就已经初露端倪了。

在动荡时期，宋丰年选择用自己的方式保护他人，守卫自己心中的本真。母亲病情愈加严重，听见高音喇叭的声音就发病，逐渐失去了清醒。宋丰年开始了"反叛"，弄坏高音喇叭。他还开始积极参加斗争会，他表面表现积极，但实际上找准机会便将被批斗的干部拽离现场。他默默守护自己心中的良知，成了老干部们的救星。

在人被阶级化的时代，宋丰年用自己的血汗挣回了荣誉和尊严。当时，"黑五类"子弟常在工地干活。黄河水泛滥，需要修库蓄水，宋丰年随着民工大队来到了水库工地。宋丰年的心中有着强烈的自尊心，他想在这里做出一番事业，洗掉身上"黑五类"子弟的黑色痕迹。因此，他尤其积极地表现。运土方时，他的运土车装得最满，但他却跑得最快，即使肩膀已磨出血泡；劳动之余，宋丰年主动为大家挑来水喝；和他一起来的人已经轮换回去了，他却不走，仍留在工地上，终于赢得了"特级战斗英雄"的荣誉称号。这个荣誉成了他的救赎，有了这个荣誉，宋丰年终于能够抬起头来做人了，他重新获得了自小便看重的荣光与尊严。

在农民吃不饱饭的时候，宋丰年用智慧与坚韧喂饱了全村人的肚子。大家总是喊口号，却不能填饱肚子，宋丰年开始埋头实干了。宋丰年要下了宅基地，买砖头、砌砖头、垒土坯、买木料、做房梁，自己筑成了村里第一所红砖瓦房。宋丰年是个有生活智慧的人，他腾出时间搞副业，学习美国农民的"免耕法"，用到自己的生活实际中来。他的日子慢慢往好处过了。后来，他被选举为村里的生产队长，正式开启了他为宋砦村奉献的生涯。他教给村民如何科学种田，将书本知识和实践经验结合起来。宋丰年带着村里人将肉联厂里流出的血水引到宋砦的土地上，浇灌出了丰饶的土地，最终麦子的收成大丰收。他大胆决定，将劳动责任与产量相挂钩，提高村民劳动创造性。他还带着村民开始创业——熬制糖稀，最终拿到了客观的盈利。他用自己的能力，让村民的日子也往好处过了。

宋丰年的人生故事展现了那个时代最真实的面貌。但无论外界的环境如何变化，宋丰年本人的坚韧、智慧与付出却没有变过。道路确实是为时代所限制的，但总有人能够或顺势而为或逆流而上，采撷人生之果实。

丰年之路，究竟是一条什么路？

它是宋丰年的人生之路。宋丰年从宋砦村的土地中获取成长的养分，成人后，他又反过来用自己的血和汗浇灌这片土地。这条路走得并不轻松，宋丰年患有心脏病，这病源自他常年的辛劳。他的病，便是病了又好，好了又病，如此反复，但他用羸弱的病体和坚定的意志，带领着宋砦村村民走向富裕。他的生命旋律由善良、奉献与坚毅构成。

它是宋丰年带领宋砦村走上的致富之路。宋砦村由最初的一个小小村落变成了工业城，又最终融入了城市。它的一切都紧随着时代的脚步，这个村子由最初的重视农业到后来向工业化转移，最后又成功发展出了以商业、服务业为主导的个体经济。油漆厂、葡萄园、亨达集团、第一家园、第二家园、弘润华夏大酒店陆陆续续在宋砦村修建起来，它们不仅仅代表着宋砦村企业发展的过程，还展现了宋砦村人民走上富裕之路的历程。

它还是一条文化开化之路。文化的贫瘠导致精神的贫瘠，宋丰年把文化教育看作重中之重。他自己没有停止对知识的渴求，也没有停止对村民进行文化开化。在改革开放时，宋丰年就请来了贤能帮助他思考乡村的发展道路，他将这称为"借脑工程"。他修建宋砦图书馆、购买书籍送给村民，资助村里考上大学的学生、建设法律宣传平台。正因为提高了文化素质，宋砦村才能顺应时代的发展，紧跟政策的脚步。

宋丰年倾注热血，走出一条致富开化的道路。而在这条路上，财富和文化还将继续滋长着。这便是丰年之路了。

叶可贤，信阳师范学院文学院 2021 级硕士研究生，研究方向：中国现当代文学。

何以丰年？

朱颖颖

重读《丰年之路》，我还是被宋丰年的人格魅力深深折服，2021 年 5 月份在郑州见到宋丰年书记的场景依然记忆犹新。虽然他已经进入古稀之年，但是他身上那种低调和宽厚一下子拉近了他和我们年轻学生的距离。再次拿起这本书，我不断地思索，是什么让宋丰年走上了丰年之路？他的人生历程对我们来说，是一种仰望，同时也是一种激励。

一

家庭是人最温暖的港湾，是成长的摇篮，更是人形成良好价值观的重要基地。家庭家教家风在无形中对人产生一辈子的影响。宋丰年的童年生活可以说是备受关爱的，家人的耳濡目染和身体力行，影响了宋丰年的一生。比如：奶奶尽可能地帮助来讨饭的人，这让宋丰年懂

得善良。文中写道："这种愉悦滋养着他幼小的心灵，爱与被爱都是温润幸福的感觉，施惠与人的善行就这样在他稚嫩的生命里发育着……"爷爷也在日常生活中用一些质朴的俗谚不断教给宋丰年做人做事的道理，比如："吃尽人亏真铁汉，做完己事是英雄""人家吃了传名，自己吃了填坑""人过留名，雁过留声"，等等。这些朴素的人生哲理，让宋丰年在小小的年纪就学会了怎么待人接物、交友之道，变得勤劳和坚韧。偷吃邻居家中的点心，宋丰年没有受到呵责，而是得到爱与宽容，这反而让宋丰年萌生了一种自省意识。正因为祖辈心中的仁爱和善良，为宋丰年营造了一种友爱的乡邻情，使得他在乡邻周围备受关照。"爷爷奶奶的仁德，给小丰年酿就了馨暖的生长环境"，在家人的教导和邻里的关爱下成长起来的孩子，心中也充满了爱与感恩。

这些使得他后来把乡情看得格外重要，他不止一次说到自己是吃百家饭长大的，这后来让他不断感恩家乡的父老乡亲们。童年对一个人的影响不可谓不深。正如作者在书中所写："一个人将成就怎样的人生，要看在他童年的心田播下了怎样的种子，这种子会在他生命中生根、发芽，长成一片森林。"后来他在自己已经有所成就的时候，还不忘周围的乡亲们，把价值百万的油漆厂捐给了宋砦村集体。按照宋丰年的话来说就是："一个人不过是：一间房，一张床，一身衣裳，一张口，光身来光身走。一个人要光为自己干，干着干着哪儿还会有激情哩？"这样的人生理念与童年家庭教育可以说不无关系。

父亲的爱是深沉的，在家庭面临关键抉择时，能够给宋丰年以坚定的支持；母亲更是如此，即使在病危时刻，也不愿意耽误宋丰年的时间；在家人的影响和支持下，宋丰年成了更好的自己。

二

从小就善于思考，常常能够想到别人想不到的事，这让小小年纪的宋丰年就具有同龄人所不具备的能力。房梁上的黑馍为什么不能变为白馍成了他小时候心中存在的一个重大问题，在那个粮食匮乏的年代，吃饭问题成了首要问题，这也成了宋丰年的一个奋斗目标。

成立人民公社之后，建立了公共食堂，宋砦人失去自己的土地，小丰年忧心思索起来"这白馍还能吃多久"的问题。后来，人民公社因为没有粮食被解散，宋砦人也失去了家园。种种的现实，都让小小的宋丰年不断思索，就像文中说的那样："他是个勤于思考的孩子，怀有浓重的家园情结。"宋丰年思维还十分活跃，统购统销的政策不允许自由买卖，但是宋丰年不为所困，为了生计，走街串巷。在"鬼集"上与人做买卖，也显示出他的灵活性和商业头脑。在事业发展过程中，他能够审时度势，引领市场发展，从而使自己能够处于有利地位。

宋丰年有勇气，面对造反派的头儿，一身正气，不怕强权，最后征服了敌对者。他也凭借自己的胆识，在车站拉煤，为家人分担生计。宋丰年品性坚韧、不怕吃苦，同时具有一种永不服输的精神。为了帮家庭分担责任，自己一个人挖了两米多深的红薯窖后累倒，患上急性风湿性关节炎，不能走路。为了不当"老拐腿"，用顽强的意志跟病魔对抗，把自己的腿矫正了过来。为了抢救水库，宋丰年连续战斗了三天三夜，他身上这种大公无私的高贵品质，让整个人生都充满了光彩。

宋丰年之所以能够成功，很重要的一点是他具有高度的责任意识。对待家人，他这种责任意识从小就显现了出来，为了分担家庭重担，干重活，还小小年纪去城市里卖东西，在各地奔波买卖赚钱以补贴家用。后来成为生产队长，以队为家，时刻操心着队里的工作，为了能够带领大家致富，想方设法去带动社员们的积极性。他心怀乡邻，在富有的时刻不忘村人，给老人发放补助。为了提升村民的文化素养，还自掏腰包买大量文化书籍发给村民。在产业发展壮大时刻，毅然将企业改为股份制，全村参股，共同富裕。宋丰年还具有高度的社会责任感，由于化工厂对当地的环境产生不利影响，他断然为了环保叫停了工厂，文中写道："他惶悚而决然地说：'就是饿死，也不能生产这种东西了！'"在政府要将宋砦归入城市时，宋丰年毅然为了支持政府工作，不要相应补贴，服从国家安排。从小就有的这种责任感，让宋丰年在成功道路上越走越远。

宋丰年还非常具有前瞻性，知道社员们为集体劳作，没有什么积极性，在国家政策还不允许的时候就"包田垄到劳力"，以此来激发社员的积极性，这种模式比凤阳小岗村的"大包干"还要早。如果没有一定的远见卓识和胆量，怎么会让村民过上好日子呢？

一个人可以走得很快，但一群人可以走得很远。宋丰年在事业发展的期间，慧眼识人，把很多人才都挖了来，文化方面的大学教授，法律方面的精英律师，等等。同时，他海纳百川，在宋砦这块土地上，把各地有实力的企业也安扎在这里。开展各种活动，使得宋砦名扬全国。宋丰年所拥有的各类品质和能力，在某些方面某种程度上汇聚起来，成就了现在的宋丰年。

三

同时，我们不能离开大环境去谈论个人能力。人始终是处在时代之中，时代的好与坏，都会给人带来或大或小的影响。宋丰年能够顺应时代的发展潮流，在机遇来临时，不失时机，果断抓住，从而乘风而上，走向成功。

宋丰年获得一番成就之后，他一再强调改革开放给他们带来的机遇和发展空间。在食不果腹、衣不蔽体的时代，吃饭穿衣都是一个问题，为了生计，辛苦奔波，也不一定就能过上吃饱饭的日子。在十一届三中全会召开之后，从某种意义上讲，时代在进步，不管是农业方面还是工商业方面，只有在物质生活满足的时候，再去谈论精神生活才会有意义。这个时候，宋丰年可以说具有很高远的眼光和前瞻性，能够在好政策的引领下，把自己的能力完全发挥出来，充分调动生产力来发展生产，并且经营个体经济，开办油漆厂，从而抢先占领市场。到了 20 世纪 80 年代，政策更加开放，时代也更为自由，宋丰年抓住时机，进一步扩大生产规模。在国家政策和政府的主助力下，宋丰年的事业越做越大，众多的工厂联合成为公司，村办企业也正式变为了工商业。

再到后来，各种工厂企业入驻宋砦，这些都离不开政策的大力支持。之后，宋砦成为一种模式之后，很多外来者进行考察和采访，宋丰年说道："宋砦人不伸手向政府要钱，只向政府要政策。政策好，比什么都强，没有党的富民政策，宋砦不会有现在的面貌。"这也充分说明了时代环境所给予企业长期发展壮大的动力。正是在好的时代下，宋丰年式的人物才能涌现出来，人与时代紧紧相连，是时代成就了宋丰年，同时，也正是由无数宋丰年式的人物繁荣了时代。

何以丰年？丰年的既是宋丰年和宋砦，更是中国最普通的大众。丰年之路象征着希望，象征着未来无限美好的生活。曾臻女士的这本书，既是宋丰年本人的传记，也是这段岁月的说明，更是中国历史的见证。

朱颖颖，河南大学文学院 2020 级硕士研究生，研究方向：中国现当代文学。

《丰年之路》新书发布暨研讨会纪要

徐洪军

2021年5月15日，《丰年之路》新书发布暨研讨会在弘润华夏大酒店2座一楼弘润堂举行，田中禾、宋丰年、陈众议、谷建全、程士庆、宗仁发、缪克构、朱燕玲、李倩倩、马达、孙保营、乔学杰、冯杰、张鲜明、曾臻等90余人参加了会议，会议分为新书开幕式和研讨会两部分，墨白主持了新书开幕式，高兴、孙先科、李伟昉和卫绍生主持了研讨会。

新书开幕式主持人、河南省作协副主席墨白指出，《丰年之路》新书发布暨研讨会将以《丰年之路》为切入点，探讨改革开放以来中国社会的农业、农村、农民与现代化进程的问题，探讨如何以文学的形式再现改革开放以来中国人民的精神状态与生存状态的问题。

河南省社会科学院原院长谷建全致辞："纪实文学《丰年之路》对我们党和国家正在实施的乡村振兴战略具有积极的理论价值和现实意义。省社科院愿意与全省学者一起，推出更多有分量、有深度、有价值的研究成果，把党的发展历史学习好、领悟好，把党的红色基因传承好、发扬好，把党的成功经验总结好、宣传好，以优异成绩庆祝建党一百周年。"著名作家田中禾认为，《丰年之路》以朴素的文明续写了一个成长在中国社会基层的普通农民的一生。我们通过这个有血有肉的丰年的故事，能够看到我们这个国家和民族，如何走过了艰难的岁月，走向改革和振兴。河南文艺出版社总编辑马达从三个方面介绍了《丰年之路》：第一，这是一部宋丰年的个人发展史。第二，透过宋丰年以及他所带领的宋砦村，折射出中国一个村庄的变化，从侧面反映我们新中国成立以来，尤其是改革开放以来，农村如何变美，乡村如何融入城市这么一个发展的历程。第三，宋砦处在黄河南岸，黄河中下游是我们中华民族重要发祥地之一，这里有丰厚的文化积淀和大量的文化遗存。

陈众议、田中禾、谷建全、程士庆、马达同宋丰年一起，上台为《丰年之路》新书发布仪式剪彩。

宋丰年致辞："《丰年之路》写的是个人，反映的是我们这个伟大的国家、伟大的民族、伟大的时代。"《丰年之路》的作者曾臻女士对开幕式进行了总结，对河南文艺出版社和各位老师对《丰年之路》的帮助表示感谢。

《丰年之路》是宋丰年的英雄之路，是时代发出的一曲英雄主义赞歌。作为时代的缩影，给时代以启迪，展现着中国精神文化气质，推动中国梦的实现，具有较高的文学价值，是报告文学的成功实践。

在《丰年之路》的总体价值方面，河南省社会科学院二级研究员卫绍生表示，在书中我们不仅看到了一个人和一个时代，更看到了文化的力量，不论是个人的成长，一个村子的发展，还是一个国家的发展，没有文化都是不行的。它向我们展现了宋丰年书记非常高尚的人格魅力，呈现了一种向上、向善、奋斗不息的精神。洛阳市作家协会主席赵克红对《丰年之路》提出了四点看法。第一，这本书最大的成功之处是可贵的真实性、史料性，作者对现实生活深度挖掘，内容可靠，文字质朴，生动鲜活，感人至深，是一种有思考、有情感、有温度的文字呈现。第二，这部书是改革开放的时代颂歌，时代造就英雄，英雄成就时代。第三，作品有"笑点"也有"泪点"，文学作品向来靠细节取胜，没有细节的文学作品在文坛上是难以立身的。曾臻以极为细腻的笔触观察生活、思考生活、表现生活，于是作品就有了可贵的"笑点"和"泪点"。第四，宋丰年不仅心系家乡，心系群众，而且心系国家，他是一位有着家国大情怀、大担当的新时代的新农民。开封市文联《大观》杂志社社长张晓林认为，《丰年之路》是一部当代中国农村的发展史，具有史料价值和研究价值，宋丰年是在中原文化土壤上成长起来的，被注入了中原历史文化的精神内涵，有着不忘初心的思想境界。

《丰年之路》是宋丰年的英雄之路，是时代发出的一曲英雄主义赞歌。

纵观宋丰年的人生历史，中国社会科学院学部委员陈众议表示，让他最感动的就是宋丰年一不怕苦、二不怕累的精神。回望宋丰年圆满人生的源头，河南省社会科学院文学研究所副研究员周颖认为宋丰年的成功主要依靠这四种心态。第一是不变的人生目标；第二是基于这种目标的一种情怀，一种奉献，一种无私，一种回报；第三是面对困难永不退缩的意志；第四是永不停歇的创新。对主人公宋丰年的英雄历程，河南省作家协会会员宋云龙认为，作者以敏锐的洞察力、思辨力解释了宋砦村从贫穷落后到富裕先进的轨迹，把一条用心血、汗水浇铸的求变之路呈现给读者。作者以灵动、丰富、充满活力的语言，描述了宋丰年的成长、成功的艰辛和他丰富的心路历程。就个人英雄魅力看，《中州大学学报》刘海燕评价宋丰年不仅有朴素善意的智慧，还非常文明儒雅，有五四时期知识分子的气息。《扬子江文学评论》副主编何同彬称宋丰年不仅是一个杰出的优秀的共产党员，同时也是一位乡贤和地方精英。《南腔北调》杂志社主编饶丹华从婚姻的角度来看宋丰年书记人生的格局和世界观，认为宋丰年能够很好地处理理智与情感。

在英雄与时代的关系上，甘肃省文学院院长高凯认为，宋丰年是一位农民英雄，也是一个时代的代表。信阳市作家协会主席陈峻峰表示,《丰年之路》是一部文学传记,一切文学都与时间和时代中的人有关。宋丰年身处在这个时代,让宋砦人的生活有了一个质的飞跃。在英雄与民族国家的关系上,著名诗人梁晓明认为,宋丰年是一位领头人。一个人跟一个地方之间的关系,甚至于小到一个家庭,大到一个民族,再大到一个国家,一个领头人是非常重要的。

《丰年之路》是展现中国精神的文化之路,是中国梦的实现之路。

关于书中的中国文化精神,中国作家协会会员刘康健将宋丰年的精神向度分为仁爱精神、进取精神和奉献精神三个方面。宋丰年的仁爱精神从内涵上看是博大的爱心、善心、同情心、包容心,从外延上看是指爱亲人推广到爱他人,推广到爱祖国、爱人民,推广到爱自然,这正是社会主义核心价值观中所体现的友善、爱国、文明、和谐。在没路的地方踏出坦荡的大路,宋丰年靠的正是不谓艰难、知难迎难、攻坚克难、迎难而上、知难而进,体现的是进取精神,彰显的是初心使命。《花城》杂志主编朱燕玲认为,宋丰年不仅有物质上的追求,还有精神上的追求,他很重视文化、尊重文化。青海省作家协会副主席郭建强认为,宋丰年给大家提供了一个很好的样本,或者叫一个切片。从他的身上我们看到中原文化的形成过程,也能看到民族性格的成因。就个人的文化情怀,嘉兴学院副教授杨文臣表示,宋丰年身上一点也没有小农意识和地盘意识，他把自己的奋斗和宋砦人的福祉联结在一起。《文学港》杂志主编荣荣表示，传记文学，尤其是正面的，其实就是传递给我们一种精神，比如宋丰年的创新精神、侠义精神、大善精神、大爱精神。从国际视野来看，郑州市作家协会副主席张延文认为，《丰年之路》是一个中国工厂的辉映性的文本，它向世界展示了东方的苦难、东方个体的人性的光辉和东方人的生存的艰难。

在与中国梦的关系上，花城出版社原总编辑程士庆认为，《丰年之路》代表着人民群众对美好生活的向往以及共产党人的初心和追求，《丰年之路》很成功地注解了什么是人民群众对美好生活的向往——踏上丰年之路。《河南大学学报》主编李伟昉表示，宋丰年的个人之路所彰显的是国家之路、民族之路，而且个人之路又是融在国家之路之中的。宋丰年带领宋砦村百姓走向富裕的进程，实际上就是中国农村改革开放、农村城市化的进程。信阳师范学院传媒学院院长吕东亮认为，《丰年之路》书写的是宋丰年的人生之路，也是宋砦的丰年之路，在一定意义上也照射了中国乡村的丰年之路。在乡村振兴的道路上，河南省文学院副院长冯杰认为《丰年之路》是一个社会标本、历史标本和城乡变化的标本。美丽乡村不但要有坚实的硬件，还要有文化的根基，抚慰心灵的软件。就中国梦的实现，《外国文学动态研究》主编苏玲认为，宋砦村的成功远不止是在经济发展上的成功，更是一条中国全面走向现代文明、农民融入城市文明的成功之路。读《丰年之路》是一次文学的阅读，也是一次对人生的阅读，从"我"到"我们"，在苦难中蜕变出圆满的人生。

《丰年之路》是时代的缩影，是时代的启示录。

一个人的故事记录在作品中，也记录进时代里，一个人的进步推动时代的进步。郑州大学出版社社长、总编辑孙保营认为，宋丰年一直践行着社会主义核心价值观，他所践行的文化理念就是社会主义先进文化的重要内核，其传承的是中华民族优秀的传统文化，引领着基层村委和企业的社会主义精神文明建设。宋丰年的事迹具有典型性和代表性，弘扬的是信念坚定、心系群众、艰苦奋斗、清正廉洁的奋斗精神和时代精神。《文汇报》副总编辑缪克构看到《丰年之路》里面的细节很受感动，认为宋丰年完全是一种无我、忘我的状态，不忘初心，跟习总书记讲道的"三牛精神"完全契合。驻马店市文联主席韩祖和把《丰年之路》与《创业史》进行比较，认为梁生宝和宋丰年都是时代的开拓者和命运的抗争者。这是一个人的故事，也是一个时代的故事。郑州大学副教授刘宏志认为《丰年之路》是一个典型的中国故事，它呈现出宋丰年的个人发展过程和宋砦村的发展过程，同时也是一部中国发展的隐喻，生动地讲出了中国发展的故事。《丰年之路》是宋丰年的人生之路、丰收之路，更是中国的丰年之路。

在书中反观时代，在时代中得到启示。河南大学教授刘进才指出，他从《丰年之路》得出两种答案：第一点是宋丰年的领袖之风——厚德载物和君子之风；第二点是《丰年之路》与时代变革的关系。《花城》杂志执行主编李倩倩认为，《丰年之路》不是一本普通的写农村改革家的人物传记，这本人物传记不是侧重于宋丰年的荣誉或者成果，而是有很多对社会进程的曲折和进程反思的东西在里面。每一个时代有每个时代的困境，每代人也有每代人的艰难跋涉，她相信前人传递下来的突破束缚的精神也会一代代传递下去。博鳌国际文化节组委会执行主任大卫从《丰年之路》中得到一些启示：有了这个土地，怎么来激发这个土地上人民的积极性，那就是调动每个人的积极性，把合适的人用到最合适的位置。中国作家协会会员李静宜指出，《丰年之路》的时代意义体现在两个方面，第一，《丰年之路》典型地体现了一个时代的进程和发展的变化，可以说是一个时代发展的缩影，同时也是对改革开放呈现的最好的明证；第二，宋丰年有敢为天下先的胆魄和胆识，他以大家公家为家，以宋砦村民为亲人的精神令人钦佩。河南省文艺评论家协会理事孙晓磊谈了他的三点感悟：第一，《丰年之路》概括了时代的变迁，用文化的视角关照历史进程中人性的善变；第二，《丰年之路》反映了中原人吃苦耐劳、不屈不挠的奋斗精神；第三，《丰年之路》带来的社会启示。

《丰年之路》以报告文学的形式呈现了较高的文学价值。

人物形象在多重建构下立体饱满。《青春》杂志社总编辑李樯表示，《丰年之路》以优美的语言，诗情画意的描述，生动的叙述，以及起伏跌宕的人物命运和情节，把宋丰年这个人物形象和历史变迁写得活色生香。《上海文学》杂志社副社长张予佳从书中看到了主人公的信念、努力和忍耐。在典型人物的塑造上，上海作家协会理事孙思认为，《丰年之路》是一部自传性再现艺术，通过对生活的加工改造提炼，通过想象和挖掘，经主观浸透客观反映本质，运用灵活多变和个性化的语言，表现出那个年代所特有的典型环境中的典型性格。第四届鲁迅文学奖获得者林雪表示，作者以一位当代成熟作家的思想力、写作力，以非虚构样式为特色，融汇了主人公历经当代中国农村的变革，表现出广阔时代真实而复杂的生活，丰富而多彩的人性。在对人物形象的分析上，《天津文学》主编张映勤评价，作品通过细节塑造人物，语言平实自然，生动流畅。

报告文学的真实性为文学研究提供了重要的史料价值。郑州大学学报编辑部副主任乔学杰从《丰年之路》中得出三点感受：第一，历史的真实；第二，人性的真实；第三，文学的真实。河南省社会科学院文学研究所副所长杨波认为，《丰年之路》具有独特的史料价值，书中承载的关于民主主义的精神致用的东西，既是历史的记录，也与当下连通，成为学者所关注的问题。河南大学教授刘涛提出，《丰年之路》是传记文学的一个成功的实践，选取宋丰年这一人物，书写宋丰年的道德人格，是一部生命之书。《北京文学》编辑黑丰认为，《丰年之路》是良心之作，思考之作，泣血之作，这里面写的宋丰年有血点、有泪点、有高点，是一部有深度、有思想、有批判的著作。

会议最后，《丰年之路》的作者曾臻女士向与会专家学者汇报了《丰年之路》的创作过程。她认为生命需要一个支点，我们每个生命都要有一个支点。读《丰年之路》，相信大家会读出一种生命的力量，也会读出一种做人的情怀。她觉得传记不好写，就像戴着镣铐跳舞。作者不能天马行空，只有节制自己的想象。正因为如此，传记文学也就有了它的史料价值，可以说民间的生活日记、传记会成为官方历史版本的佐证。所以她在写作中是非常真诚和踏实的。她强调写作人的思想境界、审美意识以及调动语言的意向能力，决定了作品的品质和可读性。

在《丰年之路》新书发布
暨研讨会上的致辞

田中禾

《丰年之路》这本书以朴素的文明，续写了一个成长在中国社会基层的普通农民的一生。它的人性的视角和人文关怀的情怀，让我们读过这本书以后，会有一种感同身受的亲切。所以我的体会是，这本书既不是为一个基层书记，也不是为一个成功的企业家树碑立传，《丰年之路》真正的价值在于，为我们中国当代发展历史提供一个鲜活的个人的标本。我们通过这个有血有肉的丰年的故事，能够看到我们这个国家和民族，如何走过了艰难的岁月，走向改革和振兴。我相信各位都会有自己的话题来说，期待你们的发言。但是更多的我想说，像上次的研讨会我说过的话一样，我想重复说一遍，我们的研讨会虽然重要，但更重

要是朋友们的聚会。难得有一次机会让我们大家在这里相聚，酒酣耳热，天南海北，乃人生一大快事，希望大家在弘润华夏大酒店度过一个愉快的周末。个人与个人之间的交流可能比台上的发言更有纪念意义，这也是丰年老弟的心愿，他总是希望大家能够真诚在一块相聚，能够愉快地交流。我再一次向所有与会的，以及为筹办会议花费很多劳动的，包括来自大学的志愿者们表示深深的敬意，谢谢！

田中禾，1941年生，河南省唐河县城关镇人，当代著名作家。历任河南省文联副主席，河南省作家协会主席，第五、第六届中国作家协会全委会委员，河南省作家协会名誉主席。